Hiltrud Leenders, geboren 1955 am Niederrhein, arbeitete zunächst als Übersetzerin und hat sich später einen Namen als Lyrikerin gemacht. Große Bekanntheit erlangte sie als Autorin des Krimi-Trios Leenders/Bay/Leenders. Sie ist Mutter von zwei Söhnen und seit 1990 hauptberuflich Schriftstellerin. Mit «Pfaffs Hof» hat sie nicht nur einen Roman über die Wirren des Erwachsenwerdens verfasst, sondern auch über die schwere Last der Nachkriegsgeneration, im schuldbeladenen Schweigen eines ganzen Landes aufzuwachsen. Hiltrud Leenders ist ein Kind dieser Zeit.

Hiltrud Leenders

Pfaffs Hof

Roman

Rowohlt Taschenbuch Verlag

Originalausgabe
Veröffentlicht im Rowohlt Taschenbuch Verlag,
Reinbek bei Hamburg, Juli 2018
Copyright © 2018 by Rowohlt Verlag GmbH,
Reinbek bei Hamburg
Redaktion Dinah Sophie Fischer
Umschlaggestaltung any.way, Barbara Hanke / Cordula Schmidt
Umschlagabbildung Rosmarie Wirz / Getty Images
Typografie Farnschläder & Mahlstedt, Hamburg
Druck und Bindung CPI books GmbH, Leck, Germany
ISBN 978 3 499 27371 1

«Keine neun Monate nach der Hochzeit wusste ich, was für einen Satan ich geheiratet hatte.» Mutter blinzelte, weil ihr der Schweiß in die Augen lief.
«Papperlapapp», sagte Tante Guste, «du hast bloß Kaffeedurst, sonst würdest du nicht so reden.» Sie ließ den Aufnehmer in den Putzeimer platschen und zwinkerte mir zu.
Ich kannte keinen anderen Menschen auf der Welt, der «Papperlapapp» sagte, aber es war ein großartiges Wort. Und auf einmal war mir nicht mehr kalt.
«Annemie», Guste stupste mich an, «ich koche Kaffee, und du schmierst uns ein paar Schnitten Rosinenstuten mit dick Butter, Wicht.»
«Wicht» sagte auch mein Opa Emil, Gustes jüngerer Bruder, oft zu mir, und er hatte mir erklärt, dass es nicht «Zwerg» bedeutete, sondern so etwas wie «kleines, liebes Mädchen». Manchmal sagte er auch «Ströppken».
Mutter schimpfte vor sich hin: «Lässt mich mit dem ganzen Elend hier einfach alleine …», drückte sich beide Fäuste in den Rücken und stöhnte.
«Papperlapapp», sagte Guste wieder. «Stefan kann doch nichts dafür, dass er Nachmittagsschicht hat.»
«Und ab morgen hat er ja Urlaub», sagte ich leise.
Guste drückte meinen Arm. «Eben, und ich bin ja auch noch da.»

Dann lachte sie laut. «Klein, aber stark wie ein Ochse. So, jetzt geh und wasch dich mal, Gerda, dann sieht gleich alles wieder besser aus.»

—

Am Vortag waren wir in das alte Haus gezogen, in dem es so furchtbar schmutzig war und in dem schwere, dunkle Möbel standen, die uns nicht gehörten.
Vater hatte zuerst eine Schubkarre und eine Schaufel besorgt und den ganzen Müll und Schutt, der die Böden bedeckte, rausgefahren und hinter dem Schweinestall abgekippt. Danach hatte er gefegt, und Mutter hatte geschrubbt.
Und dann war er irgendwann zu seiner Spätschicht aufgebrochen.
Mutter hatte mir eine Schüssel mit Essigwasser und einen Lappen gegeben. «Wir müssen die Schränke auswaschen, damit wir den Muff hier rauskriegen. Fang du mit der Anrichte da drüben an.»
Muff war wohl der Geruch, der in allen Zimmern waberte und der so bitter auf der Zunge schmeckte.
In den Ecken der Kredenz, die ich mir vorgenommen hatte, saß dicker grüner Pelz, und ich ekelte mich so, dass ich würgen musste.
Da nahm Mutter mir den Lappen weg und kniff die Lippen zusammen. «Lass, ich mach's selbst.»
«Wo sind denn unsere Möbel?», fragte ich.
In unserem Haus im Dorf, das Vater selbst gebaut hatte, als ich geboren wurde, hatten wir im Wohnzimmer helle Möbel aus Korb gehabt und eine neue Küche.
«In der Scheune.» Mutter holte eine Wurzelbürste und noch mehr Essigessenz, um dem Schimmel auf den Leib zu rücken.

—

Das Haus, in dem wir nun wohnen mussten, war ein alter Bauernhof, und er lag einsam zwischen Feldern und Wiesen kurz vor einem dunklen Tannenwald, der «Reiherbusch» hieß.

Wenn man zum Hof wollte, musste man eine sehr lange, schmale Straße nehmen, die noch nicht asphaltiert war. Erst kam rechts der Hof von Lehmkuhls und gegenüber das spitze, weiße Häuschen von Maaßens. Dann ging es noch ein Stück weiter die Straße hoch, bis man rechts in einen holprigen Feldweg abbog, in dessen tiefen Löchern Wasser stand.

Und ganz am Ende lag dann «Pfaffs Hof» – so hieß unser neues Zuhause.

Es stand quer zum Feldweg, und man musste links um die Ecke gehen, um zur Vordertür zu kommen, die man aber nicht benutzte, wie mir Vater erklärt hatte. Man ging weiter um das Haus herum zur Hintertür, die in die Spülküche führte.

Vor dem Hintereingang stand eine riesengroße Linde – «Über zweihundert Jahre alt», sagte Vater und hörte sich an, als fände er das schön –, die schuld daran war, dass es in der Wohnküche niemals hell wurde.

Wenn man die Vordertür benutzte, kam man direkt ins Wohnzimmer. Rechts und links davon gab es noch zwei Zimmer. In einem standen ein Kleiderschrank und ein breites Eichenbett mit Schnitzereien, in dem anderen Wohnzimmermöbel.

Aber diese Zimmer waren für uns verboten, sie gehörten Trudi Pfaff, obwohl sie nicht darin wohnte. Und ich durfte dort nicht spielen, auf gar keinen Fall.

Pfaffs, denen dieser Hof einmal gehört hatte, konnten keine Kinder bekommen, worüber sie sehr traurig waren. Aber die Schwester von Frau Pfaff hatte den Pfaffs schließlich eins von ihren sehr vielen Kindern geschenkt, ihre jüngste Tochter Trudi, und die hatte dann hier gelebt.

Aber dann waren ihre neuen Eltern ganz plötzlich kurz nacheinander gestorben, und Trudi stand mutterseelenallein da. Und weil sie gerade erst fünfzehn war, bekam sie einen Vormund und ging zu ihren anderen Eltern zurück, weil sie nicht wusste, wo sie sonst wohnen sollte, sagte Vater.

Ich fand die Geschichte traurig und auch ein bisschen grausam.

«Man kann doch sein Kind nicht verschenken!»

«Ach», Vater winkte ab, «das sind Pfälzer, die waren schon immer anders.»

«Die sprechen auch anders», mischte Mutter sich ein.

Vater gluckste. «Die sagen Grumbeere!»

«Was soll das denn heißen?», wollte ich wissen.

Vater musste lachen. «Pippers.»

«Sprich wie ein Mensch!», schimpfte Mutter. «Kartoffeln heißt das.»

Jedenfalls konnte es passieren, dass Trudi manchmal bei uns wohnen würde.

—

Und an diesem Morgen war Guste gekommen, um zu helfen. Ihr Sohn Ruben hatte sie mit dem Auto gebracht, den ganzen Weg vom Bergischen Land.

Reingekommen war er nicht, sondern hatte nur dumm gegrinst – «das riecht mir hier zu sehr nach Arbeit» – und war gleich wieder zurückgefahren.

«Ganz schön finster ist es hier», hatte Guste festgestellt und alle Fenster aufgerissen. «Wenn wir die erst einmal geputzt haben, sieht das schon viel besser aus.»

Dann war sie durch die Zimmer getippelt, um sich alles anzuschauen.

Guste war nicht viel größer als ich. Wenn sie auf einem Stuhl saß, baumelten ihre Füße in der Luft.

«Na, wenigstens stehen die Betten schon», sagte sie zufrieden.
Das war das Erste, was Vater in Angriff genommen hatte, nachdem die Böden so einigermaßen sauber waren und man erkennen konnte, welche Farbe das Linoleum hatte. Grau in der Wohnküche, dunkelrot in der guten Stube; in der Spülküche mit dem tiefen gemauerten Becken lagen rote und graue Steinfliesen im Schachbrettmuster.
Das Ehebett hatten wir aus unserem Haus im Dorf mitgebracht.
Das Ehebett mit den beiden Nachtschränkchen und der Garnitur, drei grünen Läufern, je zwei lange an den Bettseiten und ein kürzerer am Fußende.
Außerdem unseren Kühlschrank, den Fernsehapparat und einen Sisalteppich für das Wohnzimmer.
Das Bett war für uns drei, Vater, Mutter und mich.
Ich schlief auf der Besucherritze.
Schon immer. Mutter hatte extra einen schmalen Matratzenkeil nähen lassen, damit ich einigermaßen bequem lag.
Ich hatte noch nie allein geschlafen.
Ich besaß kein eigenes Bett.
Warum das so war, erzählte Mutter oft: «Annemarie war erst neun Monate alt, als wir damals in das Haus gezogen sind. Es war Dezember, eisig kalt, ein schlimmer Winter, sicher minus zwölf Grad, wenn nicht noch kälter.
Und der Verrückte hatte für den Innenputz so viel Zement genommen, dass das Wasser an den Wänden herunterlief und zu Eis wurde.
Jeder hat ihm gesagt, du bist nicht gescheit, so kann das Haus doch nicht atmen. Aber natürlich hat er sich nichts sagen lassen.
Der Kerl weiß ja alles besser. Gebaut wird für die Ewigkeit!
Der hat immer noch Hitler im Blut.
Was sollte ich denn machen? In der Wiege wäre mir das Kind doch erfroren, also musste ich es zu mir ins Bett holen.»

«Filter und Kaffee hab ich gefunden», sagte Guste und wühlte in einem der Kartons, die noch nicht ausgepackt waren, «wo sind die Filtertüten?»
«Hier an der Seite.» Mutter war wieder hereingekommen, ihr Gesicht war nicht mehr so rot.
«Warum kocht das Wasser denn noch nicht?» Sie legte den Handrücken an den Kessel. «Verdammt, der Ofen ist nicht heiß genug!»
Unser schöner weißer Elektroherd mit den vier Platten war noch nicht angeschlossen und stand in der Spülküche mit der Backofentür zur Wand. Also mussten wir auf dem riesigen rostigen Ofen kochen, der mit Holz befeuert wurde.
«Annemarie, auf der Tenne liegt ein Stapel Brennholz. Hol mal ein paar Scheite.»
Ich verschluckte mich und musste husten.
Auf der Tenne gab es tausend finstere Ecken, in denen jemand hätte lauern können.
«Ich hab aber Angst.»
Mutter verdrehte die Augen und griff zum Holzkorb, aber Guste war schneller. «Lass, Gerda-Kind, setz dich hin und leg ein bisschen die Füße hoch. Ist doch alles nicht mehr so leicht in deinem Alter.»
Mutter war vierzig und schwanger.
Im August würde ich Schwester werden. Eigentlich war ich das schon, aber meinen großen Bruder Peter kannte ich nicht richtig. Er war von zu Hause weggegangen, als ich noch ziemlich klein gewesen war.
Vater war zweiundfünfzig.

—

Zum Abendessen kochte Mutter Grießmehlsuppe mit Rosinen und Eischneeflocken.

Wir aßen am kleinen Küchentisch und setzten uns danach ins Wohnzimmer.
«Erzählst du mir, wie du Onkel Karl kennengelernt hast?», fragte ich.
Guste lachte. «Das hab ich dir doch schon erzählt.»
«Och bitte!»
Aber Mutter mischte sich ein: «Schluss jetzt, du gehörst ins Bett, es ist schon acht Uhr durch.»
«Ich muss doch morgen gar nicht in die Schule.»
«Das ist egal. Komm, du darfst auch auf meiner Seite einschlafen.»
Das fand ich schön, dann war ich nicht so nah an Vaters Kopfkissen, das nicht gut roch.
«Unglaublich, was du dir alles zusammenschwitzt!», sagte Mutter immer. «Wer weiß, was für fiese Träume dahinterstecken!»
Sie deckte mich zu und schaute mich an, das hieß Zeit fürs Beten. Ich kannte zwei Abendgebete:
«Müde bin ich, geh zur Ruh, schließe beide Äuglein zu. Alle, die mir sind verwandt, Gott, lass ruh'n in deiner Hand. Alle Menschen, groß und klein, sollen dir befohlen sein. Amen.»
An diesem Abend nahm ich das kürzere, weil alles so unheimlich war und ich ganz schnell einschlafen wollte.
«Ich bin klein, mein Herz ist rein, soll niemand drin wohnen als Jesus allein. Amen.»
Als Mutter vom Bettrand aufstand und das Licht ausknipste, wurde mir wieder kalt.
«Lass die Tür auf», rief ich. «Und lass das Licht in der Küche an, bitte!»
Da kam sie noch einmal zurück, bückte sich und drückte ihre Wange an meine. «Du musst keine Angst haben, wir sind doch im Wohnzimmer. Ach, Kind, wenn ich dich nicht hätte ...»
Dann ging sie.
Ich zog mir die Decke über den Kopf. Die Tür zur Tenne hatte kein

Schloss, durch die Spülküche hätte einer hereingeschlichen kommen können.

Mir wurde heiß, ich zog die Decke wieder herunter und versuchte, an etwas Schönes zu denken.

Vater hatte erzählt, dass dieses Haus schon zweihundertfünfzig Jahre alt war.

Ich versuchte auszurechnen, wann es dann gebaut worden sein musste.

Es dauerte eine Weile – das war dann wohl 1713 gewesen.

Ich wurde ganz aufgeregt: Guste war 1896 geboren, das war im letzten Jahrhundert, 1713 war dann ja noch ein Jahrhundert davor!

Was für Leute wohnten wohl damals in diesem Haus? Wie hatten sie ausgesehen, was hatten sie für Kleider getragen? Ob sie mit Pferdekutschen gefahren waren? Und was sie wohl gegessen hatten?

Bestimmt gab es Bücher darüber. Es gab über alles Bücher, das wusste ich.

Mutter und Vater hatten keine.

Aber ich hatte welche, in dem kleinen Karton neben dem Kleiderschrank.

Sogar meine alten Bilderbücher, die ich mit Omma gelesen hatte, waren noch da: «Die Häschenschule», «Bellinchen, das Glockenblumenkind» und «Der Struwwelpeter».

Bücher waren großartig, ich sammelte sie, seit ich «Wir Kinder aus Bullerbü» auf dem Büchertisch in unserer Schule im Dorf entdeckt hatte.

Der Tisch war eigentlich nicht für uns Kleine gedacht gewesen, die Älteren hatten sich etwas aussuchen sollen, das ihre Eltern ihnen zu Weihnachten schenken konnten.

Aber weil Omma mir das Lesen beigebracht hatte, lange bevor ich in die Schule gekommen war, durfte auch ich mir den Tisch anschauen. Und die Bullerbü-Bücher hatten glänzende rote Umschläge gehabt und am besten von allen gerochen.

Seitdem wünschte ich mir zum Geburtstag und zu Weihnachten nur Bücher. Die waren teuer, und Mutter und Vater schenkten mir immer nur eins. Aber man konnte sie ja wieder und wieder lesen.
Als ich noch kleiner war, hatte ich immer nach Bullerbü gewollt. Mittlerweile wusste ich natürlich, dass es Bullerbü gar nicht gab, dass es nur ausgedacht war. Aber das war mir egal, ich konnte trotzdem in Bullerbü sein, wenn ich wollte.
Zum nächsten Weihnachtsfest wünschte ich mir die «Madita»-Bände, und als ich das am Nachmittag Guste erzählt hatte, war sie gleich ins verbotene Schlafzimmer geflitzt – sie durfte dort schlafen, weil Vater Trudi Pfaff gefragt hatte – und mit ihrem roten Notizbuch wiedergekommen, damit sie sich das aufschreiben konnte.

Ich überlegte, ob ich noch mal aufstehen sollte, um zu gucken, was Guste und Mutter im Wohnzimmer machten.
Aber da konnte ich Guste hören: «Mir ist das hier einfach zu kalt, Gerda, und der Fernseher ist ja auch noch nicht angeschlossen. Setzen wir uns lieber in die Küche, da ist es mollig.»
Ich betete, dass Mutter die Tür offen ließ.
Ich hörte für mein Leben gern zu, wenn Leute miteinander redeten. Als ich noch jünger gewesen war, hatte ich mich oft irgendwo versteckt, hinter Türen oder in dem Spalt zwischen Kleiderschrank und Wand, und gelauscht.
Aber inzwischen wusste ich, dass ich nur irgendwo ganz ruhig in einer Ecke sitzen und in ein Buch schauen musste, dann vergaßen sie nach einer Weile, dass ich da war, und redeten einfach.
Nur Vater bemerkte mich manchmal. «Wände haben Ohren», sagte er dann immer leise mit ganz tiefer Stimme.
Guste und Mutter sprachen darüber, warum wir jetzt hier wohnen mussten.
Ich wusste, dass Vater im Bergischen Land ein neues Haus für Mut-

ter gebaut hatte, wegen ihrem Heimweh, und dass wir alle dorthin umziehen sollten.
Ich musste deswegen manchmal heimlich weinen.
Unser altes Haus im Dorf hatte Vater an andere Leute verkauft. Die waren gekommen, hatten sich alles angesehen und hochnäsig genickt. «Für uns muss das aber zügig gehen.»
Und dann auf einmal sollten wir doch nicht mehr ins Bergische Land ziehen.
Ich hörte Mutter leise weinen. «Das Haus lag doch in der Walachei. Schon für Annemarie wäre es schlimm gewesen, zur Schule zu kommen. Fünf Kilometer bis zur nächsten Bushaltestelle! Aber jetzt mit einem Säugling? Ohne Auto, ohne Führerschein? Nein, nicht mit mir!»
«Das ist der Grund?» Gustes Stimme klang hart. «Wem willst du etwas vormachen, Kind?»
Mutter schluchzte auf, und ich wollte zu ihr, aber jetzt redete sie wieder: «Er hätte doch unser Haus nicht so schnell verkaufen müssen, wir hätten doch da bleiben können!»
«Dann hätte er kein Geld gehabt, den Bungalow im Bergischen fertig zu bauen, das weißt du ganz genau.»
Aber Mutter hörte ihr nicht zu. «Und jetzt sitze ich hier in diesem Dreckloch und weiß nicht, wo ich es herholen soll ...»
«Das ist doch nur für den Übergang», sagte Guste streng. «Wenn der Bungalow erst einmal verkauft ist, sieht doch alles ganz anders aus. Glaubst du vielleicht, bei mir wäre immer alles rosig gewesen?»
Mutter murmelte etwas, und Guste kicherte. «Dass du jetzt ausgerechnet hier wohnst! Wenn das nicht Ironie des Schicksals ist.»
Dann sprachen sie übers Kinderkriegen und dass Guste damals für Mutter da gewesen war, aber das kannte ich alles schon: Mutter und Vater hatten im Krieg geheiratet, und als neun Monate nach der Hochzeit Peter auf die Welt kam, war Vater an der Front gewesen, Mutters zwei Brüder auch, ihre älteren Schwestern irgend-

wo beim Arbeitsdienst und ihre Eltern mit dem jüngsten Sohn in Polen, wo Opa vom Führer einen Hof geschenkt bekommen hatte. Und Mutter wohnte ganz allein in ihrem elterlichen Haus im Bergischen. «Ich war noch keine zwanzig Jahre alt ...»
«Wenn ich dich damals nicht gehabt hätte, Güsken ... Und jetzt steh ich wieder alleine da!»
«Papperlapapp», beschied Guste. «Das waren doch ganz andere Zeiten.» Ich schlief ein.

—

Vater hatte Urlaub, und als Erstes wurden unsere Korbmöbel aus der Scheune geholt.
Das klumpige Sofa aus Pfaffs guter Stube mit dem kratzigen Bezug musste raus.
Aber obwohl Guste stark wie ein Ochse war, kriegte sie es an ihrer Seite nicht hochgehoben.
Vater nahm sie in den Arm. «Stark wie ein ganz kleiner Ochse.»
Guste lachte. «Du fängst dir gleich eine!»
Mutter hob das Sofa mühelos an. «Dann komm.»
Aber Vater schob sie beiseite. «Du trägst keine schweren Sachen mehr. Pack die Kartons aus und räum die Küchenschränke ein oder die Wäsche. Was nötig ist. Annemie, du hilfst ihr. Ich fahre zu Lehmkuhls. Wenn Pit nicht gerade auf dem Feld ist, packt der bestimmt mit an.»
Er holte sein Fahrrad von der Tenne und machte sich auf den Weg. Früher hatte er ein Moped gehabt, aber das war kaputtgegangen, und Geld für ein neues hatten wir nicht, deshalb musste er jetzt mit dem Fahrrad zum Dienst fahren. Und es war ganz schön weit bis zum Gefängnis in der Stadt, wo er arbeitete. Aber er fand es nicht schlimm. «Halb so wild, ohne Gegenwind eine knappe halbe Stunde.»

An diesem Tag schien die Sonne, und Pfaffs Hof sah kein bisschen gruselig aus, sondern eigentlich ziemlich schön.
Der dunkelrote Backstein leuchtete richtig, und im Garten vor dem Haus, in dem das Unkraut so hoch stand, dass ich mich darin verstecken konnte, zeigten sich erste Blüten.
«Geh spielen», sagte Mutter, die mit Guste Geschirr und Besteck aus Zeitungspapier auswickelte.
Spielen, dachte ich. Was denn? Und mit wem?
Aber diesmal traute ich mich, mir draußen alles genauer anzusehen.
Hinter der Spülküche war der Schweinestall, aber den wollte ich mir nicht anschauen. Obwohl sicher schon lange keine Schweine mehr darin gestanden hatten, stank es aus den offenen Fenstern so eklig, dass mir ein bisschen schlecht wurde.
Am Rand der Weide, die bis zur Eisenbahnlinie ging, standen krumme Pfähle, hell wie Knochen.
Als ich näher kam, sah ich, dass es ein alter Zaun war, an einigen Pfosten kringelte sich noch rostiger Stacheldraht, und manche hatten kleine, tiefe Löcher.
Im Gras blinkte etwas. Ich bückte mich. Zwei Hülsen aus Metall, ganz glänzend. Ich steckte sie in meine Schürzentasche.
Auf der Wiese hinterm Schweinestall standen Lehmkuhls Kühe. Als sie mich am Zaun entdeckten, kamen sie langsam angetrottet und schnaubten mich an. Sie dufteten warm und süßlich nach Milch, und auch die Kuhfladen, die dort überall verteilt waren, rochen nicht schlimm.
Nette Tiere, dachte ich, ziemlich groß wohl, aber sie hatten ganz liebe Augen mit langen Wimpern.
Dann wanderte ich an einem verfallenen Schuppen mit verrostetem Werkzeug, Pflügen und Eggen vorbei über die Obstwiese bis zur Straße.
«Das ist ein Apfelbongert», hatte mir Vater erklärt, aber es standen

auch ein paar Kirschbäume darin. Ich versuchte, die Bäume zu zählen, es waren über vierzig, und viele sahen sehr alt aus. Die Kirschen trugen schon kleine grüne Früchte. Ich mochte süße Kirschen sehr gern und freute mich auf einmal.

Lehmkuhls grauer Mercedes kam den Feldweg hochgetuckert, Vater hatte eine Hand am offenen Seitenfenster und ließ sich auf seinem Fahrrad ziehen.

Ich stahl mich näher heran und sah, wie Onkel Lehmkuhl in seinem schmutzigen Arbeitszeug ausstieg. Er war hässlich mit seinem schiefen Gesicht, den triefenden Augen und den roten abstehenden Ohren.

Ich grüßte leise, aber er beachtete mich nicht, sondern redete mit Vater.

Sie sprachen Platt miteinander.

Die Leute in unserem Dorf hatten alle so etwas Ähnliches wie Hochdeutsch gesprochen, deshalb hatte ich Vater bis dahin nur Platt reden hören, wenn einer von seinen Freunden oder Onkel Maaßen zu Besuch gekommen waren.

«Gut, dass Mutti jetzt nicht hier ist», dachte ich, «sie würde sich wieder aufregen.»

«Sprich anständig vor dem Kind!»

Onkel Lehmkuhl sagte «Jupp» zu Vater, und ich wurde ein bisschen wütend.

«Warum nennst du ihn Jupp?»

Onkel Lehmkuhl schaute mich an, als wäre ich nicht ganz gescheit.

«Na, so heißt er doch!»

«Nein!» Am liebsten hätte ich mit dem Fuß aufgestampft. «Er heißt Stefan.»

Vater drückte meine Schulter so fest, dass es ein bisschen weh tat. «Du weißt doch, dass ich Josef Stefan heiße. Und Mutti findet Stefan eben schöner als Josef.»

Sicher wusste ich das, und deshalb durfte Onkel Lehmkuhl

auch nicht einfach «Jupp» sagen, «Jupp» war ja noch blöder als «Josef».

Pit Lehmkuhl zeigte mir den Vogel und sagte etwas auf Platt, das sich nicht nett anhörte. Ich verstand nur die Wörter «Frau» und «apart».

—

Ich zeigte Mutter die Hülsen, die ich gefunden hatte.
«Wo hast du die her?»
«Die lagen im Gras, hinten bei dem alten Zaun. Was ist das denn?»
«Munition aus dem Krieg.» Ihre Stimme war ganz trocken. «Von Tieffliegern vielleicht ... Schmeiß die weg!»
«Ich zeig sie Vati, der weiß bestimmt, was das ist.»
«Nein! Der will so was nicht mehr sehen. Wehe!»
Sie nahm mir die Hülsen weg, warf sie in den Aschenkasten unter dem Herd und schüttelte die Asche, bis man nichts mehr sah.
«Und geh da bloß nicht mehr hin. Womöglich liegen da noch Blindgänger.»
Blindgänger – was für ein schönes Wort!
«Was sind Blindgänger?»
«Munition, die nicht hochgegangen ist. Bleib da weg!»

—

Am Nachmittag drückte Mutter Vater ein paar gerahmte Fotos in die Hand und zeigte ihm, wo er sie aufhängen sollte.
«Nimm aber diesmal bitte nicht deine fünfzölligen Nägel, die Bilder wiegen schließlich nicht zwei Zentner.»
Vater kriegte einen schmalen Mund. «Das muss schließlich halten.»

«Gerda», rief Guste, «zeig mir mal, wie deine olle Waschmaschine funktioniert. Das ist ja ein Vorkriegsmodell.»
Ich reichte Vater die Nägel an. «Das sind doch keine fünfzölligen, oder?»
Er antwortete nicht.
«Du kannst mir gleich helfen, neue Wäscheleine zwischen den Pfählen im Garten zu spannen», sagte er dann.
Ommas Foto hängte er ganz oben auf, knapp unter der Decke.
Ich fand, dass das komisch aussah.
So sah Mutter das wohl auch, als sie aus der Waschküche kam.
«Soll ich jedes Mal, wenn ich dran vorbeikomme, ‹Heil Mutter› sagen?»
Dann stieg sie auf einen Stuhl und hängte das Bild wieder ab.
Und alle anderen auch.
Ich kriegte Angst, aber Vater brüllte nicht – wohl weil Guste da war.
Er sagte gar nichts, der «Satan», nahm den Hammer und die Nägel und ging zur Vordertür hinaus.
«Morgen fährst du los wegen der Fernsehantenne», rief Mutter ihm hinterher. «Und zur Post musst du auch wegen dem Telefon.»
Pfaffs alter schwarzer Apparat stand auf dem Fernsehgerät, und Vater wollte, dass er angeschlossen wurde, damit wir Bescheid bekamen, wenn mal etwas passierte, weil wir so weit weg von allem wohnten.
Wir hatten noch nie Telefon gehabt.

—

Ich faltete meine Hände: «Komm, Herr Jesus, sei unser Gast und segne, was du uns bescheret hast. Amen.»
Vater sprach beim Abendessen kein einziges Wort.
Mutter plapperte mit Guste.

Ich wusste, dass es jetzt Tage und Tage so gehen würde, und kriegte keinen Bissen runter.

Aber ich tat so, als würde ich essen, weil Mutter sonst traurig wurde und Vater zornig.

Als ich so viel Brot in meinem Mund hatte, dass ich fast brechen musste, rannte ich ins Badezimmer und spuckte alles ins Klo.

«Musste nur Pipi», sagte ich, als ich wieder zurückkam.

Vater ging ins Bett, obwohl es erst sechs Uhr war.

Mutter tippte sich kopfschüttelnd an die Stirn, hielt aber den Mund. Sie hatte ihren Handarbeitskorb aus einem der Umzugskartons geholt und setzte sich ins Wohnzimmer, um das gelbe Mützchen für unser Baby fertig zu stricken.

Dort war es nicht mehr kalt, weil Vater morgens den Ofen angeheizt hatte, der jetzt leise vor sich hin bullerte.

Ich wusste nicht, was ich tun sollte. Meine Bücher waren alle im Schlafzimmer, und da wollte ich bestimmt nicht reingehen.

«Komm mal mit. Ich will dir was zeigen.» Guste fasste meine Hand und zog mich zur Hintertür. «Die beruhigen sich schon wieder.»

«Ja.»

«Weißt du, es ist nicht so leicht, in Muttis Alter noch mal ein Kind zu kriegen.»

«Warum tut sie es dann?»

Guste lachte leise. «Das kann man sich manchmal nicht aussuchen.»

Wir gingen in den Garten vorm Haus, der an drei Seiten von einer hohen Hecke umgeben war. Links standen Stachelbeer- und Johannisbeersträucher, die hatten wir im Dorf auch gehabt.

Man konnte erkennen, dass wohl einmal Beete angelegt worden waren, aber nun waren sie schrecklich zugewuchert.

Guste schob mit ihrem kleinen Fuß ein paar Winden beiseite. «Schau dir das an, Erdbeeren! Und sie haben sogar Früchte angesetzt, obwohl sie kaum Licht kriegen, die tapferen. Wenn wir morgen das ganze Unkraut hier ausreißen, könnt ihr in drei Wochen Erdbeeren essen.»

Ich mochte Erdbeeren noch lieber als Kirschen und freute mich.

Dann entdeckte ich zwei lange Sandwälle.

«Das sind Spargelbeete», erklärte Guste. «Wenn sie noch tragen, müsstet ihr eigentlich bald ernten können.»

Ich sah nur trockenes, braunes Gestrüpp.

«Spargel wächst unter der Erde, lange weiße Stangen. Man erntet sie mit einem Spargelmesser. Aber am besten fragst du deinen Vater, ich kenne mich damit nicht so genau aus. Bei uns in der Gegend wächst kein Spargel, falscher Boden. Auf jeden Fall ist Spargel eine Delikatesse und richtig teuer.

Aber jetzt komm, ich wollte dir was ganz anderes zeigen.»

Sie zog mich weiter zum hinteren Ende des Gartens, wo dicht an dicht struppige Eiben wuchsen.

Guste bog ein paar Zweige zur Seite, und da stand mitten zwischen den Bäumen eine grün lackierte Bank aus Gusseisen.

«Eine Laube!» Guste strahlte mich an. «Ist das nicht herrlich?»

Sie ließ sich auf der Bank nieder und baumelte mit den Füßen.

«So einen geheimen Ort hätte ich als Kind wohl auch gern gehabt. Wo man mal in Ruhe lesen kann oder einfach für sich sein.»

Ich setzte mich neben sie.

Sie zubbelte an ihren Haaren.

Morgens band sie sie immer zu einem festen, kleinen Knoten im Nacken zusammen, aber schon bald lösten sich feine, krause Strähnchen und standen wild um ihr Gesicht herum.

«Aber du hattest keinen geheimen Ort, als du klein warst?»

«Ach, woher denn, mit drei kleinen Brüdern! Wenn ich mal lesen wollte, hab ich mich auf dem Heuboden verstecken müssen, aber dort haben die mich meist auch schnell aufgestöbert. Viel Zeit zum Lesen hatten wir sowieso nicht, wir mussten ja immer mithelfen. Das ist halt so auf einem Bauernhof.»

Dann guckte sie mich verschmitzt an. «Deshalb wollte ich ja auch nie einen Bauern heiraten. Immer nur harte Arbeit, das war nichts für mich.»

Ich kriegte also doch noch meine Geschichte, mir wurde ganz warm im Bauch.

«Weißt du, zu meiner Zeit war alles noch ganz anders. Da trafen sich die heiratsfähigen Mädels der umliegenden Höfe jeden Sonntagnachmittag zum Spinnen und Handarbeiten in der Stube, reihum, immer in einem anderen Elternhaus. Und dorthin kamen dann die Freier, um uns in Augenschein zu nehmen. Und nett mit uns zu plaudern.» Sie kicherte. «Obwohl es damit meist nicht weit her war. Und ich hab sie mir alle angeguckt, die jungen Bauernburschen. Ein paar staatse Kerle waren schon dabei, muss ich sagen, aber ich hab mir gedacht: Jeden Morgen um sechs Uhr Kühe melken, den ganzen Tag auf dem Feld, mindestens vier Blagen kriegen und niemals Ferien? Nicht mit mir, da bleib ich doch lieber allein, und wenn ich eine alte Juffer werde, mir ganz egal!

Aber dann war da einer dabei, der war nicht ganz so staats, der war klein, nicht viel größer als ich, aber der konnte tatsächlich nett plaudern. Und er kam jeden Sonntag wieder und interessierte sich ganz besonders für das Spinnrad, an dem ich saß.»

Sie riss einen kleinen Eibenzweig ab und drehte ihn zwischen den Fingern hin und her.

«So ist das gekommen mit dem Karl und mir. Dass der eine richtig gute Partie war, wusste ich anfangs gar nicht, hätte auch keine Rolle gespielt, Hauptsache, er war kein Bauer. Und dann stellt sich raus, er ist der Sohn und Erbe vom größten Sägewerk im Kreis – Donnerschlag! Da siehst du mal, manchmal ist es gar nicht so schlecht, klein zu sein. Und manchmal schadet es auch nichts, wenn einen die Leute deshalb nicht für voll nehmen.

Wie unter Hitler, als alle wählen gehen mussten. Mir haben sie gesagt: Guste, geh wählen, sonst holen sie dich ab. Ha, hab ich gesagt,

noch bestimme ich, wann und wen ich wähle, sollen ruhig kommen! Und? Haben sie mich abgeholt? Nein! Da siehst du mal. Und meine Kinder habe ich ‹Ruben› und ‹Rahel› genannt – schon extra!»
Sie lachte so sehr, dass sie Tränen in den Augen hatte, und ich lachte mit – es waren ja auch wirklich komische Namen.
«Nur über eins ärgere ich mich schon mein Leben lang: dass ich immer Kinderschuhe tragen muss. Dabei hätte ich so gern mal richtige Stöckelschuhe angezogen. Würde ich sogar heute noch.»
Dann schüttelte sie den Kopf, rutschte nach vorn und hüpfte von der Bank. «Aber wem soll ich wohl noch was vorstöckeln?»
«Wann musst du wieder nach Hause?», fragte ich bang.
«Am Donnerstag schon, leider.» Sie klang traurig. «Rahel braucht meine Hilfe mit den drei Kleinen, sie ist schon wieder in Hoffnung.»
Ich sagte nichts, vom Kinderkriegen wollte ich im Augenblick nichts mehr hören.
Guste nahm mich in den Arm und drückte mich. Sie roch nach «Mouson Uralt Lavendel» wie Omma.
«Was hältst du davon, wenn wir uns von jetzt an Briefe schreiben? Vielleicht können wir morgen mit dem Bus in die Stadt fahren und einen Briefblock und Kuverts kaufen.»

—

Die Milch holte Mutter jeden Abend bei Lehmkuhls, immer um kurz nach sechs, wenn die mit dem Melken fertig waren.
Sie hatte in einem der Küchenschränke eine verbeulte Aluminiumkanne gefunden und sie gründlich mit Ata geschrubbt, aber sie sagte, dass sie sich immer noch davor ekelte.
Also radelte Vater los und kam nach einer Weile mit einer neuen Milchkanne zurück.
Sie war aus dickem, weißem Plastik und hatte einen hellgrünen Deckel.

So eine schöne hatte ich noch nicht gesehen.
Mutter freute sich so sehr, dass sie ganz vergaß, dass sie und Vater nicht miteinander sprachen.
«Die ist aber schön!»
Vater nickte zufrieden, und ich wusste, dass nun alles wieder besser würde.

—

Mutter rief nach mir: «Komm, wir gehen Milch holen.»
Aber ich hatte keine Lust, ich wollte lieber in meiner Laube sitzen und «Kalle Blomquist» lesen.
Dann konnte ich vergessen, dass ich traurig war, weil Guste wieder nach Hause gemusst hatte.
Mutter ließ mich aber nicht. «Komm endlich. Das Milchholen musst du ab jetzt übernehmen, ich bin nicht mehr so gut auf den Beinen.»
Sie nahm mich an die Hand, und wir gingen unseren Feldweg entlang zur Straße.
Die neue Milchkanne schwenkte sie dabei hin und her.
Wir gingen zur Seitentür, die direkt in die Küche führte, und Mutter klopfte an.
Tante Lehmkuhl machte auf und freute sich ganz offensichtlich, dass Mutter kam.
Sie hatte zwar einen dicken Kugelbauch, war aber sonst klapperdünn, mit spitzen Knochen überall.
Ihre Stimme hörte sich immer an, als würde sie weinen, und sie redete so langsam, dass ich ganz kribbelig wurde, weil ich immer schon wusste, welches Wort als nächstes kam.
Sie streichelte meine Wange. «Annemie, du bist aber groß geworden!» Ihre Hand war rau und hart.
«Wann bist du denn ausgezählt?», fragte Mutter.

Tante Lehmkuhl stöhnte. «In drei Wochen.»
In der Küche war es dunkel und heiß, und es stank nach Schwein und gekochtem Kohl mit Zwiebeln.
Hinten neben dem großen Küchenschrank stand eine Hexe.
Ich erschrak so sehr, dass ich rausrennen wollte, aber Mutter hielt mich fest.
«Das ist Oma Lehmkuhl. Sag ‹Guten Abend›.»
Ich kriegte keinen Ton heraus.
Die Hexe hatte einen Buckel und schwarze Krallen an den Händen. Ihr Kopf wackelte die ganze Zeit hin und her, und ihr lief Spucke aus dem Mund. Sie war ganz schwarz angezogen und hatte ein Kopftuch umgebunden.
Als sie angeschlurft kam, konnte ich riechen, dass sie nach Pipi stank.
Sie sagte etwas auf Platt zu Mutter.
Tante Lehmkuhl nahm mir die Milchkanne ab. «Komm mit, wir machen dir deine Kanne voll.»
Ich lief ganz schnell hinter ihr her.
Im Kuhstall war es zwar auch warm, aber nicht so stickig, und es duftete nach Milch und Heu.
Mit einem Messbecher schöpfte Tante Lehmkuhl die Milch aus einer der großen silbrigen Kannen in unsere neue Plastikkanne. «Zwei Liter, wie immer?»

Auf dem Heimweg trug ich die Kanne, der dünne Henkel schnitt mir in die Hand.
«Da gehe ich nicht alleine hin! Ich hab Angst.»
Mutter schüttelte den Kopf. «Vor Oma Lehmkuhl brauchst du keine Angst zu haben. Sie ist nur eine alte, kranke Frau.»
«Ich hab aber trotzdem Angst!»
«Das ist ganz egal. Du musst endlich auch eigene Aufgaben übernehmen.»

Wieso redete sie so komisch? So etwas hatte sie noch nie zu mir gesagt.
«Das sag ich Vati!», kam es aus mir heraus.
Mutter ließ sofort meine Hand los und blieb stehen. Ihre Augen waren ganz klein, als sie mir ins Gesicht schaute.
«Das tu ruhig. Vati will auch, dass du ab jetzt die Milch holst. Frag ihn doch. Alle Kinder hier tun das, Barbara auch.»

—

Vaters Urlaub war vorbei.
Er hatte Frühschicht, und als Mutter um halb fünf mit ihm aufstand, wurde auch ich wach.
Ich konnte hören, wie Vater die kalte Asche aus den Öfen in einen Zinkeimer fegte. Dann hörte ich Rascheln und Klappern. Er knüllte Zeitungspapier zusammen und legte Anmachholz darauf.
Jetzt fing der Flötenkessel an zu pfeifen, und Mutter nahm ihn schnell vom Herd. Sie goss Kaffee auf, das konnte ich riechen. Und ich roch auch, dass sie das Essen, das sie gestern schon vorgekocht hatte, wieder aufwärmte – Kartoffeln und Kohlrabi in Milchsoße. Das kam dann in den Henkelmann, den Vater mitnahm, damit er in der Mittagspause etwas zu essen hatte: drei Blechbehälter, die aufeinandergestapelt wurden, einer für Fleisch und Soße, einer für Gemüse, einer für Kartoffeln. Der für Fleisch blieb meistens leer, aber Mutter kochte im Gemüse oft Speck mit. Ich mochte keinen Speck, ich porkelte ihn immer raus. Dann schimpfte Vater: «Ich hätte Gott auf meinen bloßen Knien gedankt, wenn ich als Kind Speck gehabt hätte!»
Nach einer Weile kam Mutter wieder ins Bett zurück, und ich schlief noch ein bisschen.

Mutter nahm mich mit zu Maaßens, weil sie ihre neuen Umstandsröcke anprobieren sollte: zwei Trägerröcke aus Trevira in Dunkelblau und Flaschengrün.
«Die muss man nur kurz durchs Wasser ziehen», sagte Mutter, «schon sind sie sauber und ganz schnell wieder trocken.»
Onkel Maaßen kannte ich, er war Schneider, und er war oft bei uns im Dorf gewesen, weil er Kleider, Röcke und Mäntel geschneidert hatte für Omma, Mutti und deren Freundinnen und zum Maßnehmen oder zur Anprobe gekommen war.
Außerdem war er mit Vater zur Schule gegangen.
Ich wusste nicht genau, wie ich ihn finden sollte.
Er lachte nicht gern und schaute mich immer ganz genau an.
Er hatte zwei Kinder, Ludwig war schon groß, und Barbara war drei Jahre älter als ich. Sie war auch öfter mit ins Dorf gekommen, und Mutter sagte immer: «Geht doch ein bisschen raus zum Spielen.»
Wir saßen dann im Sandkasten und wussten nicht, was wir sagen sollten.
Auch Barbara lachte nicht.
Mutter hatte früher einmal bei Onkel Maaßen gearbeitet. Sie konnte gut nähen und handarbeiten.

Bei Maaßens gab es nur eine Vordertür.
Mutter klingelte, obwohl Onkel Maaßen uns schon durch das große Fenster seiner «Werkstub» gesehen hatte.
Aber er kam nicht gelaufen, weil er nur ein Bein hatte.
Deshalb war er auch nicht im Krieg gewesen.
Die neue Tante Maaßen, die immer so fröhlich war, machte uns auf.
Sie trug ihre Haare in einem Knoten, aber nicht so wie Guste und die anderen älteren Frauen. Ihr Dutt war viel größer und dicker und irgendwie puschelig.

Mutter hatte eine Wasserwelle wie die meisten Mütter, die ich kannte.

An die erste Tante Maaßen konnte ich mich kaum noch erinnern, aber ich wusste, was mit ihr passiert war, weil ich gelauscht hatte, als Mutter es Tante Schulz erzählt hatte, ihrer besten Freundin im Dorf.

«Sie war eine so nette Frau. Was haben wir zusammen gelacht! Haben ja beide in der Schneiderei mitgearbeitet, oft die Nächte durch. Half ja nichts. Wir mussten alle mit ran, wenn wir auf einen grünen Zweig kommen wollten.

Aber nach der Geburt von Barbara ist sie sehr krank geworden – obwohl ich gehört habe, dass es wohl auch bei ihr in der Familie liegt. Ist nachts abgehauen und splitternackt über die Felder gerannt. War schlimm für Wim, wenn die Leute kamen: Fang mal deine Frau ein, die sieht se wieder fliegen. Ist schon fast an der Bahn.

Er hat sie dann in die Anstalt gebracht, die Irrenanstalt, weißt du? Was sollte er auch machen? Dort haben die sie mit Elektroschocks behandelt, bestimmt sechs-, achtmal. Hat aber nie lange geholfen. Und jetzt hat sie sich umgebracht – mit Essigessenz!

Hat sich nachts aus dem Bett geschlichen und in der Küche eine ganze Kaffeetasse voll getrunken. Ich glaube, sie wollte heimlich, still und leise abtreten, hatte aber wohl nicht damit gerechnet, dass sie solche Schmerzen haben würde – unmenschlich.

Sie hat geschrien und geschrien, und Wim hat sofort gewusst, was los war. Die Lippen waren ja auch ganz verätzt und blau und das Kinn, wo der Essig runtergelaufen war. Und man roch es ja auch. Er hat sofort einen Krankenwagen gerufen, da hat sie aber schon Blut gespuckt. Und als der Arzt endlich kam, war sie schon tot.»

«Mein Mann erwartet Sie schon», sagte die neue Tante Maaßen, und Mutter machte ein komisches Gesicht.

Onkel Maaßen saß auf dem langen Tisch am großen Fenster, nicht

im Schneidersitz wie das «tapfere Schneiderlein» in meinem Märchenbuch, das ging ja nicht wegen seinem Holzbein. Er hatte die Beine immer ausgestreckt und beugte sich über seine Näharbeit.
«Wartet noch mit der Anprobe», rief Tante Maaßen. «Ich hole dir schnell deine Stärkung, Schatz, es ist schon elf Uhr durch.»
Sie kam mit einem hohen Glas und einem langen Löffel drin zurück.
«Rotwein mit geschlagenem Ei und viel Zucker, das gibt Kraft. So, ich bin schon wieder verschwunden.»
Rohes Ei? Ich musste feste schlucken.

In der «Werkstub» war es immer sehr warm, weil Onkel Maaßen schnell fror – «wie ein Schneider», sagte er immer und zwinkerte dabei.
Es gab zwei Schneidertische an beiden Seiten der Stube, drei Nähmaschinen, einen großen Schrank, in dem Stoffballen lagerten, und Regale, die bis zur Decke reichten, mit Musterbüchern, Modezeitschriften und Skizzenblöcken. Und einen großen, meist vollen Aschenbecher, in dem immer eine Zigarette glomm, manchmal auch zwei, wenn Onkel Maaßen vergaß, dass er sich schon eine angezündet hatte.
Onkel Maaßen musterte mich. «Warum ist sie nicht in der Schule?»
Mutter bekam rote Flecken am Hals, und mir wurde heiß.
Ich schämte mich und drehte mich weg, um aus dem anderen Fenster zu schauen, das zur Straße hinausging.
«Lehrer Janke und der neue Rektor hielten es für besser, wenn sie erst nach den Ferien wieder geht», erklärte Mutter, aber ich hörte schon nicht mehr zu.

In unserer Dorfschule hatte es nur drei Klassenzimmer gegeben, eines für das erste und zweite Schuljahr, eines für das dritte und vierte und eines für das fünfte, sechste, siebte und achte, nur drei Lehrer und manchmal einen Referendar.

Ich hatte furchtbare Angst gehabt, als ich in die Schule kam, ich wollte nicht von zu Hause weg, aber dann war es doch nicht so schlimm gewesen, denn Frau Henkel, die ich in den ersten beiden Schuljahren hatte, war lieb zu mir. Außerdem war sie jung und hübsch und hatte eine schöne leise Stimme.

Nur einmal musste ich weinen. Wir sollten für unsere Mütter zum Muttertag ein Bild malen, und ich wusste ganz genau, wie es werden sollte: Omma und ich schenken Mutter Blumen. Omma saß in ihrem Sessel, ich auf ihrem Schoß, das war mir gut gelungen, auch der Blumenstrauß. Aber Mutter hatte viel zu lange Beine, und alles war kaputt. Frau Henkel war dann auf die Idee gekommen, dass Mutter einen Faltenrock anhaben könnte und da, wo ich die Striche für ihre Beine gemalt hatte, sollte ich einfach die Falten malen. Und alles war wieder gut.

Frau Henkel hatte mich auch oft vorlesen lassen, und sie hatte auch dafür gesorgt, dass ich mir schon im zweiten Schuljahr etwas vom großen Büchertisch aussuchen durfte.

Aber dann war ich dieses Jahr nach den Osterferien ins dritte Schuljahr gekommen und hatte zu Herrn Krüger in die Klasse gemusst. Herr Krüger war nicht jung, er hatte eine dicke rote Nase mit blauen Adern, und er brüllte die ganze Zeit und lachte böse.

Am ersten Schultag kriegte ich kaum Luft, weil er sofort mit «Wettrechnen» anfing, das ich gar nicht kannte. Alle mussten sich hinstellen, und er brüllte Rechenaufgaben, alles durcheinander: «und», «weniger», «mal» und «geteilt».

Wer das Ergebnis wusste, musste es sagen – «Lauter! Ich habe schlechte Ohren» –, und wenn es richtig war, durfte man sich setzen. Ich hatte viele Ergebnisse sofort gewusst, aber ich war nie laut genug.

«Ich habe dich leider nicht verstanden, haha!»
Und alle hatten gelacht, die meisten kannten «Wettrechnen» schon von ihren älteren Geschwistern.
Dann war die kleine Pause gekommen, in der wir auf unseren Plätzen sitzen bleiben und unser Pausenbrot essen mussten. Meins war in zerknittertes Schwarzbrotpapier eingewickelt, Stanniol und Pergament.
Ich hatte nicht essen wollen, mir war schlecht, aber Herr Krüger saß auf dem Pult und hatte ein Auge auf uns.
Er schickte einen Jungen aus dem Vierten los: «Lauf rüber zu meiner Frau und hol mir mein Frühstücksbier!»
Seiner Frau gehörte der Dorfgasthof.
Und dann war sein Blick auf mich gefallen. «Na los, süße Maus, iss dein Brot, wir haben nicht ewig Zeit!»
Da musste ich brechen – auf mein Brot, auf das Schwarzbrotpapier, über den ganzen Tisch.
Und wieder hatten alle gelacht, sogar Alice, die im zweiten Schuljahr neben mir saß.

Am nächsten Tag hatte ich mich schon vor der Schule übergeben müssen.
«Ich bin krank, ich will ins Bett.»
«Du hast bloß wieder Angst.» Mutter hörte sich weder lieb noch mitfühlend an. «Das ist doch Blödsinn! Herr Krüger ist ein netter Mann, er hat eben nur seinen eigenen Humor.»

In der Schule hatte dann Herr Krüger als Erstes unsere Hausaufgaben sehen wollen.
«Auch von Ihnen, Herr Raschke!» – «Ach was, zu Hause vergessen? Das kennen wir doch schon.» Der Junge war im vierten Schuljahr.
«Du weißt Bescheid, nach vorne mit dir! Sonst noch wer? Der kann sich gleich dazustellen.»

Noch einer hatte sich gemeldet und war nach vorn gegangen.
«Bücken, alle beide! Schön tief, die Hände auf den Boden! Wie der Blitz habt ihr eure Schularbeiten geholt. Ihr habt es ja nicht weit, haha.»
Und dann: «Annemarie, kleine Maus, du sitzt am nächsten. Mach mal die Tür auf, ganz weit!» – «So ist es gut.»
Und dann hatte er den beiden Jungen sein Lineal auf den hochgereckten Po geklatscht, und sie waren losgestürmt.
Ich konnte es nicht mehr aufhalten und erbrach mich auf den Fußboden.
Herr Krüger brüllte etwas von Eimer und Aufnehmer und packte mich am Arm.
Mir war schwindelig, ich wollte nicht, dass er mich anfasste.
Aber ich war in der Schule, er war mein Lehrer, und ich musste tapfer sein. Trotzdem fing ich an zu weinen.
Herr Krüger zog mich mit sich zu Herrn Janke, der die oberen Klassen unterrichtete und unser Rektor und der Ortsvorsteher war, und sie redeten. Herr Janke lief in die Klasse von Frau Henkel, und sie redeten.
Dann ging Herr Janke telefonieren, und Frau Henkel kam zu mir und hockte sich vor mich hin. «Was ist denn los? Bist du krank?»
Ich schüttelte den Kopf. «Ich habe Angst vor Herrn Krüger.»
Sie nahm mich in die Arme.

Am Abend war Herr Janke zu uns nach Hause gekommen und hatte sich mit Mutter ins Wohnzimmer gesetzt. Mutters rote Flecken waren diesmal nicht nur auf ihrem Hals, sondern über ihr ganzes Gesicht verteilt.
Ich hatte mich unter unserer Garderobe versteckt, an der immer noch Ommas langer Mantel hing, obwohl sie schon fast ein Jahr tot war.
«Sie ziehen doch sowieso bald um, Frau Albers.» Herr Janke hatte

eine tiefe, warme Stimme. «Deswegen habe ich Kontakt mit Rektor Maslow von Annemaries neuer Schule aufgenommen. Bis zu den Pfingstferien sind es ja nur ein paar Wochen, und Herr Maslow und ich sind uns da einig: Es ist gar kein Problem, wenn Annemarie erst nach den Ferien im Juni in ihre neue Schule geht. Mit dem Unterrichtsstoff wird sie keine Probleme bekommen, sie ist ja sehr gut.»
Mutter hatte etwas gesagt, das ich nicht verstehen konnte.
«Ja», antwortete Herr Janke, «mit dem Tod Ihrer Mutter kommt das Mädchen immer noch nicht zurecht.»
Mutter hatte geschluchzt.
«Wie auch immer, wenn Sie einverstanden sind, wird Annemarie aus psychologischen Gründen bis zum 10. Juni vom Unterricht freigestellt.»
«Ich weiß nicht, was ich sagen soll.» Mutter hörte sich an, als hätte sie mich satt.

Onkel Maaßen schaute erst mich und dann Mutter lange an.
«Ich habe dir immer gesagt, du schottest sie viel zu sehr ab. Die ganzen Jahre immer nur bei Ida, keine anderen Kinder …»
Er schnalzte mit der Zunge, kam von seinem Schneidertisch herunter und schnallte sich das Nadelkissen ums Handgelenk. «Dann wollen wir mal.»
Mutter stieg auf ein Fußbänkchen, Onkel Maaßen krauchte mit seinem steifen Bein irgendwie um sie herum und steckte den Trägerrock ab.
«Na, wie viel legst du wohl noch zu?»
Mutter kicherte. «Das weißt du doch, bestimmt so viel wie beim letzten Mal.»
«Dann lasse ich hier die Naht besser noch ein bisschen aus.»
Er kam ächzend wieder hoch und rieb sich das Bein dort, wo der Stumpf war.

«Um vier Uhr müsste Barbara mit den Schularbeiten fertig sein. Dann kommst du zum Spielen rüber», sagte er zu mir.
Ich nickte artig.

—

«Liebe Annemarie!
Ich glaube, seit meiner Konfirmation hat mich kein Mensch mehr ‹Auguste› genannt, da fühlt man sich gleich zwanzig Zentimeter größer. Nein, im Ernst, ich will mich nicht über Dich lustig machen, Du hast bestimmt noch nicht so viele Briefe geschrieben. Nenn mich doch einfach ‹Guste›, wie sonst auch.
Ja, ich weiß, von Eurem Hof ist es ganz schön weit bis zum Postamt. Deshalb lege ich Dir heute ein paar Freimarken in den Umschlag, dann kannst Du Deine Briefe selbst frankieren und sie einfach Eurem Briefträger mitgeben. Wenn Du ihn nett bittest, macht er das bestimmt.
Ich kann gut verstehen, dass Dir die alte Frau Lehmkuhl ein bisschen unheimlich ist. Durch ihre Krankheit – Parkinsonismus – zittert sie die ganze Zeit und kann ihren Speichel nicht im Mund behalten. Vor allem aber wäscht sie sich nicht gern. Sie hat keine Krallen an den Händen, Mieke, sie schneidet und schrubbt nur ihre Fingernägel nicht. Weißt Du, wenn ich mich vor etwas fürchte, dann trete ich immer die Flucht nach vorn an. Das solltest Du auch einmal probieren. Wenn Du Mutter Lehmkuhl beim Milchholen über den Weg läufst, dann sag einfach: ‹Guten Abend, Frau Lehmkuhl. Ich hoffe, es geht Ihnen gut.› Und dann flitzt Du in den Stall zum Milchholen. Was meinst Du, wie die alte Frau sich dann freut! Du musst bedenken, dass sie nicht böse ist, sondern nur unappetitlich, und dass bestimmt viele Leute sie abstoßend finden.»

Mutter schaute mir über die Schulter. «Was schreibt sie denn?»
Am liebsten hätte ich meinen Arm über den Brief gelegt – es war doch meiner.
«Nett», sagte Mutter. «Soll ich dir eine Zigarrenkiste geben?»
Mein Opa rauchte Zigarren und schenkte Mutter immer die leeren kleinen Kisten aus Sperrholz. Mutter bewahrte darin Gummiringe, Rabattmarken und anderen Kleinkram auf.
Ich hatte schon eine für die Glanzbilder, die wir Mädchen in der Schule immer getauscht hatten. Dass sie nach Tabak rochen, mochte ich nicht so sehr.
Ich nahm die Zigarrenkiste trotzdem, legte Gustes Brief hinein und ging hinaus in den Garten. «Ich guck mal nach, ob die Erdbeeren schon reif sind.»
Aber das sagte ich nur, weil ich nicht wollte, dass Mutter merkte, wohin ich ging. Ich hatte nämlich einen wunderbaren Ort entdeckt, an dem ich allein sein konnte, wenn es regnete und die Laube nass war. Einen kleinen Dachboden über dem Schweinestall, wo es überhaupt nicht nach Schwein roch, sondern schön holzig, wegen der Dachbalken. Der Raum war leer bis auf ein paar Heuballen, auf denen ich sitzen konnte. An der einen Stirnseite gab es ein Fenster, an der anderen eine quadratische Holztür. Der Riegel ließ sich leicht zurückschieben. Ganz schön tief ging es da runter.
Genauso stellte ich mir das Hauptquartier der «Weißen Rose» aus meinen Blomquistbüchern vor.
Wenn ich doch nur jemanden gehabt hätte, der mit mir Kalle, Eva-Lotte und Anders spielen wollte!
Vielleicht wenn ich wieder zur Schule ging ...
Aber man konnte auch allein spielen, einfach da sitzen, sich ausmalen, was die von der «Weißen Rose» miteinander sprachen, und Pläne für sie schmieden.
Erst einmal musste ich herausfinden, wer hier in der Gegend Böses tat, und dann dafür sorgen, dass man ihm auf die Schliche kam.

Hinter einem der Balken gab es unter einem losen Dielenbrett einen kleinen Hohlraum, den hatte ich schon beim ersten Mal, als ich hier hochkam, entdeckt.

Meine Briefkiste passte genau da hinein.

Auf einmal wurde mir ganz heiß – ich sollte doch um vier Uhr bei Barbara sein!

Ich wollte schon lossausen, besann mich dann aber, schlich die Treppe runter, lief ums Haus herum in den Garten und warf noch schnell einen Blick auf die Erdbeeren – ein paar hatten schon rosa Bäckchen.

«Mama!»

Mutter stand in der Waschküche und weichte Bettzeug ein.

«Wie viel Uhr ist es?»

«Halb vier», antwortete sie. «Und du sollst nicht ‹Mama› zu mir sagen!» Sie hörte sich nicht streng an, nur müde.

«Ja, ich weiß, ‹Mama› sagen nur Katholiken.»

Das hatte sie mir schon hundertmal erklärt.

«Und Katholiken sind böse», sagte ich.

Sie schaute erschrocken hoch. «Das habe ich nicht gesagt!»

Ich war still, irgendetwas verstand ich nicht, vielleicht war ich noch zu klein.

Vater war früher auch katholisch gewesen, war aber Mutter zuliebe evangelisch geworden. «Einen Katholiken hätte ich im Leben nicht geheiratet!»

Er war sogar ein halbes Jahr lang bei einem Pastor in den Unterricht gegangen, um alles über das Evangelische zu lernen.

Wenn Mutter sich über Vater ärgerte, sagte sie oft: «Da kommt der Katholik wieder durch.»

Also waren Katholiken wohl nicht so gut.

Aber fast alle Menschen in unserer Gegend waren katholisch, und sie konnten doch nicht alle böse sein.

«Katholiken sind einfach anders», beschied Mutter jetzt.

Ich sagte immer noch nichts.

Dass nur Katholiken «Mama» sagten, konnte auch nicht stimmen, denn im Dorf hatten alle Kinder «Mama» und «Papa» zu ihren Eltern gesagt, und dort waren alle evangelisch.

Das Dorf war ja extra für die Evangelischen gebaut worden, das hatte ich in Heimatkunde gelernt:

Die Vertriebenen aus den Ostgebieten hatten neuen Lebensraum im Westen gebraucht, und da hatte man den Reichswald gerodet und zwei neue Dörfer gebaut, ein evangelisches und ein katholisches, damit man jeweils nur eine Kirche und eine Schule bauen musste. Und die Menschen aus Schlesien, Pommern, Siebenbürgen und Ostpreußen bekamen ein neues Leben als Gärtner oder Bauern.

«Aus Not und Tod zu Heim und Brot» stand draußen an der Wand vom Gasthof.

Die Kinder aus meiner Klasse sprachen alle wie ich, aber bei ihren Eltern und besonders bei ihren Großeltern konnte man hören, dass sie aus dem Osten kamen. Die hatten sich auch ihre Traditionen bewahrt, bei Lieder- und Volkstanzabenden, wo sie alle bunte Trachten trugen.

Wir wohnten damals am Dorfrand, eigentlich schon ein paar Meter hinter der Grenze. Vater hatte das Grundstück nur bekommen, weil er mitgeholfen hatte, den Reichswald zu roden.

Dabei war auch sein Daumen verlorengegangen. Er hatte an der Kreissäge gestanden, und alles musste schnell, schnell gehen. Und weil es so bitterkalt war, merkte er erst gar nicht, dass er sich seinen Daumen abgesägt hatte.

Sie fanden ihn dann zwischen all den Sägespänen, er steckte noch im Handschuh, aber man konnte ihn nicht wieder annähen.

Deshalb hatte Vater jetzt an der linken Hand nur einen Stumpf, und es sah mühselig aus, wenn er seine Manschettenknöpfe zumachte, aber keiner durfte ihm helfen.

Die Kinder aus meiner Klasse haben jedenfalls alle «Mama» und «Papa» gesagt, das wusste ich ganz sicher.
Die Einzige, die ich hier kannte, die auch «Mutti» und «Vati» zu ihren Eltern sagen sollte, war Barbara, und die war katholisch.
Und zu der musste ich jetzt zum Spielen.

Ich war ganz zittrig, als ich den Feldweg entlangging.
Was war, wenn wir wieder nicht wussten, was wir sagen sollten?
Ich musste auf den Klingelknopf drücken.
Onkel Maaßen hatte mich zwar durch das Fenster der Werkstub gesehen, aber nur kurz genickt.
Barbara machte mir die Tür auf.
«Ist deine Mutter nicht da?», fragte ich verblüfft.
Ich hatte gemerkt, dass ich vor «Mutter» eine kleine Pause gemacht hatte, und fand es selbst furchtbar.
Aber Barbara sagte nur: «Nein, sie ist in die Stadt gefahren.»
Sie sah so ernst aus wie immer, aber sie klang lieb dabei.
Ich wunderte mich. «Mit dem Auto? Sie hat einen Führerschein?»
«Ja, hat sie», antwortete Barbara, und ich konnte verstehen, dass sie stolz darauf war.
Meine Mutter hatte keinen Führerschein, nicht einmal mein Vater, und wir hätten auch gar kein Geld für ein Auto gehabt.
Eigentlich kannte ich überhaupt keine Frau mit Führerschein.
Onkel Maaßen fuhr ein hellblaues französisches Auto, das wie ein Sportwagen aussah.
Mutter hatte mir erzählt, dass er sich alle zwei Jahre ein neues Modell anschaffte, weil Automobile seine große Leidenschaft waren.
Wir guckten uns ein bisschen komisch an, Barbara und ich, denn wir hatten die gleichen Strickröcke an, ihrer war marineblau, meiner dunkelgrün – Tellerröcke.
Im Dorf hatte eine Frau gelebt, die eine Strickmaschine besaß. Sie wohnte zur Miete in den Mansarden über Bertrams Tenne.

Sie hatte keinen Mann, aber ein Kind. Ein kleines Mädchen, ganz leise, genau wie die Mutter, die selbst ein «gefallenes Mädchen» war, hatte Opa mir erzählt.
Bei ihr konnte man Stricksachen bestellen, sie verdiente damit ihr Geld.
Onkel Maaßen fand das gut, und deshalb hatte Mutter unsere Röcke bei ihr in Auftrag gegeben.
Zum Maßnehmen war ich dann mit Mutter in der Dachkammer gewesen, wo diese unglaubliche Maschine stand, die eine Reihe in Ritschratsch stricken konnte, für die Mutter mit ihren Nadeln ewig brauchte.
Dass ich den Namen der Frau nicht mehr wusste, machte mich traurig.
Barbara winkte mich an der Werkstub vorbei in ein Zimmer, das ich gar nicht kannte.
«Unser neues Esszimmer», sagte Barbara. «Mutter hat es vom Wohnzimmer abgetrennt.»
Früher hatten Maaßens wie alle anderen in der Küche gegessen.
Der Raum war vollgestellt mit schwarzen geschnitzten Möbeln: einem klobigen Schrank, einem Tisch, sechs Stühlen mit gedrechselten Beinen und einer Truhe.
«Echte Antiquitäten», erklärte Barbara, «aus ihrem Elternhaus.»
«Dann sind ihre Eltern bestimmt reich», flüsterte ich.
Sie nickte ganz kurz. «Hatten die größte Wäscherei der Stadt – vorm Krieg.»
Auf dem Tisch lag eine Decke, die mit Kornblumen und Klatschmohnblüten bestickt war, auf dem Fußboden ein dicker Perserteppich.
Es war zu dunkel im Zimmer und viel zu warm.
Barbara klappte die Truhe auf. «Sie hat Zeitschriften. Sollen wir uns die angucken?»
Zeitschriften kannte ich nur von Mutters reicher Schwester Liesel

in Köln, und ich fand sie aufregend – so viele bunte Bilder von schönen Menschen.

Wir setzten uns nebeneinander an den Tisch, und Barbara legte einen dicken Stapel «Frau im Spiegel» und «Das Neue Blatt» vor uns hin.

«Wir könnten Schah von Persien spielen.» Sie hörte sich munter an.
«Ich bin Farah Diba, und du bist Soraya.»

Ich hätte so gern mit ihr gespielt, aber ich hatte keine Ahnung, wovon sie sprach.

Sie verdrehte ein wenig die Augen, blätterte und fing an zu erklären:

Der Schah war zuerst mit der schönen Soraya verheiratet, aber die konnte ihm keine Söhne schenken, deshalb verstieß er sie und heiratete Farah Diba, die genauso schön war und ihm dann auch noch viele Kinder gebar.

«Und ich soll die Soraya spielen!»

Das war doch ziemlich gemein.

Barbara verdrehte wieder die Augen ein bisschen. «Dann kannst du Sirikit sein. Hier, guck.»

Sirikit war wunderschön, und sie war die Königin von Thailand, erzählte mir Barbara.

«Ja gut, dann spiele ich Sirikit. Kennen die sich denn, Farah Diba und Sirikit?»

Barbara zuckte die Achseln. «Wir tun einfach so.»

Ich überlegte, wie es in Thailand wohl so war und in Persien, aber dann entdeckte ich in der Zeitschrift eine Frau, die ich viel lieber sein wollte als Sirikit, Farah Diba oder Soraya.

Sie sah mindestens genauso gut aus, aber sie hatte ganz moderne Kleider an, und ihre Augen standen so weit auseinander wie Ommas.

«Das ist Jackie Kennedy.» Barbara guckte begeistert. «Die ist auch toll. Und sie hat einen ganz tollen Mann.»

«Ja, ich weiß», sagte ich schnell, damit sie mich nicht für ganz dumm hielt.
Kennedy war der junge Präsident von Amerika, und über ihn sprachen alle und hofften auf ihn.
Barbara zeigte mir viele Fotos von ihm und Jackie und den beiden süßen Kindern.
Vielleicht war es in Amerika schöner als in Persien oder Thailand – alles sah so neu und sauber aus. Und alle Straßen waren asphaltiert und hatten Laternen am Rand.
«So möchte ich auch mal ...», seufzte ich, und Barbara nickte feste.
Mir war warm, und dann fiel mir plötzlich etwas anderes ein: «Kannst du Rollschuh laufen?»
Sie nickte, kühl schon wieder. «Klar.»
«Dann könnten wir doch Kilius/Bäumler spielen!»
Auf einmal hatte ich so ein schönes Kribbeln im Bauch. «Bei uns auf der Tenne! Da ist ganz viel Platz, und es stehen auch keine Kühe im Stall. Wir tun einfach so, als hätten wir Schlittschuhe an.»

Kilius/Bäumler waren im März Weltmeister geworden, und ich hatte ihre Kür im Fernsehen gucken und mitfiebern dürfen.
Alle hatten es geguckt, sogar Vater, obwohl er sonst immer sagte: «Eislaufen soll Sport sein? Das ist doch bekloppt!» Für ihn war nur Fußball Sport und sonst nichts.
Aber als Kilius/Bäumler gegen Belusowa/Protopopow angetreten waren, da hatte er sich das doch ansehen wollen. Und als die Russen ihre Kür liefen, hatte er die Zähne zusammengebissen. «Der Kerl sieht ja schon aus wie ein Iwan ...»
Gegen «den Iwan» war Vater selbst angetreten «an der Front», das hatte ich schon oft gehört.
Und als Kilius/Bäumler dann mit ihren Goldmedaillen um den Hals in die Welt gewinkt hatten, war Vater nach einem zufriedenen Nicken ins Bett gegangen.

Selbstverständlich hatte auch Barbara den Sieg von Kilius / Bäumler im Fernsehen angeschaut.
Wir lachten uns an.
«Ja, können wir machen.» Schon war sie wieder ernst. «Vielleicht.»
Jetzt wussten wir wieder nicht, was wir sagen sollten.
«Hast du Bücher?», fragte ich verzweifelt.
Sie nickte erleichtert. «Ich habe ‹Försters Pucki›, alle zwölf Bände.»
Davon hatte ich noch nie gehört, aber ich ließ es mir nicht anmerken. «Hast du auch Lindgrenbücher?»
Ihr Gesicht klappte zu. «Die sind doch für Kinder!»
«Aber wir sind doch Kinder!», entgegnete ich und wünschte mir sofort, ich hätte das nicht gesagt, denn jetzt sah sie wirklich nicht wie ein Kind aus.
«Wir könnten uns doch gegenseitig unsere Bücher ausleihen …»
Mir war eisig, als ich das sagte, denn ich wollte meine Bücher nicht weggeben, nicht einmal für ein paar Tage, kein einziges, ich brauchte sie alle.
Aber ich wusste nicht, was ich sonst sagen sollte, und wir mussten doch miteinander spielen!
Es roch nach dickem Staub.
Barbaras Gesicht blieb zu. «Du kannst meine Puckibücher lesen, wenn du willst. Deine brauche ich nicht.»
Ich stand einfach auf. «Ich geh jetzt nach Hause, ich muss gleich Milch holen.»
Barbara stand auch auf, packte den Zeitschriftenstapel und pfefferte ihn in die Truhe zurück.
«Nach Pfingsten musst du ja wohl auch wieder in die Schule, sagt Vati. Du bist im Dritten, oder? Da hast du Pech, Frau Hövelmann ist eine Hexe.»
«Ich komme doch gar nicht in deine Schule, ich bin doch evangelisch.»
Barbara machte die Esszimmertür auf und schob mich hinaus.

«Die neue Schule in der neuen Siedlung? Mit den ganzen Arztkindern? Toll!»

Als ich nach Hause kam, warf Mutter mir einen kurzen Blick zu.
«Barbara kann ganz schön katzig sein, was?»
Dabei lächelte sie komisch – ich wusste nicht, warum – und kochte weiter Einmachgläser aus für die Ernte, die uns ins Haus stehen würde.
Ich wollte mir meinen ersten Blomquistband nehmen und in mein Hauptquartier, aber dann hörte ich Vater hinten auf der Tenne herumwerkeln, und mir fiel wieder ein, dass wir am nächsten Tag Hühner kriegen sollten und Vater den alten Hühnerstall ausmisten und wieder herrichten wollte.
«Soll ich dir helfen?», rief ich.
Mutter schnalzte scharf. «Ach, ihm willst du helfen? Na, wunderbar!» Sie streckte ihren dicken Bauch heraus und stöhnte. «Und was ist mit mir?»
In meinen Ohren summte es, ich musste weinen, aber ich wollte nicht. Ich wollte in Kleinköping sein.
Ich rannte ins Schlafzimmer, schnappte mir meinen Blomquist, lief schnell an Mutter vorbei, schaute sie gar nicht an und verschwand in meinem Hauptquartier.

—

An diesem Abend ging Vater mit mir Milch holen.
Er hatte letzte Woche Nachtschicht gehabt und deshalb heute frei.
Den ganzen Tag über hatte er im Garten gearbeitet, «gewulacht», sagte er, Unkraut gejätet und sich über den Spargel und die Himbeerhecke gefreut.
Als wir uns zu Lehmkuhls aufmachten, nahm er mich an die Hand.
Die ohne Daumen – ein kleines gruseliges Gefühl – wir marschier-

ten den Feldweg entlang, und er fing an zu singen: «Mein Vater war ein Wandersmann, und mir steckt's auch im Blut ...»

Vater sang gern – «Wo man singt, da lass dich ruhig nieder, böse Menschen haben keine Lieder», sagte er immer.

Ich fand, dass er sehr schön singen konnte, und am schönsten die traurigen Lieder, wie «Mamatschi, schenk mir ein Pferdchen», bei denen mir immer der Hals so komisch eng wurde.

Auch bei dem Lied vom Soldaten, der am Wolgastrand stand und Wache für sein Vaterland hielt. Ich dachte da immer für mich, dass dieser Soldat wohl Vater gewesen sein musste.

Und wenn er dann mit ganz leiser, hoher Stimme sang: «Hast du dort droben vergessen auch mich?», musste ich meist ein bisschen weinen. Aber heimlich, denn Mutter schnauzte dann immer: «Und was kommt als Nächstes? Das Horst-Wessel-Lied?»

Ich drückte Vaters Hand. «Ja, ja», fing ich an, weil ich nun lieber etwas Komisches hören wollte, und Vater wusste sofort, was ich meinte.

«Ja, ja, sprach der alte Oberförster, Clemens war sein Name. Er schwang sich von Kronleuchter zu Kronleuchter, um den Teppich zu schonen. Seine Tochter Agathe saß am Fenster und stickte und stickte ...»

«... bis sie sich in den Finger stach. Ja, ja, sagte da der alte Oberförster ...», machte ich weiter. Es war witzig, dass man das immer so weiter und weiter sprechen konnte.

Aber dann kamen wir an Maaßens Haus vorbei, und ich musste an das Kind denken, das wir bald bekommen würden.

«Kann man ohne Beine geboren werden?»

Vaters Bruder hatte im Krieg einen Arm verloren und sein Chef den halben Kopf, und der hatte jetzt eine silberne Schädelplatte, aber wenn man nicht im Krieg gewesen war ...

Vater wurde ganz steif. «Wie kommst du denn darauf?»

Er stand da und schaute mich an.

Ich zappelte herum, weil ich nicht wusste, was ich sagen sollte.
Dann ging ihm ein Licht auf. «Ach wegen Wim Maaßen!» Ich sah ihm an, dass er lachen wollte.
«Nein, Kind, der hatte auch mal zwei Beine. Und er hat wie wir alle beim Bauern gearbeitet. Mit achtzehn ist er mit seinem Bein unter ein Treckerrad gekommen, und das war's dann.» Er grinste. «Wieso er danach aber ausgerechnet Schneider werden musste ... Na ja, er war schon immer eigen.»

Tante Lehmkuhl war nicht da.
Dafür war Onkel Lehmkuhl in der Küche, wo er nicht hingehörte.
Sein Gesicht war rot, er sabberte fast so sehr wie seine Mutter, und er sprach zu viel – Platt natürlich. Ich verstand ein Wort: «Stammhalter», vielleicht gab es dafür keins auf Platt.
Tante Lehmkuhl war im Krankenhaus. Sie hatte ihr Kind schon bekommen, früher als Mutter. Es war wohl ein Junge, und er sollte Franz-Peter heißen.
Eine dicke Schmeißfliege setzte sich auf meine Oberlippe.
Überall in der Küche hingen Fliegenfänger, in deren stinkendem Leim Hunderte von Leichen klebten, trotzdem brummte es im ganzen Raum.
Wenn Tante Lehmkuhl da war, stand keine Marmelade herum und kein schmutziges Geschirr. Ich ekelte mich.
Onkel Lehmkuhl holte eine Flasche Steinhäger und zwei Schnapsgläser aus dem Küchenschrank und knallte sie auf den schmierigen Tisch.
Vater setzte sich.
Und ich wurde böse. «Das sag ich Mutti!»
Mutter mochte keinen Alkohol – «Wenn die Flasche rausgeholt wird, sitzt der Teufel unter dem Tisch» –, und sie wollte nicht, dass Vater welchen trank.

Onkel Lehmkuhl hatte die Gläser vollgegossen und guckte mich an, wie er mich immer anguckte. «Fregges Blaach.»
«Och ...», sagte Vater und kippte den Schnaps.
Ich ließ die Milchkanne einfach stehen und rannte zu Mutter nach Hause.

Ich durfte im Bett noch lesen.
Die Tür zur Küche stand offen. Mutter hatte eine Wolldecke und ein Laken über den Esstisch gebreitet und bügelte unsere Wäsche. Es roch brenzlig und feuchtsüß bis ins Schlafzimmer.
Gerade wollte ich mein Buch zuklappen, als Vater die Spülküchentür aufstieß. «Da bin ich wieder!»
Er hörte sich komisch an und hielt sich am Türrahmen fest.
Den Henkel der Milchkanne hatte er sich übers Handgelenk gehängt, der Deckel war weg, und es war fast gar keine Milch mehr in der Kanne.
«Nich böse sein ...» Er grinste Mutter an und torkelte herein.
Mutter stand da mit dem Rücken zum Herd, beide Hände hinter sich auf der Stange, auf der die Küchenhandtücher trockneten, und kniff Augen und Mund zusammen.
«Och ... du weißt doch, ich vertrage keinen Schnaps ...», lallte Vater und streckte die Hände nach ihr aus. «Komm, gib mir einen Kuss», rief er, «sei ein bisschen lieb zu mir», und senkte den Kopf, als wollte er ihn an ihrem Hals reiben. «Ich tu's auch nie wieder ...»
Mutter stieß ihn mit aller Kraft von sich – «Versoffenes Schwein!» –, und Vater konnte sich gerade noch an der Herdstange festhalten.
Sie winkte mich zu sich, ich hatte schon neben dem Bett gestanden.
«Leg dich hin, du Säufer, und lass uns bloß in Ruhe.»
Vater taumelte ins Schlafzimmer ums Bett herum auf seine Seite, ließ sich fallen und zog die Decke über die Schulter.
Ich drängte mich an den Herd, der noch ein bisschen warm war.
«Er hat sich gar nicht ausgezogen!»

«Egal.» Mutter räumte das Bügelzeug weg. «Wir gehen auch schlafen. Du hast morgen Schule.»
Wir legten uns hin, aber alles war falsch.
Dass Vater nachts schwitzte, im Schlaf immer wieder die Hände über die Augen schlug, irgendetwas redete und manchmal auch schluchzte, kannte ich. Aber dass er einfach nur dalag, ohne zu schwitzen, ohne sich zu bewegen, das kannte ich nicht. Und es machte mir Angst.
«Ich will auf die andere Seite», flüsterte ich Mutter ins Ohr.
Sie schlief schon halb. «Du bleibst, wo du bist. Ich weiß so schon nicht, wie ich liegen soll mit diesem Bauch.»
Da kam Vater mit einem Ruck hoch, setzte sich auf den Bettrand und pinkelte – auf den Fußboden. Es plätscherte laut.
Mutter kreischte. «Stefan!»
Aber Vater hörte sie gar nicht, stöhnte erleichtert, als er fertig war, und ließ sich wieder in die Kissen fallen.
Mutter knipste das Licht an, stürmte ums Bett herum, riss das Fenster auf, packte den triefenden Bettläufer und schmiss ihn einfach nach draußen. Dann knallte sie das Fenster wieder zu.
«Hol den Putzeimer, Annemarie.»
Vater rührte sich nicht.

—

Vater saß auf der Tenne und putzte seine Stiefel.
«Das Leder muss regelmäßig eingefettet werden», hatte er mir mal erklärt, «sonst springt es kaputt.»
Seine Stiefel waren sein Ein und Alles.
Er hatte sie aus dem Krieg mitgebracht, genauso wie seine Reithosen, die er Breeches nannte.
Vater war nämlich bei der Kavallerie gewesen.
Bis er in Russland mit seinem Pferd in eine drei Meter tiefe Falle

gestürzt war und sich den Schädel gebrochen hatte. Da musste er dann ins Lazarett.

Im Lazarett war er schon zweimal gewesen; einmal nachdem sein Schiff im Skagerrak untergegangen und er beinahe an Unterkühlung gestorben war und einmal, als ihm der Iwan durch den Oberschenkel geschossen hatte.

«Sieben Leben hat der Kerl, wie eine Katze», sagte Mutter immer.

Ich hockte mich neben Vater auf die Stufe, denn ich roch die Schuhwichse so gern.

«Heute gehe ich mit den Bauern auf die Jagd», sagte er und lächelte.

Er kannte alle Bauern in der Umgebung, er war ja nicht weit von Pfaffs Hof entfernt aufgewachsen.

Und er hatte schon als Kind immer nach der Schule auf den Höfen gearbeitet. Seit er zehn Jahre alt gewesen war. Das musste dann 1920 gewesen sein, da war Mutter noch gar nicht geboren.

Ich hörte sie in der Spülküche lachen.

«Auf die Jagd! Als Treiber brauchen sie dich – als Fußvolk!»

Vater kriegte eine weiße Nasenspitze.

Abends brachte er zwei tote Karnickel mit.

—

Trudi Pfaff sollte zu Besuch kommen, zusammen mit ihrem Vormund, und ich war so gespannt.

Ich hatte mir heimlich die Sachen in ihrem Schrank in einem der verbotenen Zimmer angeschaut: lauter Kinderkleider mit Bubikragen, ein Tupfenkleid und ein Petticoat.

Trudi war reich. Sie hatte die Felder, die zu Pfaffs Hof gehörten, an andere Bauern verpachtet und bekam dafür sehr viel Geld.

Wenn man siebzehn Jahre alt war und reich, dann musste man schön sein.

Aber Trudi war nicht einmal hübsch.

Sie stieg aus dem Auto ihres Vormunds, blond und blass und ein bisschen pummelig in ihrem grauen Rock und der ausgeleierten Strickjacke.
Der Vormund hieß Herr Möllenbrink.
Vater drückte meine Schulter, als er «Herr» sagte.
Der Mann war ein Riese mit flusigen hellen Haaren, die sich im Nacken kringelten. Er trug einen braunen Anzug, ein weißes Hemd und einen Schlips, obwohl gar nicht Sonntag war. Und er roch eigen, nach Rasierwasser und Mottenkugeln und ein bisschen nach Kuhstall.
Ich verschwand im Schlafzimmer, ließ aber die Tür nur angelehnt und setzte mich mit einem Buch aufs Bett.
Herr Möllenbrink kam aus der Nachbargemeinde und hatte einen «Gutshof».
Vater gab einen Pfiff von sich, als er hörte, wie viele Morgen Land dazu gehörten.
Das Gut wurde vom ältesten Sohn «mitbewirtschaftet». Fünf eigene Kinder hatte Möllenbrink, «alle schon mehr oder minder erwachsen».
Außer Trudi hatte er noch «elf weitere Mündel», um die er sich kümmerte. Die meisten saßen «in der Anstalt».
«Gute Christenpflicht», sagte er, denn Presbyter war er auch.
Trudi sagte gar nichts.
Herr Möllenbrink erklärte ihr Schweigen: Trudis jüngerer Bruder Günther war gestern mit seinem Freund im Wald herumgestromert, und dabei waren sie auf eine Mine getreten. Der Freund war auf der Stelle tot gewesen – «Kein schöner Anblick» –, Günther war «glimpflich davongekommen, nur ein paar Kratzer».
Ich hatte mich zur Tür geschlichen, damit ich besser hören konnte.
«Trudi, du hast doch ein Anliegen!» Herr Möllenbrink hörte sich jetzt nicht mehr gütig und weise an.
Und Trudi fing schließlich doch noch an zu reden.

Sie hatte jemanden gefunden, der unseren Schweinestall pachten wollte.
«Wenn Sie als Mieter einverstanden sind ... Bauer Gembler ...»
Vater lachte, den kannte er. «Auch ein Pfälzer.»
«Zum Füttern kommt er jeden Tag selber», sagte Trudi, «Sie hätten also nichts damit zu tun ... keine Arbeit damit, meine ich.»

Ein paar Tage später klingelte das Telefon, als wir gerade beim Abendessen saßen.
Es gab Buttermilchsuppe mit Backpflaumen – zum Schütteln.
Mutter lief ins Wohnzimmer, weil es fast immer ihre Schwester war, wenn jemand uns anrief.
Ich hörte sie erschrocken Luft holen und etwas murmeln.
Dann kam sie zurück und ließ sich auf ihren Stuhl fallen.
«Trudis Bruder hat sich umgebracht», stammelte sie, ohne jemanden anzusehen. «Mit einem Jagdgewehr. Lauf in den Mund, mit dem Zeh abgedrückt. Trudi hat ihn gefunden. Der ganze Kopf ...»
Vater schlug mit der Faust auf den Tisch, dass die Teller hochsprangen und die Suppe überschwappte. «Wände haben Ohren!»
Ich kniff die Augen zu.
«Kein schöner Anblick.»
Die Milchsuppe konnte ich beim besten Willen nicht essen, das würde Vater verstehen.

—

Ich wurde wach, weil etwas nicht stimmte.
Es musste mitten in der Nacht sein, denn vor dem Fenster war es stockdunkel. Aber aus dem Badezimmer und der Küche fiel Licht aufs Bettende.
Dort stand Mutter, angezogen, stützte sich auf den Bettrahmen und atmete komisch.

«Werd wach, Annemarie. Das Kind kommt.»
Ich fuhr hoch. «Wo ist Vati?»
Mir war schwindelig.
«Er ist ...» Sie krümmte sich. «Warte ...»
Wir brauchten jetzt die kleine Reisetasche, die uns Opas neue Frau geliehen hatte und die wir schon vor Wochen gepackt hatten: ein neuer Morgenrock, zwei neue Nachthemden, Unterwäsche für Mutter und winzige Babysachen, alle in Gelb und Weiß, weil wir ja nicht wussten, ob es ein Junge oder ein Mädchen werden würde; nur die Gummihosen waren beige.
Ich zerrte die Tasche aus der Ecke unter meinem Bücherregal.
«Vati holt Onkel Lehmkuhl.» Jetzt atmete Mutter wieder normal. «Damit er mich ins Krankenhaus fährt.»
Dann ging alles zu schnell.
Ich hörte Lehmkuhls Mercedes vom Hof rumpeln, und Vater war wieder da.
Er zog sich bis auf die Unterwäsche aus, stieg ins Bett und zog die Decke fast ganz über seinen Kopf. Ich konnte nur noch ein paar Haare sehen.
«Schlaf jetzt!»
«Aber wie ...?»
«Jetzt ist Ruhe! Schlaf!»
Ich kroch ans äußerste Ende unserer Bettseite.
Wie sollte ich denn jetzt schlafen? Das Kind kam. Und Mutter war ganz alleine. Ich wollte bei ihr sein, und ich wollte wissen, ob ich einen Bruder oder eine Schwester bekommen würde.
Ich knuddelte mein Kissen zusammen, lag auf dem Rücken und schaute zum Fenster. Immer noch kein bisschen Licht, dabei war Hochsommer.
Wie spät mochte es sein? Zwei, drei Uhr?
Wie lange dauerte es, bis ein Kind da war?
Ich hatte vergessen, Mutter zu fragen.

Ich wollte mich einrollen und weinen, aber da kam auf einmal der Geruch von Vaters Schwitze zu mir herüber, von seinem Oberbett auf unseres. Ich zog unseres von ihm weg, aber das merkte er gar nicht.
Er zuckte in sich hinein.
Es hörte sich an, als ob er weinte.
Ich trat meine Decke weg.
Vater weinte doch nicht!
Aber er schluchzte tatsächlich, nur anders als sonst in den Nächten. Ich wusste nicht, was ich tun oder wohin ich gehen sollte, und hielt mir einfach die Ohren zu.
Und dann dachte ich auf einmal an Guste.
Ich drehte mich zu ihm um und knipste die Nachttischlampe an.
«Weinst du?»
Vater schmiss sich herum und guckte mich an. Sein Gesicht war nass.
«Was ist, wenn sie totgeht?»
Er wischte sich die Augen mit der Faust. «Wenn sie bei der Geburt stirbt!»
Rollte sich wieder ein und zuckte.
Ich kriegte keine Luft.
Was Sterben und Totsein bedeutete, das wusste ich.
Aber dann knipste ich entschlossen die Lampe wieder aus.
Papperlapapp!
Und legte mich mitten auf Mutters Kopfkissen.
«Papperlapapp», sagte ich leise in die Schwitzeluft. «Papperlapapp.»

—

Am Morgen stand Vater schon vor sechs Uhr auf, und ich konnte auch nicht mehr schlafen.

Meine Haare waren ganz vertuckt, ich kam mit dem Kamm nicht durch, weil es so ziepte.
Gestern war Samstag gewesen – Badetag –, ich hatte im Fernsehen noch «Mutter ist die Allerbeste» gucken dürfen, und zur Schlafenszeit waren meine Haare noch nicht richtig trocken gewesen.
Deshalb waren jetzt überall Knoten drin.
Ich hatte sehr lange Haare, bis zur Taille, und Mutter steckte sie mir jeden Morgen zu einem «Krönchen» auf.
Außer Barbara und mir hatte kein anderes Mädchen so eine Frisur, und ich mochte sie nicht. Unser Nachbar im Dorf hatte mich immer gefragt: «Na, haben die Vögel schon Eier gelegt?»
Und abends, wenn das Gebilde gelöst wurde und die Haare wieder herunterfielen, tat mir der ganze Kopf so weh, dass ich immer dachte, ich hätte Zahnschmerzen.
Aber Mutter fand das Krönchen schön. «Du sollst nicht aussehen wie alle anderen. Die Frisur ist hübsch und besonders.»
Sie machte immer noch eins von den Samtbändern mit Druckknopf drum, die sie selbst genäht hatte – gelb oder schwarz, je nachdem, was ich anhatte.
Ich hätte meine Haare gern getragen wie die beiden Mädchen aus dem vierten Schuljahr, glatt bis zu den Schultern mit Pony.
Aber das mochte Vater gar nicht.
«Du bist doch kein leichtes Mädchen!»
Das war ich aber, ich war zu dünn, weil ich nicht richtig essen konnte.
Er kam zu mir ins Badezimmer.
«Beeil dich mit deinem Krönchen!»
Ich kriegte zittrige Hände. «Aber das kann ich nicht alleine.»
Vater schüttelte unwirsch den Kopf. «Dann bind dir die Haare wenigstens zusammen!»
Ich holte mir schnell einen Gummiring aus der Zigarrenkiste im Küchenschrank.

Vater konnte keinen Kaffee kochen, also trank er wie ich Milch zum Frühstück.

Er bestrich eine Scheibe Rosinenstuten mit Leberwurst und Johannisbeergelee, schnitt sie in Streifen und legte mir zwei davon auf mein Brettchen.

Ich rührte sie nicht an. Wurst mit Gelee mochte ich nicht, das wusste Vater, aber er hatte wohl nicht daran gedacht.

Ich hätte sowieso nichts heruntergebracht, ich konnte kaum stillsitzen.

«Bitte, ruf doch im Krankenhaus an, bitte, bitte!»

«Das geziemt sich nicht!»

Aber er ging trotzdem zum Telefon. «Ich sage jetzt Liesel Bescheid.»

Mir wurde mulmig.

Mutters Schwester sollte aus Köln kommen und uns den Haushalt führen, solange Mutter im Krankenhaus bleiben musste.

So war es abgemacht.

Tante Liesel machte mir oft teure Geschenke, aber sie hatte mich immer im Blick und redete streng.

Mutter zuckte nur die Achseln, wenn ich mich darüber beklagte.

«Wenn man Arbeitsdienstführerin war, hat man eben so einen Ton drauf. Das kriegst du nicht mehr raus.»

Liesel sah Mutter nicht ähnlich, obwohl sie Schwestern waren. Mutter hatte braunes Haar, Liesel war blond, und ihre Lippen waren dick und voll, Mutters nicht.

Liesel hatte den größten Busen, den ich je gesehen hatte.

Als junges Mädchen hatte sie oft darüber geweint, erzählte Mutter, aber später fand sie es wohl nicht mehr so schlimm.

Vater kam zurück. «Gegen Mittag ist sie hier. Der Herr Göttergatte persönlich will sie mit dem Auto bringen.»

«Dann musst du Mittagessen kochen.»

«Ich?» Vater lachte. «So weit kommt's noch!»

Tante Liesel kriegte das Krönchen nicht hin. Es rutschte auf meinem Kopf hin und her, weil es viel zu locker war, und überall hingen Haarsträhnen heraus.

Mutter würde sich aufregen, wenn sie mich so sah. Und zur Schule gehen konnte ich so auch nicht!

Tante Liesel lachte nur und schickte mich in den Garten, einen Salatkopf holen.

Sonst aßen wir um Punkt zwölf zu Mittag, weil Vater es so wollte, aber heute war es schon halb zwei, als wir endlich am Tisch saßen.

Und da klingelte endlich das Telefon.

Vater stolperte fast über seine Füße, als er ins Wohnzimmer lief.

Mit spitzem Gesicht kam er zurück. «Ein Junge, neun Pfund. Mutter und Kind wohlauf.»

«Ganz schöner Brocken», murmelte Liesel.

Ich hätte lieber eine Schwester gehabt, aber ich freute mich trotzdem.

Dirk würde er heißen, mein kleiner Bruder.

Vater wollte seinen Sohn lieber Olaf nennen, weil das der Vorname des Arztes war, zu dem er alle paar Monate zur Kontrolle musste und den er sehr schätzte.

Er hatte sich im Krieg eine Lungentuberkulose eingefangen, und als ich noch klein war, musste er immer wieder für viele Wochen zum Auskurieren in eine Lungenheilstätte.

Tbc war gefährlich, und man wusste nie.

Deshalb hatte ich nie auf Vaters Schoß sitzen dürfen, er hatte niemals mit mir geschmust.

«Komm mir bloß nicht an das Kind, du steckst es mir noch an!» Mutter.

Omma hatte dann immer den Kopf geschüttelt, aber nichts gesagt.

«Olaf ist ein ganz fieser Name, so will doch kein Mensch heißen», hatte Mutter entschieden. «Wer muss denn dieses Kind auf die Welt bringen, du oder ich?»

Ich wollte sofort ins Krankenhaus zu Mutter und dem Kleinen, und Vater lief los, um Onkel Lehmkuhl zu holen, der uns fahren sollte. Aber Tante Liesel hielt ihn am Arm fest und warf den Kopf in den Nacken. «Wenn du dir einbildest, ich fahre mit diesem Stinkebauern in seiner alten Kiste, hast du dich geschnitten, mein Lieber. Ruf uns ein Taxi! Und mach nicht so ein Gesicht, ich bezahle, keine Sorge.» Als Vater nicht sofort parierte, schnalzte sie ungeduldig mit der Zunge: «Lass stecken, ich mach's selbst», und griff zum Telefon.
Vater verschwand im Schlafzimmer und kam in seinem Anzug wieder heraus, sogar seinen Schlips hatte er um, jägergrün.
Mit Liesel wechselte er kein Wort.
Setzte sich vorn neben den Taxifahrer und sprach Platt mit ihm.

Es war seltsam, Mutter am helllichten Tag im Bett liegen zu sehen.
Sie war noch nie krank gewesen.
Zwei Nonnen standen bei ihr im Zimmer.
Vater hatte ein Grinsen im Gesicht, und Tante Liesel hievte eine Reisetasche auf das Fußende von Mutters Bett.
Ich fing Mutters Blick ein. «Wo ist unser Baby?»
«Du möchtest deinen kleinen Bruder sehen?» Eine der Nonnen nahm mich an die Hand. «Dann komm mal mit. Sie auch, Herr Albers.»
Vater tapste hinter uns her.
Die Nonne ließ uns im Flur vor einer Glasscheibe stehen und verschwand im «Neugeborenenzimmer».
Sechs Babybettchen standen darin, in einem lag ein Kind und schlief.

Die Nonne nahm es hoch, bettete sein Köpfchen in ihre Armbeuge und kam mit ihm an die Scheibe.
Das war also Dirk, mein kleiner Bruder. Er sah süß aus mit den pechschwarzen, struppeligen Haaren, aber er machte die Augen nicht auf, schlief einfach weiter.
Vater gluckste und trat ganz nah an die Scheibe heran. «Ja, wo ist er denn?»
Genau vor deiner Nase, dachte ich und schämte mich für ihn.
Die Nonne lächelte und lächelte.
Aber dann nahm sie auf einmal unser Baby hoch an ihre Schulter und winkte uns weg.
Vater schob mich vor sich her zu Mutters Krankenzimmer.
Dort hatte Tante Liesel inzwischen ihre Tasche ausgepackt: lauter schöne Babysachen.
«Ich habe alles zur Auswahl mitnehmen dürfen, einmal rosa, einmal bleu.»
Als wir hereinkamen, wickelte sie gerade ein Taufkleid aus kruscheligem Seidenpapier aus: schneeweißer Batist mit einem Unterkleid aus dickem hellblauen Satin.
Mutter brach in Tränen aus. «Mein Gott, Liesel, das ist doch viel zu teuer!», schluchzte sie. «Ein eigenes Taufkleid! Bei den anderen habe ich mir immer eins leihen müssen.»
Die Nonne, die immer noch mit im Zimmer war, reichte ihr ein Taschentuch mit rosa Häkelspitze. «Ja, so ist es gut. Weinen Sie ruhig, das ist gesund.»
Mutter wischte sich das Gesicht ab. «Und unter Glockengeläut geboren, wie meine beiden anderen Kinder, das heißt doch was!»
Ich stand dicht an der Wand neben dem gusseisernen Heizkörper, von dem der vergilbte dicke Lack abblätterte, und fragte mich, was das wohl heißen mochte, unter Glockengeläut.
Ob das was Katholisches war?
Ich wollte, dass Mutter mich anschaute, aber sie merkte es nicht.

«Die einzige Patientin», sagte sie stolz, «im ganzen Krankenhaus! So habe ich mir immer Urlaub vorgestellt – von vorne bis hinten bedient werden – wenigstens einmal in meinem Leben.»
Die Nonne kicherte. «Das ist die richtige Einstellung. Lassen Sie sich ruhig einmal von uns verwöhnen.»
Blicke flogen hin und her, ich stand neben der Heizung und hatte mit alldem nichts zu tun.
«Ach, Gerda», sagte Tante Liesel, «deine Tochter ist übrigens mit meiner Frisierkunst nicht zufrieden.»
Jetzt schaute mich Mutter doch einmal an.
«Na ja, vielleicht machst du ihr besser Zöpfe.»
Ich bekam einen Schreck.
Zöpfe!
In der Schule würden sich alle totlachen.

—

Aber keiner lachte sich tot.
Überhaupt hatte ich Glück mit meiner neuen Schule.
Ich war in den Ferien schon einmal heimlich an einem Nachmittag hingefahren, als ich einen Brief an Guste zur Post bringen wollte, und hatte mir alles angesehen: wo die Fahrradständer waren und wo es in meinen Klassenraum ging.
Darum hatte ich dann an meinem ersten Tag dort nicht so schlimme Angst gehabt.
Auch hier waren das dritte und vierte Schuljahr in einem Klassenzimmer. Unser Lehrer war Herr Struwe. Das war wirklich schön, denn ihn kannte ich schon aus meiner alten Schule im Ort, in der er Referendar gewesen war. Sein Gesicht war kreisrund und ein bisschen wabbelig, aber er war nett und mochte mich gern.
In meinem Schuljahr waren sechs Jungen und außer mir nur zwei andere Mädchen: Cornelia, sehr, sehr dick und sehr, sehr still – ihre

Eltern waren geschieden, hatte Onkel Maaßen Mutter erzählt; vielleicht schämte sie sich deswegen. Und Heidrun, die immer so aussah, als würde sie sich nicht gern waschen. Sie hatte fünf Brüder und spielte in der Schule am liebsten mit den Jungen «Räuber und Gendarm» – sie sagte immer «Räuber und Schandit». Aber manchmal, wenn es in der großen Pause regnete und wir unter dem Überdach bleiben mussten, überredete sie Cornelia und mich zu «Hinkekästchen» – sie hatte immer ein Stück Kreide dabei – oder zu «Schwarz, weiß, rot, der kleine Mann ist tot. Wir wollen ihn begraben in einem Puppenwagen ...». Das klang witzig für mich, aber eigentlich wusste ich nicht, was es bedeuten sollte. Als ich Vater danach fragte, meinte er, das müsse etwas mit dem Kaiser zu tun haben.
Die im vierten Schuljahr spielten in der Pause immer «Karl May».
Mein großer Bruder Peter hatte ganz viele Karl-May-Bücher gehabt, aber er hatte sie alle mitgenommen.
Einmal hatte ich versucht, eins zu lesen, aber rein gar nichts verstanden.
Deshalb hatte ich auch nicht gewusst, warum sich alle aus dem Vierten schiefgelacht hatten, als sie mir anboten, ich könnte bei ihnen mitspielen – die Rolle von «Old Wobble» wäre noch frei. Da war ich einfach weggegangen, hatte gesagt, ich müsste aufs Klo.
Es wusste ja keiner, dass ich nur so tat, weil ich in der Schule nicht aufs Klo ging, nie.
Nach der Schule am Fahrradständer hatte mir dann Karl-Hans aus meinem Schuljahr erklärt, dass «Old Wobble» eine dumme Nuss war.
Die einzigen Mädchen im vierten Schuljahr waren Gabi und Klara, die mit den schönen Frisuren und den schicken Kleidern. Ihre Väter waren beide Psychiater in der großen Irrenanstalt und wohnten mit ihren Familien in den schönen Villen am Rand der Anlage, außerhalb der Schranke.

Gabi und Klara spielten die Hauptrollen im Karl-May-Theater: Winnetou und Old Shatterhand. Und die Jungs aus ihrer Klasse machten immer genau das, was die beiden Mädchen wollten.

Herr Struwe war zwar nett, aber nicht besonders klug.
Als er mich der Klasse vorstellte, hatte er gesagt: «Das ist Annemarie. Ich kenne sie schon aus meiner alten Schule, dort war sie immer die Klassenbeste. Von ihr könnt ihr euch alle eine Scheibe abschneiden.»
Da wollte ich einfach nur weg.
Gabi und Klara hatten sich gegenseitig angestupst und mich spöttisch beäugt.
Aber nach ein paar Tagen waren sie dann doch richtig nett zu mir gewesen.
In diese Schule ging ich gern.
Und seit Guste mir den Bleistift geschickt hatte, auf dem das ganze große Einmaleins aufgedruckt war, hatte ich auch keine Angst mehr vor der Rechenstunde.

—

Die Tage, an denen Mutter im Krankenhaus lag, hätte ich am liebsten in Gustes Laube oder in meinem Hauptquartier verbracht, aber Tante Liesel ließ mich einfach nicht in Ruhe.
Ständig hatte sie irgendwelche Aufgaben im Haushalt für mich, Kartoffeln schälen, Erbsen palen, Wäsche zusammenlegen.
Und sie erzählte mir etwas von Haushaltsführung und dass man das nicht früh genug lernen konnte.
Ich musste die letzten Himbeeren pflücken, und auch die roten Johannisbeeren, damit sie daraus Gelee kochen konnte.
Ich fand das alles ungerecht, schließlich war ich noch ein Kind.
Mutter ließ mich nie so viel arbeiten.

Als dann die Stachelbeeren dran waren, sagte ich einfach, ich müsste für den Naturkundeunterricht Pflanzen sammeln und danach noch einen Aufsatz schreiben.
Ich konnte Tante Liesel ansehen, dass sie mir kein Wort glaubte, aber Vater, der gerade zum Dienst wollte, sagte: «Die Stachelbeeren pflücke ich morgen früh.»

Dann endlich kam Mutter mit unserem Baby nach Hause – in einem Taxi, das Tante Liesel bestellt hatte und auch bezahlte.
Der Taxifahrer ging mit dem Gepäck direkt zur Vordertür – er kam wohl nicht vom Land und wusste es nicht besser –, und Mutter folgte ihm einfach mit dem schlafenden Dirk auf dem Arm.
Vater hatte Spätschicht, er würde erst gegen elf Uhr abends wieder da sein.
Mutter hatte in Trudi Pfaffs Schlafzimmer, in dem momentan Tante Liesel schlief, ein Babybettchen und eine Wickelkommode aufstellen dürfen.
Dorthin brachte sie Dirk, legte ihn hin und deckte ihn nur mit einer kleinen Baumwolldecke zu, die mit Entchen bedruckt war.
Es war zwar schon Anfang September, aber immer noch sehr warm.
Dirk schlief einfach weiter.
Wahrscheinlich schliefen Babys einfach viel.
Tante Liesel nahm Mutter in den Arm, und sie schauten beide auf das Kind.
Ich wollte mich bemerkbar machen, aber mir fiel nichts ein, also blieb ich einfach in der Tür stehen.
«Gibst du ihm die Brust?», fragte Tante Liesel, aber Mutter schüttelte leise den Kopf. «Ich habe diesmal nicht genug Milch. Davon alleine gedeiht er nicht. Die Nonnen sagen, ich soll ihm besser nur die Flasche geben.»
Sie strich sich über den Busen und knöpfte ihre Bluse ein Stück auf.
Es roch süß und satt.

«Jetzt muss ich mir alles mit elastischen Binden hochschnüren und so kleine Pillen schlucken, damit die Milch weggeht.»
«Na, komm und pack erst mal aus.» Tante Liesel drückte Mutters Arm. «Haben sie dir Schmelzflocken mitgegeben?»
«Nein, Milana, das ist besser.» Sie wurde auf einmal ganz unruhig. «Ich muss schnell die Fläschchen und Nuckel auskochen, er wird bald wieder Hunger haben.»
Ich presste mich an den Türrahmen, aber auf einmal sah Mutter mich, ging in die Hocke und nahm mich in die Arme. «Ach Kind, wenn ich dich nicht hätte ...»

Ich durfte dabei sein, als Mutter Dirk wickelte und ihm die Pulla gab, dann schickte Tante Liesel mich ins Bett. «Schule!»
Aber Mutter betete noch mit mir, deckte mich zu und ließ die Türen zur Küche und zum Wohnzimmer offen.
Und so konnte ich gemütlich da liegen und hören, was sie miteinander sprachen.
«Ich wünschte, Maja könnte jetzt bei uns sein!» Mutter versuchte hörbar, die Tränen zurückzuhalten.
Es hatte noch eine Schwester gegeben, Maja, im Krieg gestorben.
Auch sie war eine wichtige Frau beim Arbeitsdienst gewesen, irgendwo an der polnischen Grenze.
Eines Tages war sie schwerkrank geworden, eine Mittelohrentzündung, und hatte dringend Penicillin gebraucht, aber das hatte es nirgends gegeben, das war nur für Offiziere gewesen.
Man hatte dann einen Boten zu ihrem Vater, meinem Opa, nach Polen geschickt. Und der hatte es tatsächlich geschafft, über geheime Verbindungen Penicillin aufzutreiben.
«Sie war immer seine Lieblingstochter», sagte Tante Liesel jetzt, und Mutter lachte zustimmend.
«Sie war ja auch wunderbar. Die ließ sich den Käs' nicht nehmen und war trotzdem ein lieber Mensch.»

Aber als Opa dann endlich mit dem Medikament an Majas Fieberbett gestanden hatte, war es zu spät gewesen, der Eiter war schon ins Gehirn gedrungen, und sie hatte ihren Vater nicht einmal mehr erkannt.

Diese traurige Geschichte kannte ich schon, aber jetzt redeten die beiden über etwas, von dem ich noch nichts gehört hatte.

«Weißt du noch – die Kapitulation?», fragte Mutter. «Wieso warst du damals eigentlich zu Hause?»

«Na, die hatten im Osten doch alles aufgelöst. Ich musste doch irgendwohin. Gott sei Dank hattest wenigstens du die Stellung gehalten.» Sie raschelte mit irgendwas. «Weißt du noch, wir saßen beide draußen – du hattest Peter auf dem Schoß. Es war so heiß wie im Hochsommer.»

«Ja, wir hatten unsere Strümpfe runtergerollt und kurze Ärmel an – und das Anfang Mai!»

«Und dann sehen wir unsere Soldaten mit den weißen Fahnen den Berg runterkommen. Es war so furchtbar!»

«Und wir wussten gar nichts. Wir wussten nicht mal, wer noch lebte.»

«Mutter und Vater in Polen – bestimmt tot.»

«Die Jungs an der Front sowieso.»

«Wenn einer überlebt hat, dann unsere Maja, das hast du gesagt.»

«Ja, ich weiß», murmelte Mutter. «Das hast du doch auch geglaubt.»

«Und dann kommt auf einmal Güsken um die Ecke und hat Nachricht von Mutter und Vater. Sagt, dass sie leben und sich irgendwie nach Hause durchschlagen wollen.»

Papperlapapp, dachte ich. Guste.

Ich hörte noch, wie die Tür zur Tenne aufging und Vater hereinkam, dann schlief ich ein.

Und wurde wieder wach.
Auf meiner Bettseite war es warm, also musste Mutter wohl bei mir geschlafen haben. Aber nun sie war weg.
Ich lief in die Küche. Sie stand im Nachthemd am Herd.
«Was ist passiert?»
«Nichts, ich habe Dirk nur seine Pulla gegeben.»
«Mitten in der Nacht?»
Mutter schmunzelte. «Säuglinge müssen in den ersten Wochen alle vier Stunden gefüttert werden. Und jetzt komm, lass uns noch ein bisschen schlafen.»

Tante Liesel wurde von Karl-Dieter Zwanziger, ihrem Mann, wieder abgeholt.
Er brachte Dago mit, seinen Schäferhund.
Der war mir nicht geheuer, seit er einmal, als Omma noch lebte, unsere Katze Micki durchs ganze Haus gejagt hatte, bis sie sich über dem Fenster in der Schabracke festgekrallt und fürchterlich geschrien hatte.
Also sagte ich nur schnell «Guten Tag» und lief nach draußen, obwohl Tante Liesel so guckte, dass ich mich kaum traute.
Ich dachte an Micki.
Als wir auf den Hof umziehen mussten, war Micki auf einmal verschwunden.
«Aber wir können doch nicht einfach abfahren», hatte ich gejammert. «Wir müssen sie suchen.»
«Das hat keinen Zweck.» Mutter.
«Aber warum denn nicht?»
«Frag deinen Vater.»
«Sie war krank und musste eingeschläfert werden.» Vater schaute mich nicht an.
«Genau», sagte Mutter, «mit einem Stein.»

—

In den nächsten Tagen kamen alle möglichen Frauen, um das neue Kind anzugucken, Mutter und Vater zu gratulieren und Geschenke zu bringen.
Einige sagten «Ja, wo ist er denn?» wie Vater, oder: «Was für ein Wonneproppen!»
Tante Gembler kam ins Haus, während ihr Mann seine Schweine versorgte, die mittlerweile in unseren Stall eingezogen waren, wie Trudi Pfaff es angekündigt hatte.
Tante Gembler war klein, dick und dunkel und roch nach Milchkaffee. Und sie sprach komisch, sagte «sch», wo wir «s» sagten.
Sie schenkte uns eine Ausfahrgarnitur: ein spitzes Mützchen mit einem Jäckchen aus hellgrünem Kräuselkrepp.
Auch Tante Lehmkuhl kam mit einem alten Kinderwagen aus lackiertem Korbgeflecht mit kleinen rostigen Rädern, in dem ihr dickes Baby saß.
Franz-Peter sah aus wie sein Vater, hatte den gleichen Sabbermund, und er roch auch genauso schlecht.
Tante Lehmkuhl nicht. Sie hatte ihre guten Sachen an, in denen ich sie sonst nur sah, wenn sie freitagabends zur Beichte ging: einen dunkelgrauen Rock, eine schwarze Bluse, bis oben zugeknöpft, und eine Strickjacke in hellerem Grau.
Ich konnte sehen, dass Mutter sich wirklich über den Besuch freute. Sie setzte sofort Kaffeewasser auf.
«Ich war extra in der Stadt», sagte Tante Lehmkuhl langsam und weinerlich wie immer und legte ein Päckchen auf den Esstisch. Es war in Goldpapier eingewickelt, mit einer roten Schleife drum herum und sah nach Weihnachten aus.
«Danke, Maria, das wäre doch nicht nötig gewesen», sagte Mutter.
Tante Lehmkuhl zuckte die Knochenachseln und schaute irgendwohin. «Das macht man doch gerne.»
Mutter wickelte ein Kinderbesteck aus, einen Löffel, eine kurze

Gabel und ein stumpfes Messer, auf deren Griffen Zwerge eingraviert waren.
«Ich dachte, damit er gleich so anständig essen lernt wie deine anderen Kinder.»

Auch die neue Tante Maaßen kam.
Mutter deckte den Kaffeetisch mit dem guten Geschirr und bewunderte die weiße Wagendecke, die Tante Maaßen selbst gehäkelt hatte.
Ich fand sie nicht schön, sie sah schlampig aus und war ein wenig angeschmuddelt.
Schön war allerdings, dass sie Barbara mitgebracht hatte.
Die war bisher erst ein Mal bei mir zu Besuch gewesen, als wir versucht hatten, Kilius / Bäumler auf Rollschuhen zu spielen.
Es war gar nicht so leicht gewesen, zusammen zu laufen, und in den Kurven waren wir oft auf dem Po gelandet, aber irgendwann hatte es geklappt, und wir hatten uns angelacht und beschlossen, die eingesprungene Waagepirouette zu probieren, und das war es dann gewesen.
Ich war hart auf mein Steißbein geknallt, und Barbara hatte sich beide Knie blutig geschlagen.
Seitdem hatte sie mich nicht mehr besucht.
Ich war allerdings noch öfter bei ihr gewesen. Wir hatten Bilder aus Zeitschriften ausgeschnitten und in ein Schreibheft geklebt, meistens Fotos von den Kennedys.

Wir standen alle an Dirks Bettchen.
«Wo hat er denn die dunklen Augen und die schwarzen Haare her?», fragte Tante Maaßen und fiepste dabei.
«Die liegen bei meinem Mann in der Familie», antwortete Mutter.
Ich stieß Barbara in die Seite – «Komm, ich zeig dir was» – und nahm sie mit in mein Hauptquartier.

Sie schaute sich alles an und nickte. «Gemütlich.»
Ich erzählte ihr von der «Weißen Rose», aber das interessierte sie nicht.
«Ich hab mir überlegt, ob wir nicht doch noch mal Kilius / Bäumler spielen sollen, einfach ohne Rollschuhe. Eben nur so tun.»
Das war eine tolle Idee. «Dann könnten wir auch richtige Sprünge machen, einfache wenigstens.» Ich wurde ganz aufgeregt. «Flip und Toe-Loop könnten wir schaffen. Sollen wir es sofort mal probieren?»
Barbara wehrte ab. «Ich hab noch Schulla. Morgen vielleicht.»

Und Opa kam auch. Mit seiner neuen Frau.
Ich hatte ihn lieb, meinen Opa Emil, der «mein Ströppken» zu mir sagte und mich so gern auf seinem Schoß sitzen ließ.
Außerdem hatte er ein Spiel erfunden, das er nur mit mir spielte.
«Komm mal her», rief er mich, «wir spielen ‹Opa und Annemie›!»
Dann stellte ich meine kleinen Füße auf seine großen, er hielt mich mit seinen riesigen Händen ganz fest, und wir marschierten los – mal vorwärts, mal rückwärts oder im Kreis herum, wie ein einziger Mensch.
Opa war fast zwei Meter groß – man mochte kaum glauben, dass er Gustes Bruder war.
Aber er war warm und fröhlich und immer nett zu allen.
«Ein Kerl wie ein Baum, aber ein Herz wie ein Waldbeerstrauch», sagte Vater, der schon vor dem Krieg mit Opa zusammen im Gefängnis gearbeitet hatte. In einem Zuchthaus, wo man nur arbeiten durfte, wenn man ein sehr guter Beamter war. Denn es war ein Gefängnis, in dem nur gefährliche Schwerverbrecher saßen, solche, die viele Menschen umgebracht hatten.
Und weil Opa Mitleid mit «dem armen Kerl, weit weg von zu Haus» gehabt hatte, war er darauf gekommen, ihn zu sich und seiner Familie nach Hause einzuladen.

Und so hatten Vater und Mutter sich kennengelernt.
Mutter sang manchmal ein Lied über einen solchen Massenmörder: «Warte, warte nur ein Weilchen, dann kommt Haarmann auch zu dir. Mit dem kleinen Hackebeilchen und macht Hacke-, Hacke-, Hackemus aus dir.»
Mit dem Lied hatten ihre Brüder ihr, als sie alle noch Kinder gewesen waren, immer Angst eingejagt.
Auch ich bekam eine Gänsehaut, wenn sie es so leise und unheimlich sang – schön gruselig.

Opa war vor ein paar Wochen pensioniert worden und freute sich, dass er jetzt viel mehr Zeit für seinen Garten haben würde.
Er hatte Mutter versprochen, ein paarmal in der Woche zu kommen, um ihr beim Einwecken zu helfen, weil sie doch wegen Dirk nicht so viel Zeit hatte.
Darauf freute ich mich schon, denn Opa war der Einzige, der mich richtig mithelfen ließ. Er brachte nicht nur sein eigenes scharfes Küchenmesser mit – «Metz» nannte er es –, sondern auch eins für mich, und wenn Mutter Angst kriegte, sagte er nur: «Wenn man es ihr richtig zeigt, dann passiert auch nichts», lächelte mit den Augen und zwinkerte mir zu.

Opa sprach nie vom Krieg.
Fast alle Männer, die ich kannte, fingen irgendwann, wenn sie zusammensaßen, an, von «der Front» zu reden, vom «dreckigen Polack» und vom Italiener, der «eine große Klappe» hatte, aber wenn es drauf ankam, «die Beine in die Hand nahm und Fersengeld gab». Und von Stalingrad und wie Vater «wie durch ein Wunder noch rausgekommen» war, aber tagelang «nur über Leichen» hatte steigen müssen.

Opa sagte gar nichts.
Deshalb hatte ich ihn auch irgendwann einmal gefragt: «Warst du nicht im Krieg?»
«Doch, sicher.» Er hatte vor sich hin geguckt. «Ich war in Frankreich, in Biarritz.» Und dann hatte er mir zugezwinkert. «Da war es so schön, so warm und das Meer ... Das hätte ich sonst nie erlebt ...»

Vater hatte unser Haus im Dorf auch gebaut, damit Omma und Opa zu uns ziehen konnten. Denn Omma war krank und konnte allein nicht mehr alles bewältigen.
So kamen sie dann zu uns in die obere Wohnung, meine Großeltern.
Und ich kam zu Omma.
Da war ich ein Jahr alt.
Mutter musste ja in der Gärtnerei arbeiten, damit wir das Haus abbezahlen konnten.
Und als ich alt genug war, konnte ich alles, was Omma nicht mehr konnte.

Opa züchtete Kaninchen.
Am Wall hinter unserem Haus hatte er Ställe gebaut.
«Russen» züchtete er, und Omma hatte immer wieder darüber lachen müssen – «Ausgerechnet Russen!»
Kaninchenzucht war schwer.
Obwohl Opa für viel Geld einen guten Rammler gekauft hatte, den er mit einer Spezialmischung fütterte, und obwohl er auf Kaninchenausstellungen besonders schöne Häsinnen aussuchte, lief es mit der Zucht meistens nicht so, wie er sich das vorstellte. Die Jungen hatten ganz oft schwarze Härchen an den falschen Stellen und wurden dann sonntags gegessen.
Ich durfte sie mit Opa schlachten, aber das durfte keiner wissen.

Heute kam Opa, um seinen neuen Enkelsohn kennenzulernen.
Mit seiner neuen Frau, die ich Tante Meta nennen sollte.
Wegen ihr hatte Mutter wochenlang geweint, und Tante Liesel hatte sich aufgeregt: «Unsere Mutter ist noch kein Jahr unter der Erde, und der schleppt schon ein neues Weib an!»
Opa hatte Tante Meta über seine Kollegen am Gefängnis kennengelernt und sie schnell geheiratet und zu sich in seine und Ommas Wohnung in unserem Haus geholt.
Das war die Zeit gewesen, in der Mutter so viel geheult hatte. «Hör dir das nur mal an, wie die da oben rumstöckelt – tack, tack, tack –, dabei wird man doch verrückt!»
Omma war nicht herumgestöckelt, sie war hüftgelähmt gewesen.
Tante Meta war eine Witwe mit zwei erwachsenen Kindern – Tante Lieselotte und Onkel Rudi.
Sie kam eigentlich aus Königsberg, und sie war ziemlich hässlich mit der langen Oberlippe, dem Bartschatten und dem viel zu dicken Po. Und als Opa sie zum ersten Mal mitgebracht hatte, war sie geschminkt gewesen! Vor lauter Schock hatte Mutter während des Kaffeetrinkens kein Wort gesagt.
Aber als Opa und Tante Meta wieder gegangen waren, war sie sofort mit mir zu Bertrams rübergelaufen und hatte Tante Liesel angerufen. «Wie vom Tingeltangel!»

Opa hatte wohl auch keine geschminkte Frau gewollt, denn das nächste Mal hatte Tante Meta normal ausgesehen.
Nur noch ein bisschen hässlicher.
Sie hatte mir einmal erzählt, dass sie als junge Frau in Königsberg in einer Parfümerie gearbeitet und man dort von ihr erwartet hatte, dass sie sich schminkte und immer gut roch.
Tante Meta war ganz anders als Opa, kein bisschen gemütlich, aber ich hörte ihr gern zu, denn sie konnte spannend erzählen.
Von ihrem Vater, der «Kapitän zur See» gewesen war, ihrer Flucht

«übers Haff» und vom «Treck». Dabei rollte sie das «r», wie die Leute im Dorf, nannte mich «Marjellchen» und benutzte Wörter, die ich noch nie gehört hatte und über die ich nachdenken konnte. Aber Mutter ließ mich nie lange mit ihr sprechen.

Opa nahm Dirk in seine großen Hände und schubberte ihm sanft mit seinem Schnurrbart über den Kopf. «Staatser Kerl. Gut gemacht, Wicht.»
Mutter lächelte.

Und dann kam auch Peter, mein großer Bruder, der elf Jahre älter war als ich.
«44 und 55 geboren», sagte Mutter zu Leuten und kicherte dabei, «aber 66 wäre dann doch ein bisschen spät gewesen.»
In der ganzen Zeit, in der Mutter mit Dirk schwanger gewesen war, hatte sie Vater angefleht, dass Peter kommen dürfe, aber Vater war jedes Mal ganz hart um den Mund geworden. «Nur über meine Leiche!»
Aber jetzt hatte Mutter mit Tante Liesel telefoniert und viel getuschelt, Tante Liesel hatte zurückgerufen, und Mutter hatte noch mehr getuschelt und dann mit rosa Backen zu mir gesagt: «Morgen kommt Peter!»
Vater hatte Spätschicht in dieser Woche, er würde um eins aus dem Haus und nicht vor halb elf abends zurück sein.
«Weiß Vati das?»
«Sicher, was denkst du denn!»
Aber ich wusste, dass sie mich anlog, und bekam so viel Angst, dass ich aufs Klo musste.

—

«Zeig deine Zähne nicht so, wenn du lachst, das sieht dämlich aus!» Vater.
Peter hatte den Kopf eingezogen, und Mutter hatte Vater angeschrien: «Er hat den gleichen Mund wie du, Stefan, da kann er doch nichts dafür!»
«Dann soll er nicht lachen.»

—

Peter war schon mit vierzehn von zu Hause weggezogen, um in Leverkusen eine Lehre zu machen. Weil er in der Schule nicht zurechtgekommen und überhaupt immer so schwierig gewesen war. Aus Leverkusen hatte er jede Woche ein Paket mit schmutziger Wäsche geschickt. Mutter schleppte es dann runter in die Waschküche, und wenn sie es aufmachte, musste ich immer ein bisschen würgen, weil die Sachen so stanken. Mutter wusch sie, trocknete sie draußen auf der Leine zwischen den Wäschepfählen, die Vater einbetoniert und grün angemalt hatte, bügelte sie, packte sie in einen der Kartons, die sie im Dorfladen für uns aufhoben, und brachte das Paket zur Post. Jede Woche.

Einmal im Monat kam Peter auf Besuch.
Mir gefiel das nicht.
Er saß dann immer ganz nah bei Omma, die eigentlich mir gehörte. Und sie sprachen über Dinge, die ich nicht verstand.
«Er war in Dachau, Peter.»
«Opa? Das kann doch nicht sein!»
«Doch, Junge. Damals, als er angeblich immer wieder auf Lehrgängen in München war.»
«Er war Aufseher im Lager?»
«Er spricht nicht darüber.»

Und abends hatte Peter zuerst mit Opa gestritten und war dann Vater gegenüber sehr ungehorsam und laut gewesen. Und Vater hatte gesagt: «Ich will dich hier nicht mehr sehen!»
Und da hatte ich Omma wieder ganz für mich.

Mutter hatte geweint und gebettelt, aber Vater war einfach nur ins Bett gegangen.

Nur zu Ommas Beerdigung war Peter gekommen.
Da hatte er schon ein wenig ausgesehen wie ein Mann.
«Ich habe die Frau meines Lebens getroffen, und ich will sie heiraten.»
Vater hatte ihm den Vogel gezeigt. «Du bist doch noch feucht hinter den Ohren. Werd erst mal volljährig.»
«Aber wenn du uns deine Unterschrift gibst, dann könnten wir sofort ...»
«Nix da!»
Ein paar Wochen später war Peter auf einmal wieder gekommen. In einem schönen Auto mit Kölner Kennzeichen und drei anderen Leuten drin: seiner Freundin und deren Eltern.
Ich hatte aus dem oberen Flurfenster gesehen, dass Peters Freundin sehr schön war und ihre Eltern eine Flasche Wein und einen Strauß Nelken dabeihatten.
Vater hatte sie wohl auch gesehen, aus dem Wohnzimmerfenster.
Er hatte Mutter von ganz nah in die Augen geguckt. «Die Tür bleibt zu!»
Dann war er im Keller verschwunden.
Es hatte geklingelt und geklingelt, und ich hatte auf der obersten Treppenstufe gesessen und mir die Ohren zugehalten, bis das schöne Auto aus Köln wieder weg gewesen war.

Mutter freute sich wie verrückt, und deshalb freute ich mich auch ein bisschen – Peter kam!
Er sollte gegen zwei mit dem Zug ankommen. Vom Bahnhof aus brauchte man dann noch fast eine halbe Stunde zu Fuß zu Pfaffs Hof.
Mutter legte Dirk in den Kinderwagen, den wir von Tante Metas Tochter geliehen hatten, und wir liefen den Feldweg runter bis zur Schotterstraße.
Und da sahen wir dann einen jungen Mann, der uns entgegenkam. Er trug einen hellbraunen Sommeranzug. Er sah besser aus als Kennedy. Und er war mein Bruder!

Als er noch bei uns zu Hause gewesen war, hatte er immer Lederhosen getragen, kurze Lederhosen wie fast alle kleinen und auch größeren Jungen, die ich kannte.
Lederhosen hielten ewig – wenn man sie pflegte, sagte Mutter.
Sogar der kleine Dirk hatte schon eine. Sie war Opas und Tante Metas Geschenk zu seiner Geburt gewesen: eine kurze dunkelgrüne mit Trägern und einem Riegel vor der Brust, auf dem eine Edelweißblüte aus Horn aufgenäht war, und dazu ein kariertes Hemd. Alles sah so winzig aus. Mutter sagte, sie würde Dirk passen, wenn er so zwei oder drei war.
Es war ein teures Geschenk. Lederhosen für seine Kinder konnte sich nicht jeder leisten.

Peter nahm Mutter kurz in den Arm, mich gar nicht, und schaute in den Kinderwagen.
«Was hast du ihm denn da für eine dämliche Tolle gekämmt?»
«Sieht doch niedlich aus», sagte Mutter mit kleiner Stimme.
«So was macht doch heute kein Mensch mehr!»

Und dann passierten lauter Dinge, von denen ich nichts gewusst hatte:
Wie gingen nicht zurück zu Pfaffs Hof, sondern zu Maaßens.
Wo wir vor dem Haus stehen blieben.
Wo Onkel Maaßen in einem kurzen Popelinemantel herausgehinkt kam und seinen französischen Sportwagen aufschloss.
Wo die neue Tante Maaßen mit bösen Augen in der Haustür stand.
Wo Peter kein schöner junger Mann war, sondern ein Junge, der «Ja, Onkel Maaßen» sagte.

Onkel Maaßen brachte uns in die Stadt zu einem Fotografen.
Und Peter, ich und Dirk wurden zurechtgesetzt für ein «Familienfoto», wie der Fotograf es nannte.
Bevor er auf den Auslöser drückte, holte Peter ganz schnell einen Kamm aus seiner Hemdtasche und kämmte Dirk die Tolle weg.

«Ich schicke Ihnen die Aufnahmen dann zu, Frau Albers. Ist das hier in der Stadt?»
«Nein, nein, die gehen an eine Adresse in Köln. Würden Sie sich die bitte aufschreiben?»
Peter war schon wieder draußen.
Mutter hielt Dirk im Arm. Den Kinderwagen hatten wir ja bei Maaßens vor der Garage stehen lassen.
«Das macht dann ... Augenblick, da kommt ja auch noch das Porto dazu ...»
Vor der Tür wartete Onkel Maaßen und baute sich vor Peter auf, obwohl der ein ganzes Stück größer war.
«Und wie soll dieses Drama nun weitergehen?»
Peter schob die Hände in die Hosentaschen seines schicken Sommeranzugs, für den Onkel Maaßen nicht mal einen Blick übrig gehabt hatte.

«Ich habe jetzt meinen Wehrdienst abzuleisten.»
Ich hatte Angst, dass Mutter Dirk fallen ließ.

Onkel Maaßen fuhr dann mit uns direkt zum Bahnhof in der Stadt.
Wo Peter einfach ausstieg und ging.
Wo Mutter Rotz und Wasser auf den kleinen Dirk weinte, der von nichts wusste.
Wo ich hinten in der Ecke vom hellblauen Sportauto versuchte, nicht zu brechen.
Dann fuhren wir wieder zurück zu Maaßens, legten Dirk in Tante Lieselottes Kinderwagen und gingen zurück zu Pfaffs Hof.

Als Vater um halb elf vom Dienst kam, lagen wir alle im Bett.

—

Am nächsten Tag zog Mutter aus.

Sie sagte es mir nach meinem Abendgebet.
«Ich schlafe ab jetzt bei Dirk.»
Ich wusste nicht, was sie meinte.
«Der Kleine gedeiht nicht richtig, er ist zu dünn. Und hier im Zimmer höre ich ihn nachts nicht sofort, wenn er schreit, weil er Hunger hat. Es muss einfach sein, Kind.»
Ich kriegte keine Luft, in meinem Kopf purzelte alles durcheinander.
Zu dünn war ich auch.
«Weiß Vati das?»
«Ich habe es mit ihm besprochen.»
«Aber der Satan …», stammelte ich.
Mutter runzelte die Stirn. «Wer? Was redest du denn?»

Dann stand sie vom Bettrand auf, stopfte das Deckbett um mich herum und nahm ihr Kopfkissen unter den Arm. «Mach kein Theater, ich sitze ja noch im Wohnzimmer.»
Ich konnte nichts sagen, drehte mich zur Vatiseite und zog mir die Decke über den Kopf.
Papperlapapp – ich musste es dreimal sagen, bis mir klarwurde, dass es nicht anders sein würde als mit dem Mittagessen. Alles aufessen musste ich nur, wenn Vater Spätschicht hatte, oder Nachtdienst, wenn ich Pech hatte.
Genauso würde es mit unserem Bett sein: Ich musste nur allein mit ihm einschlafen, wenn er Frühschicht hatte, alle paar Wochen für ein paar Tage.
Und da konnte ich einfach so tun, als wäre ich gar nicht da, konnte in Bullerbü oder Kleinköping sein, wo Sommer war und man sich lieb hatte.
Ich musste wieder unter der Decke hervorkommen, weil mir so heiß war.
Mein Kopfkissen war jetzt das einzige auf dieser Bettseite, ich wusste nicht, wo ich es hinschieben sollte. War das jetzt mein eigenes Bett?
«Mutti?»
«Schlaf endlich.»
Sie hatte Dirk lieb und Peter.

—

Und dann wurde Kennedy erschossen.
Von nichts anderem sprachen die Leute mehr, sogar die Kinder in der Schule.
Ich merkte, dass auf einmal alle irgendwie Angst hatten, aber ich verstand überhaupt nicht, warum.
Bis Vater sagte: «Was wird der Iwan jetzt tun?»

Das verstand ich: Wenn der Iwan etwas tat, gab es Krieg. Was das bedeutete, hatte ich oft genug gehört.

Krieg hieß Bomben und in Bunkern und Kellern kauern und hoffen, dass es einen nicht traf. Dass man irgendwie überlebte. Bedeutete Flucht und «Treck», auf dem «einem die Kinder unter den Händen wegstarben». Hieß «Gustlow», auf die man nicht mehr kommen konnte, weil sie überfüllt war, und deshalb war man nicht umgekommen wie die anderen alle.

Da hatte ich auf einmal auch Angst.

Nach der Schule lief ich sofort zu Barbara.

Ich sah sie auf ihrer alten Schaukel sitzen und stieg über das Gartenmäuerchen.

«Kennedy ist tot.»

«Ich weiß», flüsterte sie.

Und dann fing sie so sehr an zu weinen, dass ich es mit der Angst bekam.

Ich fasste nach ihren Händen, aber da kam auf einmal Onkel Maaßen aus der Werkstub gehumpelt. Zog Barbara von der Schaukel herunter und nahm sie in seine Arme.

Er musste mich gar nicht angucken, ich ging schon.

Aber ich ging nicht auf den Hof zurück. Ich zwängte mich durch die erste kleine Lücke in der Hecke zum Apfelbongert, hockte mich ins Gras unter einen Baum und weinte auch.

Nicht wegen Kennedy.

Ich weinte so lange, bis es anfing zu graupeln und ich meine Hände und Füße nicht mehr fühlte.

«Was hast du gemacht? Wo hast du denn nur gesteckt?», schimpfte Mutter, als ich ihr meine blauen Finger entgegenstreckte.

Dabei lief sie schon los und holte die neue hellblaue Plastikschüssel, füllte heißes Wasser aus dem Kessel hinein, der immer auf dem

Herd stand, rannte in die Spülküche, ließ kaltes Wasser dazulaufen und stellte die Schüssel auf den Küchentisch.
Dann zog sie mir den schwarzen Poncho über den Kopf, den Onkel Maaßen genäht hatte – für mich mit rotem, für Barbara mit grünem Futter –, krempelte meine Pulloverärmel hoch und drückte meine Hände ins Wasser.
«Lass sie bloß drin! Das Wasser ist nur lauwarm. Auch wenn es dir kochend heiß vorkommt.»
Ich biss die Zähne ganz fest aufeinander.
Mutter füllte auch den Putzeimer mit lauwarmem Wasser, zog mir die Schuhe und die Strumpfhose aus.
«Steig da rein.»
Das tat ich und musste wimmern.
«Ich dachte, du wolltest zu Barbara.»
«Ja.» Meine Lippen waren so taub, dass ich fast nicht sprechen konnte. «Sie saß auf der Schaukel.»
Mutter machte große Augen. «Im November?»
Dann rubbelte sie mein Gesicht. «Wird es besser? Kriegst du schon wieder Gefühl?»
Ich konnte nur weinen.
«Ja, ich weiß.» Mutter ging in die Hocke und nahm mich in die Arme. «Das ist immer der schlimmste Moment, wenn das Gefühl zurückkommt, aber der geht schnell vorbei.»
Sie sah mir wohl an, dass ich ihr nicht glaubte, und lächelte, als sie aufstand. «Glaubst du etwa, mir wäre das noch nie passiert? Beweg jetzt langsam die Finger und die Zehen.»
Dann ging sie auf die Tenne und holte ein paar Briketts.
«Bei uns im Bergischen hatten wir jeden Winter Schnee bis zum Gehtnichtmehr. Und nach der Schule ging es jeden Tag zum Schlittenfahren, bis es dunkel wurde und wir halb erfroren waren.»
Sie öffnete die Tür vom Wohnzimmerofen und stocherte mit dem Rocheleisen in der Glut.

«Und meine Mutter musste sehen, wie sie uns fünf Blagen wieder aufgetaut kriegte. Die Kleinen steckte sie dann immer gleich ganz in die Badewanne.»

Sie schob zwei Briketts in den Ofen. «In unsere Zinkwanne. Andere Badewannen gab es ja damals noch nicht, jedenfalls nicht für die normalen Leute.»

Aus Zink war unser Putzeimer, in dem ich stand, er war kalt und – stumpf. In so einer Wanne sitzen – mir lief Gänsehaut den Kiefer hinunter bis zum Hals.

Mutter schob einen unserer Korbsessel dicht vor den Ofen und setzte mich hinein, nachdem sie meine Hände und Füße trocken gerubbelt hatte. Dann holte sie mein Oberbett, das Barbara Plümmo nannte, und stopfte es fest um mich herum.

«Ich hol dir gleich ein Buch, wenn du mir sagst, welches du willst.»

Aber erst einmal schnappte sie sich den Telefonapparat und nahm ihn mit in Dirks Zimmer. Ich konnte trotzdem hören, dass sie Tante Maaßen anrief – wegen der Schnur ging die Tür nicht richtig zu –, und zog mir das Federbett über die Ohren.

Auch in unserem Haus im Dorf hatten wir nur im Wohnzimmer und in der Küche einen Ofen zum Heizen gehabt – kein Mensch hatte Öfen in den Schlafräumen – und im Badezimmer den großen Boiler, aber es war so viel wärmer gewesen als hier auf Pfaffs Hof. Ich stellte mir immer vor, dass die Mauern die Kälte der letzten 250 Jahre aufgenommen hatten und beständig zurück in die Räume sickern ließen.

In der Küche und im Wohnzimmer konnte man dagegen anheizen, aber im Schlafzimmer und in Dirks und Mutters Zimmer hatten wir schon jetzt im November jeden Morgen dicke Eisblumen an den Fensterscheiben. Und wenn ich aus dem Bett krabbelte, um mich für die Schule fertig zu machen, konnte ich meinen Atem sehen.

Im feinen Fliesenbad mit der Löwentatzenwanne und dem breiten Waschtisch musste ich jeden Morgen bibbern.
Es gab dort zwar einen großen Badeofen für Warmwasser, aber der wurde mit Holz beheizt, das man von der Tenne holen musste. Was so mühselig war, dass Mutter sich nur samstags dazu durchringen konnte. Manchmal, wenn er Zeit hatte, heizte Vater ihn zwischendurch mal an und guckte dann stolz.
An den anderen Tagen gab es nur eiskaltes Wasser, und ich spuckte immer Blut ins Waschbecken, wenn ich mir die Zähne putzte.

—

Seit wir Hühner hatten, kamen die Leute aus der Nachbarschaft zu uns, um Eier zu kaufen.
Deshalb waren die Hühner ja angeschafft worden, damit Mutter für uns etwas dazuverdienen konnte.
Wir hatten zwölf Hennen, weiße Leghorn, und einen braunen Hahn, den man unbedingt haben musste, warum, wusste ich nicht.
In meinen Büchern krähten Hähne immer morgens, wenn die Sonne aufging. Unser Hahn tat das nicht, er krähte einfach, wann er Lust dazu hatte, oft auch nachts.
Mutter musste erst alles über Hühner lernen: was man fütterte, wie man ihnen die Eier wegnahm und dass wir in den dunklen Monaten im Stall Licht brennen lassen mussten, damit die Hennen auch im Winter legten.
Vater konnte ein bisschen was über Hühner sagen, aber wenn Mutter nicht mehr weiterwusste wegen der Mauser und solchen Dingen, rief sie immer Guste an.
Unsere ersten Kunden waren Tante Maaßen und Tante Lehmkuhl.
Lehmkuhls hatten Kühe und Schweine und manchmal ein paar Monate lang auch Gänse.

Hühner waren Frauensache, aber Tante Lehmkuhl hatte keine Zeit dafür, sie wurde im Stall gebraucht und oft auch auf dem Feld.
Unsere dritte Kundin war Fräulein Maslow.
Hinter Maaßens Haus führte ein Feldweg den Hügel hinauf auf die Anstalt zu, und auf halbem Weg stand, hinter einer Wand aus schwarzen Tannen versteckt, ein großes Backsteinhaus.
«Die Villa» nannte Vater es und erzählte, dass der erste Direktor der Anstalt sie nach dem 1. Weltkrieg für sich und seine Familie gebaut hatte.
Jetzt war dieser Direktor tot, und in der Villa lebte Herr Maslow, der Rektor meiner Schule, mit seiner Frau und seinen vier Kindern.
Und mit seiner älteren Schwester, Fräulein Maslow, die der Familie den Haushalt machte.
Fräulein Maslow hatte kurze Haare wie ein Mann und eine braune Warze neben der Nase. Sie trug Röcke aus dickem Loden, die ihr bis zu den Knöcheln reichten, und feste Schnürschuhe.
«Alte Juffer», hatte Vater sich lustig gemacht, «suure Prumm.»
Aber da war Mutter ganz wild geworden. «Die kommen aus dem Osten, da haben die Russen gehaust. Wer weiß, was die der Frau angetan haben.»
Zuerst kam Fräulein Maslow einmal in der Woche und kaufte immer zwanzig Eier.
Sie brachte auch das Zeitungspapier mit, in dem Mutter die Eier für die Kunden einwickelte – wir hatten ja keine Tageszeitung.
Mutter legte immer zwei Zeitungsbogen übereinander, fünf Eier in einer Reihe darauf, wickelte zweimal, schlug die Seiten ein und wickelte noch zweimal.
Das Geld, das die Eierkunden ihr gaben, legte Mutter in eine von Opas Zigarrenkisten. Am Ende einer Woche teilte sie es dann auf: ein paar Münzen für das Hühnerfutter, das Onkel Lehmkuhl vom Futterhandel mitbrachte, die anderen wurden für das Strom- und

Wassergeld beiseitegelegt. Mutter hatte im Küchenschrank mehrere alte Tassen, in die sie immer, wenn Vater seinen Lohn mit nach Hause brachte, das Geld für unsere festen Kosten einsortierte: Miete, Strom, Wasser, Telefon.

Bald schon kam Fräulein Maslow zweimal in der Woche und holte immer nur zehn Eier.
«Man hat sie ja gern ganz frisch.»
Und Mutter hatte wohl nichts dagegen, sie kochte dann immer Bohnenkaffee und setzte sich mit dem Fräulein an den kleinen Tisch neben dem Küchenherd.

Mutter erzählte ihr meistens Sachen, die ich schon kannte:
Wie Vater sie damals in seine Heimat gebracht hatte, im Krieg, mit Peter, der noch ein Säugling war.
«Mein Mann hatte viel gespart, und ich hatte auch einiges zur Seite legen können. Ich habe Kunststopferin gelernt – in meiner Heimat gab es ja viele Webereien. Und nach unserer Verlobung haben wir uns Möbel angeschafft und ein bisschen Hausrat, es gab ja nicht mehr viel. Ein paar edlere Stücke waren auch dabei, Geschenke von den Großeltern und Tanten für meine Aussteuer, Kristall, Porzellan und Wäsche. All das hatten wir eingelagert. Und dann, als mein Mann schon eine Wohnung für uns gefunden und den Umzug organisiert hatte – einen Lastwagen mit Holzbrenner! –, wurde das Lager ausgebombt.
Und ich stand vor dem Nichts.
Zwei Teller, zwei Tassen, ein Topf, eine Pfanne, ein bisschen Besteck von meiner Tante, ein Bettgestell mit alten Matratzen, ein Tisch, zwei Stühle. Mehr hatte ich nicht.
Und ich stand mutterseelenallein da in der Fremde. Mein Mann war ja noch an der Front.
Ganz allein in einem katholischen Dorf!»

Fräulein Maslow schnalzte mitleidig. «Sie Ärmste.» Fräulein Maslow war evangelisch.

«Gesprochen hat keiner mit mir, mit dem Finger haben die auf mich gezeigt: die Evangelische! Die Frau, die uns die Wohnung vermietet hatte, wohnte unter uns und hat mich getriezt bis aufs Blut.
Ich hatte schon immer eine Schwäche für schöne Wäsche, ich wollte schneeweiße Bettwäsche und weiße Kindersachen haben und habe alles im Garten auf die Bleiche gelegt und mit der Gießkanne begossen, wenn die Sonne schien. Die Alte ist oft genug einfach darübergetrampelt, bevor alles trocken war – aus «Versehen» natürlich. «Die hält sich wohl für was Besseres, die feine Dame.»
Und im Milchladen wurde ich einfach nicht bedient. Ich musste jeden Tag drei Kilometer bis zum nächsten Bauern laufen, das Kind brauchte ja frische Milch. Das war nicht leicht für mich, weil ich so schwach war, ich hatte sogar eine Sonderkarte wegen Unterernährung. Deshalb mussten die mir im Dorfgeschäft auch etwas geben, aber Sie können sich vorstellen, was da für mich übrig war. Das war ja die schlimmste Zeit, Ende 44, wo es nichts mehr gab. Und wenn man dann in der Fremde war und keinen kannte ... nur auf die Karte angewiesen ... ich wog keine 100 Pfund mehr.»
Und dann sprach Mutter auf einmal von Peter.

«Es gibt nichts Schlimmeres für eine Mutter, als ein Kind zu verlieren. Aber hatte ich denn eine Wahl? Peter war ein schwieriger Junge, immer schon. Hatte keine Lust zu lernen. Die Nachhilfestunden habe ich mir vom Munde abgespart. Aber Jungs sind ja immer ein bisschen faul, ganz anders als Mädchen. Mein Mann hatte da überhaupt kein Verständnis – er kann auch sehr jähzornig sein. Und als er eines Tages mit der Axt hinter dem Kind herlief, durchs ganze Haus ... da wusste ich, dass ich den Jungen weggeben musste – zu seinem eigenen Schutz.»
An ihrem Tonfall hörte ich, dass Fräulein Maslow etwas Tröstendes murmelte.

Diese Geschichte hatte ich schon so oft gehört, dass ich manchmal dachte, ich hätte mit eigenen Augen gesehen, wie Vater mit der Axt hinter Peter herrannte.

In Gustes Laube konnte ich schon seit Wochen nicht mehr, auch in meinem Hauptquartier war es inzwischen zu kalt, und selbst in meiner Betthälfte im Schlafzimmer bibberte ich.
Also blieb mir nur der Korbsessel im Wohnzimmer neben dem Ofen, wenn die Eierfrauen kamen und ich in Ruhe lesen wollte; wenn Mutter Fräulein Maslow beim Kaffee aus ihrem Leben erzählte.
«Es ist immer so nett, mit Ihnen zu plaudern, Frau Albers.»
Dabei redete Fräulein Maslow nur ganz selten von sich selbst.
«Mein Herz hängt ja sehr an unseren Klassikern, Goethe, Schiller, Lessing, Kleist.»
«Ja, sicher.» Mutter krächzte. «Die Glocke, das Gedicht – bis zur Vergasung habe ich das auswendig gelernt! ‹Fest gemauert in der Erden ...›»
«‹... steht die Form aus Lehm gebrannt ...›», machte Fräulein Maslow weiter.
Das Gedicht kannte ich noch nicht, fand es aber langweilig. Ich setzte mich an den Nähmaschinentisch, der im Wohnzimmer hinter der Eingangstür stand, und fing an, einen Brief an Guste zu schreiben – die wollte wissen, was ich mir zu Weihnachten wünschte.
Aber dann erzählte Mutter etwas, das mir neu war und nicht langweilig klang:
«Genau in der Zeit, als die Tiefflieger immer kamen ...
Auf einmal fingen die Wehen an, ganz schlimm, viel zu schlimm. Und es war ja auch zu früh, aber halbverhungert, wie man war ... Vielleicht ja deshalb ...
Das Einzige, was ich denken konnte, war: Ich muss sofort ins Kran-

kenhaus. Das war in der Anstalt, sechs, sieben Kilometer den Bahndamm entlang.

Und das Kind hatte sich schon seit Tagen nicht mehr in mir gerührt. Das liegt an der Unterernährung, oder vielleicht war es einfach ruhiger als Peter, dachte ich.

Peter schrie wie am Spieß, als ich mich da auf dem Fußboden zusammenkrümmte.

Ich hab ihn dann zu der Alten runtergebracht, zu der, die immer über meine Wäsche trampelte und zweimal am Tag in die Messe rannte. Ich wusste mir doch nicht anders zu helfen.

‹Das Kind kommt, ich laufe nach Bedburg. Seine Flaschen und alle anderen Sachen sind oben.›

Sie hat Peter auf den Arm genommen, wurde aber ganz weiß im Gesicht. ‹Ihr Rock ist hinten ganz voll Blut.› Sie fing sogar an zu heulen. ‹Aber die Tiefflieger ... Bedburg ... die Bahn ...›

Ich musste ins Krankenhaus, das Kind kam.

Bei Peter hatte es fast zwei Tage gedauert, aber dieses Kind wollte viel schneller auf die Welt. Auf diese schlimme Welt, dachte ich, in diesen schlimmen Krieg, und dann fiel mir ein, dass ich für das Krankenhaus ein frisches Nachthemd brauchte, Schlüpfer und Handtücher. Aber da lief ich schon die Straße zwischen dem Bahndamm und dem Wald entlang, und die Tiefflieger kamen. Ich warf mich in den Straßengraben und betete mir vor: Die beschießen nur die Züge, die haben mich gar nicht gesehen, die meinen nicht mich. Und dann kam wieder eine Wehe, und ich konnte fühlen, wie das Blut aus mir herauslief.»

Mutter hatte kaum noch Stimme, und Fräulein Maslow machte ganz komische Geräusche.

Ich schob Gustes Briefpapier, die Umschläge mit den Marken und meinen Füller ganz leise zusammen und kroch in den Korbsessel.

«Und die ganze Zeit dachte ich nur: ‹Ich habe keine frische Wäsche für die Klinik!› Aber dann fiel mir ein, dass Käthe direkt am Bahn-

damm wohnte, Käthe, die Schwester meines Mannes. Vielleicht würde die mir helfen.
Ich konnte ihr Haus schon sehen, als die Tiefflieger auf einmal zurück waren. Ein Zug kam, und ich musste mich in den Graben drücken. Die Schüsse schlugen direkt neben mir ein, Erde spritzte hoch. Ich wusste nicht, wo oben und unten war, es war mir auch egal. Ich musste brechen, dabei hatte ich gar nichts im Magen. Und dann war auf einmal alles still. Der Zug war weg, die Flugzeuge auch.»
Ich merkte, dass mir auch übel war, und dann hörte ich, wie die Tennentür aufging und Vater hereinkam. «Fräulein Maslow, guten Tag.»
Sie murmelte einen Gruß.
Ich konnte Vater nicht sehen, aber ich wusste, dass er jetzt die Hände auf dem Rücken zusammenlegte und ein bisschen breitbeiniger dastand. «Ich geh dann mal die Schweine füttern.»
Trudi Pfaff hatte gesagt, mit den Schweinen würden wir keine Arbeit haben. Morgens kam Onkel Gembler immer und kümmerte sich um seine Tiere. Aber abends übernahmen wir das, weil es Geld dafür gab.
«Und dann?», fragte Fräulein Maslow, kaum dass Vater wieder zur Tür heraus war.
«Käthe war gar nicht da», sagte Mutter. «Meine Schwägerin war nicht zu Hause! Aber die Tür stand offen, und ich bin einfach durch in ihr Schlafzimmer und hab mir ein Nachthemd und zwei Schlüpfer aus ihrem Schrank geholt. Saubere Handtücher hatte sie nicht. Dann war ich in der Klinik. Sofort auf dem Tisch. Aber das habe ich gar nicht mehr gemerkt, kein Blut mehr im Körper.
Das Kind war tot. Aber sie mussten es ja trotzdem irgendwie aus mir herausholen.
Es wäre wieder ein Junge gewesen, haben mir die Schwestern später gesagt.»

«Gott, wie furchtbar!» Ich konnte Fräulein Maslow fast nicht verstehen, aber dann hörte ich, wie sie sagte: «Krieg. Was war da schon ein einzelnes Menschenleben wert?»

Ich hörte, dass Mutter aufstand. «Ich habe Ihre Eier ja noch gar nicht eingepackt.»

Es raschelte.

«Danke schön.»

Fräulein Maslows Geld klapperte auf dem Küchentisch.

«Und grüßen Sie Ihren Mann noch einmal schön von mir.»

—

«Meine Schwägerin Käthe» – Tante Käthe für mich – hatte ich auch kennengelernt, und wenn ich daran dachte, bekam ich immer noch Gänsehaut überall.

Es war im Sommer gewesen, kurz vor Dirks Geburt, sowieso ein besonderer Tag.

Wir hatten alles besprochen. Nach der Schule würde ich erst einmal allein auf Pfaffs Hof sein. Vater hatte Dienst, und Mutter musste wegen unserem Baby zum Doktor, zur Untersuchung, Onkel Lehmkuhl würde sie fahren.

Ich hatte schon auf dem Heimweg von der Schule Herzklopfen im Hals.

Und als ich mit meinem Fahrrad hinten an der Tenne um die Ecke bog, saß da eine Frau auf dem dicken Findling, der neben dem Scheunentor lag, und strickte.

Ich bremste vor Schreck so fest, dass mir das Rad wegrutschte, ich hinfiel und mir die Handflächen aufschrabbte.

Die Frau hatte lange schwarze Haare, eine ganz dunkle Haut, und sie guckte mich aus schwarzen Augen an.

Die Frau sah aus wie eine Zigeunerin.

Wie die Zigeuner, die jedes Jahr gekommen waren und mit ihren bunten Wagen, ihren Pferden und ihrer flatternden Wäsche ein paar Wochen neben dem Friedhof kampiert hatten.
Dann war es immer ganz still im Dorf geworden. Weil die Kleinen nicht auf die Straße durften.

Ich war sowieso nicht auf die Straße gegangen.
Ich hatte gemütlich bei Omma oben im Haus gesessen. Von dort guckten wir immer durch die Fenster auf das Dorf hinunter, auf die Leute, die in der Nähe wohnten.
Auf Bertrams, deren Hof ein Stückchen hinter der Dorfgrenze lag und die deshalb nicht evangelisch sein mussten.
Wie die beiden großen Mädchen zur Schule in den Nachbarort gingen und wieder nach Hause kamen, Ina und Walburga.
Ina hatte kurze braune Locken wie meine Puppe, die deshalb auch Ina hieß.
Und wir schauten dem kleinen Norbert zu, wie er mit dem Dreirad auf dem Hof herumkurvte und mit seiner Schaufel den großen Ameisenhaufen im Wall kaputt haute.
Aus dem Flurfenster konnten wir die Reimannfamilie beobachten, die in einer Holzbaracke hinter unserem Garten gleich an der Landstraße lebte.
«Niemandsland», sagte Vater. «Irgendwann reißen die denen die Bude ab.»
Vater Reimann hatte ein rostiges Fahrrad mit einem Anhänger. Damit war er immer unterwegs, sammelte überall Schrott und schmiss ihn auf einen Haufen hinter der Baracke.
Hin und wieder kamen Männer mit dicken Autos und holten die Sachen ab.
Manchmal trank Vater Reimann zu viel. Dann lagen Fahrrad und Anhänger umgekippt auf der Straße und Reimann singend im Graben. Bis seine dicke Frau aus der Baracke getobt kam und ihn mit

dem Teppichklopfer verdrosch. Dabei schimpfte sie so laut, dass wir oben in unserem Flur jedes Wort hören konnten. Aber Omma verstand auch kein Platt.

Mutter Reimann trug immer Kittelschürzen ohne was drunter.

Sie hatte zwei große Töchter, die ich schön fand mit ihren langen Locken, den Stöckelschuhen und den engen Pullovern, aber Omma schüttelte immer nur den Kopf, wenn sie die Mädchen sah.

Ein paar kleinere Söhne hatten sie auch. Ich wusste nicht, wie viele, denn ich konnte sie nicht auseinanderhalten. Sie sahen alle aus wie der Vater, klein, braun und dünn.

Es kam vor, dass die Polizei auftauchte und die Jungen abholte, weil keiner von denen zur Schule ging.

Dann wollte Omma nicht mehr gucken sondern lieber «Mensch ärgere dich nicht» spielen. Und wenn Männer mit dicken Autos kamen, die keinen Schrott kauften, sondern mit einer von den Töchtern hintenrum in die Baracke gingen, sagte Omma immer: «Lass uns zusammen ein Buch lesen.»

Aber eigentlich beobachteten wir das Dorfleben sowieso nicht so oft. Nur, wenn wir darauf warteten, dass einer nach Hause kam, Mutter, Vater oder Opa.

Und dann, in dem Frühling, bevor Omma starb, war auf einmal Tante Liesel da gewesen, mit Karl-Dieter und Dago und hatte Wirbel gemacht, ob Omma auch gut versorgt wäre. Und als Omma auf den Tisch haute, nahm Liesel Mutter beiseite und redete heimlich mit ihr unten in der Wohnung.

Auch Onkel Maaßen kam und sprach mit Vater, draußen bei Opas Kaninchenställen. Auf Platt.

Und als sie gerade in Ommas Küche die Rindfleischsuppe für das Sonntagsessen kochte, sagte Mutter plötzlich zu mir: «Deine Puppe muss auch mal an die frische Luft. Und jetzt, wo du zu Weih-

nachten den schönen Korbwagen gekriegt hast ... Fahr doch deine Ina mal ein bisschen draußen spazieren.»
Ich hatte auf Ommas Schoß gesessen und ihr beim Kartoffelschälen geholfen und verstand nicht, was Mutter wollte. Aber Omma nickte.
Also trug Mutter den Korbwagen mit Ina nach draußen, und ich fuhr meine Puppe auf dem Schotterweg vor unserem Haus hin und her. Ich schaute immer wieder nach oben, aber Omma war an keinem Fenster zu sehen.
Dann kamen plötzlich Bertrams Mädchen von gegenüber gelaufen, und Walburga ging in die Knie und fragte: «Willst du mit uns spielen?» Sie hatte ihre Puppe dabei, aber es war keine «Echt Schildkröt».
Mir wurde heiß, und ich wusste nicht, was ich sagen sollte – die waren doch schon groß.
Ina hielt mir einen Korb hin. «Wir haben unsere Puppenkleider dabei.»
Da ließ ich den Wagen mit meiner Puppe einfach stehen und rannte ins Haus.
Meine Ina hatte zu Weihnachten einen Skianzug mit Mütze und Schal bekommen. Omma hatte sogar passende Stiefel dazu gestrickt.
Mutter freute sich rote Backen, als ich meine Puppensachen nach draußen holte.
Sie gab mir noch einen Teller mit Plätzchen mit, die Omma und ich schon für Ostern gebacken hatten: Häschen mit Schokoladenohren und Eier, die ich mit Liebesperlen verziert hatte.
Den Teller trug ich hinaus auf das Podest vor unserer Haustür, wo Walburga und Ina mit ihren Puppensachen auf mich warteten.
«Bitte schön!»
Ina, die Ältere, zuckte zurück. «Es ist Fastenzeit!» Vor Schreck wurde sie ganz blass.

Und Walburga warf ihre dicken blonden Zöpfe nach hinten. «Du kommst ins Fegefeuer!»
Schmoren würde ich in der Vorhölle, weil ich «genascht» hatte, zischelte Ina. Verdammt sein auf ewig – weil ich evangelisch war.
Ich hatte keine Spucke mehr im Mund und fing an zu weinen.
Walburga grinste mich an. «Und die Zigeuner sind auch wieder da. Pass bloß auf! Zigeuner klauen kleine Kinder. Wenn die dich in die Fänge kriegen, bist du verloren. Zigeuner sind gottlos, wie du.»

Solange die Zigeuner im Dorf waren, musste ich meine Puppe nicht mehr spazieren fahren.

Dann saßen wir beim Abendessen unten in der Wohnung, Mutter, Vater und ich.
Das machten wir nie, ich aß sonst immer bei Omma. Unten konnte ich nicht essen, weil Peter so schwierig war, Vater die Hand hob und Mutter «Wehe» sagte und mir immer der Magen zuging.
Aber Vater hatte Nachtdienst und brauchte vorher noch etwas Kräftiges, sagte Mutter. Und dass Omma sehr müde war, sagte sie auch.
Es gab Reibekuchen mit Rübenkraut und Apfelmus.
Mutter sagte immer «Apfelkompott». «Die Leute hier kochen die Äpfel tot und drehen sie dann auch noch durch die ‹Flotte Lotte›, bis sie nur noch Pampe haben, schrecklich!»
Dann fing Vater auf einmal an zu erzählen, was komisch war, denn normalerweise sprach er beim Essen kein Wort außer «Amen», wenn ich fertig gebetet hatte.
Aber ich fand es schön, wie er von den Buden erzählte, die er als Kind mit seinen Geschwistern gebaut hatte, und wie sie dort im Sommer wochenlang gewohnt und oft sogar geschlafen hatten.
Mutter hörte zu und lächelte Vater an, was auch sehr seltsam war.

Am nächsten Tag rief Vater mich nach draußen. Bei sich hatte er Norbert Bertram und Helmut vom anderen Ende der Straße, der demnächst mit mir in die Schule kam, und er sagte, wir würden jetzt alle zusammen eine Bude bauen, im Wall gleich hinter unserem Haus.
Und das taten wir.
Vater nahm seinen Spaten, hob das Unkraut ab, riss Schösslinge aus und stach Sitzbänke ab. Norbert und Helmut holten Bretter von zu Hause. Wir legten sie auf die Erdbänke, damit wir bequem sitzen konnten, und bauten aus Hohlblocksteinen und kürzeren Brettern, die von unserem Hausbau übrig waren, einen Tisch. Ich holte mir von Mutter ein altes Küchenhandtuch, das unsere Tischdecke wurde, und ein Weckglas mit Wasser. Dann rannte ich los und pflückte am Feldrand ein paar Blumen, die ich hineinstellte. Viel blühte noch nicht, aber das schlichte Grün sah auch schön aus.
Onkel Bertram brachte uns zwei alte Nachtschränkchen. Jetzt hatten wir einen Küchenschrank und einen Herd.
Ich ging mein Puppengeschirr holen – gutes Geschirr von «Melitta» in Rosa, Hellblau und Gelb, das Guste mir zu Weihnachten geschickt hatte.
Vater lächelte die ganze Zeit.
Dann ging er und ließ uns spielen.
Wir taten so, als wären wir schon groß. Am nächsten Tag wollten wir uns Betten bauen und Wolldecken mit rausnehmen.
Wir lachten.
Bis der Krankenwagen kam.
Und Mutter «Annemarie!», rief. «Omma muss ins Krankenhaus.»
Ich rannte aufs Klo, weil ich brechen musste.
Ich hatte Omma alleingelassen. Das hatte ich noch nie getan.
Und sie war dann ja auch gestorben.

«Ich bin deine Tante Käthe ... Katharina ...», sagte die Zigeunerin auf dem Findling vor der Tenne, als ich mich wieder aufgerappelt hatte. «Du brauchst keine Angst haben.»

Ich hielt mein Fahrrad fest, meine Hände brannten wie Feuer, und alles, was mir einfiel, war, dass Herr Struwe immer sagte: «Wer ‹brauchen› ohne ‹zu› gebraucht, braucht ‹brauchen› gar nicht zu gebrauchen.»

Ich wusste, dass Vater elf Geschwister hatte, aber ich kannte sie alle nicht, weil Mutter mit denen nichts zu tun haben wollte.

Weil die nämlich dem Glücksspiel verfallen waren.

Einmal hatten Vaters Schwestern Mutter überredet, mit ihnen Karten zu spielen. Um Geld! Und Mutter hatte verloren. Sie kannte ja vorher kein Glücksspiel. Aber darauf hatten die keine Rücksicht genommen und den Gewinn von ihr haben wollen, sofort.

«Dabei war ich doch arm wie eine Kirchenmaus», regte Mutter sich immer auf, wenn sie davon erzählte, und Vater zuckte jedes Mal die Achseln. «Ehrenschulden.»

Die dunkle Frau stand auf. «Ich muss mit deinem Papa sprechen.»

Ich nahm mich zusammen. «Mit Vati?»

Ihre schwarzen Augen wurden klein, als sie den Mund spöttisch schief zog. «‹Mit Vati?›» Und dann sagte sie etwas auf Platt.

Sie machte sich über mich lustig.

Ich lehnte mein Fahrrad an die Wand und holte Luft.

«Mein Vater ist noch im Dienst, aber meine Mutter kommt sofort wieder. Wollen Sie nicht hereinkommen?»

So machte man das doch.

Ich zog das Tennentor auf und musste furchtbar dringend aufs Klo. Aber Tante Käthe-Katharina setzte sich wieder auf den Stein – «Ich warte lieber hier» – und nahm ihr Strickzeug wieder auf.

«Willst du stricken lernen?»

Dabei guckte sie mich schräg von unten an und blinzelte.

«Das kann ich schon», sagte ich.
«Aber sicher doch!» Sie schlug sich gegen die Stirn. «Deine Mama ... – Oh, Verzeihung, deine Mutti», verbesserte sie sich, «ist ja eine ganz große Nummer im Handarbeiten. Und im Schneidern ja wohl auch, wie man hört.» Sie grinste vor sich hin und dann mich an. Dabei strickte sie schon, ohne hinzuschauen. Sie hielt die Nadeln ganz komisch, eine unter den Arm geklemmt, eine frei, und legte den Faden mit dem Finger drüber.
«Weißt du denn auch, wie man ein neues Teil anfängt?»
Ich nickte. «Aufstricken.»
Sie schüttelte den Kopf und holte ein zweites Paar Nadeln aus ihrer Tasche. «Komm, setz dich mal, Mädel, ich zeig dir, wie das richtig geht.»
Sie legte die Nadeln aneinander und schlug mit flinken Fingern Schlaufen darüber, dann zog sie eine der beiden Nadeln heraus, und man hatte schöne große Maschen, in die man gut hereinkam.
Das war alles ganz anders, als Mutter es mir gezeigt hatte, aber als ich es selbst versuchte, ging es ganz leicht und machte Spaß.

«Alles Gehudel», erklärte Mutter mir später. So strickten die Katholischen hier in der Gegend. Das konnte jeder, der etwas vom Stricken verstand, auch sofort sehen – keine Qualität.
Als Mutter zurückgekommen und mit Tante Käthe ins Haus gegangen war, hatte ich mich sofort in mein Hauptquartier zurückgezogen und war erst wieder in die Küche gegangen, als die Zigeunerin weg war.
«Was wollte die denn?»
Mutter hatte den Umstandsrock hochgeschoben, machte die guten Seidenstrümpfe von den Strapsknöpfen ab und rollte sie vorsichtig nach unten.
«Sie wollte sich Geld leihen.»
Mir blieb der Mund offen. «Von uns?»

«Ja, stell dir vor!»
Ich lachte mit.

—

Es war am Montag nach dem ersten Advent, als Fräulein Maslow Eier kaufen kam und mir ein Buch mitbrachte.
Vater war beim Spätdienst, deshalb hatte ich am Vorabend allein mit Mutter den Advent gefeiert.
Wir hatten nie wie alle anderen, die ich kannte, einen Adventskranz mit roten Kerzen, sondern eine blassgrüne Porzellanschale, in die Mutter Tannenzweige legte, die sie mit Eicheln, Buchenfrüchten und winzigen Fliegenpilzen aus gepresster Watte schmückte.
Mutter knipste alle Lampen aus, und in Pfaffs Wohnzimmer war es richtig finster mit nur der einen brennenden Kerze und kein bisschen feierlich.
Wenn Vater da war, sangen wir «Kling, Glöckchen» und «Leise rieselt der Schnee» und all die anderen Lieder, die wir auch in der Schule sangen. Gestern hatten wir nur Mutters Lieder gesungen, «Es kommt ein Schiff geladen», «Macht hoch die Tür» und «Ein feste Burg ist unser Gott».

Fräulein Maslow drückte mir das dicke Buch in die Hände.
«Mir ist zu Ohren gekommen, dass hier jemand gern liest.» Sie lächelte ein bisschen. «Dieses Buch habe ich als junges Mädchen geradezu verschlungen.»
Es hatte einen fleckigen Leinenumschlag. «Der Trotzkopf» stand auf dem Buchrücken.
«Es ist eines der wenigen Dinge, die ich habe retten können. Gib gut darauf acht.»
Ich bedankte mich brav und verschwand in meinem Korbsessel.
Das Buch war komisch geschrieben, und es roch auch nicht gut.

Gerade fing ich noch einmal auf der ersten Seite an, um sie ganz langsam zu lesen, als ich hörte, wie Mutter in der Küche meinen Namen sagte. Ich spitzte die Ohren.
«Das Kind wäre mir fast am gedeckten Tisch verhungert, und der Kinderarzt hat das einfach nicht ernst genommen. Ich sollte ihr ein paar Tage lang nur Schwarzbrot zu essen geben, dann würde sie schon Hunger kriegen. Lebertran hat auch nichts geholfen.»
Das wollte ich nicht hören, mir wurde der Hals eng, obwohl ich gar nicht beim Essen saß.
Omma und ich hatten immer von einem Teller gegessen, nur Omma und ich, ohne Vater und Mutter.
«Wir mussten sie regelrecht zum Essen zwingen», sagte Mutter.
Ich machte die Augen zu, und da fiel es mir wieder ein.
Warum ich immer ein bisschen Angst vor Onkel Maaßen hatte!
Mutter hatte noch in der Schneiderei gearbeitet, und die erste Tante Maaßen war noch am Leben gewesen.
Mittags hatten Mutter und Tante Maaßen mit Barbara und mir in der Küche gesessen, die damals eine Wohnküche gewesen war. Wir Mädchen saßen auf der Eckbank und sollten essen, aber ich konnte nicht.
Der Möhreneintopf war sauer, und ich spuckte alles immer wieder aus.
Tante Maaßen und Mutter sprachen ganz lieb mit mir, ich kniff meinen Mund zu, sie redeten noch netter.
Da stand auf einmal Onkel Maaßen in der Tür und brüllte: «Was ist das denn hier für ein Theater?»
Dann setzte er sich ganz nah neben mich und klemmte meine Hände fest.
«So, mein Fräulein, und jetzt wird gegessen!»
Er schob mir einen Löffel Möhrenbrei in den Mund, ließ den Löffel fallen und hielt mir die Nase zu, sodass ich runterschlucken musste.
Ich bekam keine Luft und würgte.

«Wag es ja nicht», knurrte er und machte weiter, bis der Teller leer war.
Dann war er ohne ein weiteres Wort zurück in seine Werkstub gegangen.
Und aus mir war alles in einem Schwall wieder herausgekommen, das meiste durch die Nase, und es war Blut dabei gewesen.
Mutter hatte geweint.
Ich nicht.

—

Vater kam vom Kameradschaftsabend der Kriegsbeschädigten zurück, zu dem er jedes Jahr ging, und war ganz aufgekratzt.
«Ich habe dich für die Nikolausfeier angemeldet», sagte er und gab mir ein paar Blätter Matrizenpapier, das nach Schnaps roch – das Märchen von «Schneeweißchen und Rosenrot», die Schrift war ein bisschen zerlaufen.
Er schaute Mutter an. «Dieses Jahr gehen wir alle hin. Als Familie. Mit Dirk. Ich habe schon für zwei Tüten bezahlt.»
Mutter lachte. «Eine Nikolaustüte für einen Säugling?»
«Angemeldet ... mich ...» Ich stammelte. Das konnte nur Schlimmes bedeuten.
Vater wischte mit der Hand durch die Luft. «Alle Kinder machen etwas. Singen, Flöte spielen, Gedichte aufsagen. Und du liest das Märchen vor. Du kannst doch so gut lesen.»
«Vor allen Leuten?» Das meinte er nicht ernst.
Aber das tat er, und Mutter nickte noch dazu.
«Ich frage Onkel Maaßen, ob wir uns Barbaras schwarzes Kostüm ausleihen dürfen, das ich mit den Edelweißblüten bestickt habe. Dann bist du bestimmt das schönste Mädchen im ganzen Saal.»
«Ich will nicht ... das mach ich nicht!»

«Schluss!», fuhr Vater mich an. «Du tust, was ich sage. Ich will keine Widerworte mehr hören!»
«Wann denn?», kriegte ich gerade noch so herausgequetscht.
«Heute in einer Woche.»
Dann musste ich sofort anfangen zu üben, in meinem Kopf summte es.
Wieso diese stinkenden Blätter? «Schneeweißchen und Rosenrot» stand doch in meinem eigenen Märchenbuch. Und warum dieses doofe Märchen, es gab viel schönere: «Die kleine Meerjungfrau» oder «Die sieben Schwäne». Aber eigentlich war es egal. So richtig gern mochte ich Märchen sowieso nicht.
Ich setzte mich in den Sessel neben dem Ofen und fing an, laut zu lesen.
Und verlas mich schon in der vierten Reihe.
Papperlapapp!
Ich fing wieder von vorn an.

—

Ich wusste, dass ich zu Weihnachten einen Plattenspieler bekommen sollte, denn Mutter und Vater stritten sich schon seit Wochen darüber, wenn sie glaubten, ich wäre nicht in der Nähe.
«Wozu denn Batterien?» Mutter.
«Damit man auch mal beim Picknick Musik hören kann.»
«Picknick?» Mutter lachte sich schief. «Du bist nicht mehr normal!»
Aber Vater gab nicht auf. «Wenn ich mal mit ihr im Wald spazieren gehe ...»
Ich konnte mir genau vorstellen, was Mutter für ein Gesicht machte.
«Ihr habt mich ja nie gelassen», sagte Vater böse.
Früher war er mit mir manchmal sonntagmorgens mit dem Fahr-

rad «über Land» gefahren, wie er es nannte. Immer wenn er aus der Lungenheilstätte gekommen und wieder gesund gewesen war.
Ich saß dann in einem Körbchen, das vorn am Lenker festgemacht war, und wir besuchten Vaters Freunde auf den Bauernhöfen. Oder er fuhr mit mir in den Wald, zeigte mir kleine Füchse, die vor ihrem Bau spielten, oder die Reihernester hoch oben in den Tannen. Als kleiner Junge war er dort hinaufgeklettert und hatte die Vogeleier geklaut, damit seine Mutter Pfannkuchen daraus backen konnte und sie alle etwas zu essen hatten.
Ich hatte immer Herzklopfen gehabt, wenn er mit mir unterwegs war, weil ich ihn nicht so gut kannte.
Mutter lachte wieder. «Und beim Spazierengehen willst du Schallplatten hören? Du bist ja völlig plemplem.»

Heiligabend kamen Opa und Tante Meta zu uns.
Metas Sohn sollte sie mit dem Auto bringen, denn von der Bushaltestelle bis zu unserem Hof war es für alte Leute zu weit zum Laufen.
Mutter hatte schon morgens eine Gans in unseren Elektroherd geschoben, der endlich angeschlossen war.
Den ganzen Tag roch es in der Küche nach der Füllung aus Äpfeln und Majoran.
Im Wohnzimmer duftete es nach Tanne.
Vater hatte Frühdienst gehabt und war danach zu seinem Bruder geradelt, der es nicht leicht hatte, weil ihm die Frau gestorben war. Er hatte nur schnell den Tannenbaum im Ständer festgemacht, einen Eimer mit Wasser und einen mit Sand danebengestellt und war verschwunden.
Und Mutter murmelte immer wieder vor sich hin: «An allen Feiertagen dasselbe Spiel. Der Satan kann es einfach nicht ertragen, wenn es mal schön ist.» Während sie schimpfte, begoss sie die Gans, schnitt Rotkohl in feine Streifen, füllte eingewecktes Apfel-

kompott in Schüsseln, rieb Kartoffeln für die Klöße und legte Plätzchen auf die guten Weihnachtsteller, die ich im Kindergottesdienst geschenkt bekommen hatte.

An Heiligabend hatten wir Kleinen immer ganz allein nach vorn zum Altar gehen müssen, um den Teller abzuholen, auf dem in goldener Schrift «Weihnachten» und die Jahreszahl gemalt war, und ihn zu unserem Platz zurückzutragen. Ich hatte immer solche Angst gehabt, ich könnte ihn fallen lassen.

Die Plätzchen – Heidesand, Makronen und Berliner Brot – hatte Mutter ganz allein gebacken, abends, wenn ich schon im Bett gewesen war.

Sie ließ mich auch nicht mithelfen, als sie jetzt den Tannenbaum mit den Silberkugeln schmückte, nicht einmal beim Lametta.

«Ganz fein muss man das reinmachen. Die meisten pfeffern es einfach in dicken Bündeln rein, schrecklich sieht das aus.»

Ich musste auf dem Sofa sitzen und Dirk die Pulla geben.

«Darf ich wenigstens die Vögel reinmachen?»

Zwei kleine Silberglasvögel mit weißen Seidenschwänzen, die Mutter von ihrer Oma geerbt hatte.

«Na gut.» Mutter nahm mir Dirk ab. «Aber sei vorsichtig!»

Als sie die bunten Teller fertig machte, wollte sie mich nicht dabeihaben.

Sie gab mir die Tannenzweige, die Vater abgesägt hatte, damit der Baum in den Ständer passte. «Leg die mal auf den Esstisch, damit es schön weihnachtlich aussieht.»

Bei den bunten Tellern wollte ich sowieso nicht dabei sein. Sie waren aus Pappe mit gewelltem Rand, und sie rochen bitter. Wie der ganze Karton, in dem der Baumschmuck und die Kerzenhalter waren. Vielleicht weil er das ganze Jahr über im Keller stand oder auf dem Speicher.

Wenn Mutter eine neue Weihnachtsserviette daraufgelegt hatte, war es nicht mehr ganz so schlimm.

Ich wusste ja auch, was auf den Tellern sein würde: bei Vater ganz viele Nüsse zum Knacken und getrocknete Feigen, bei mir Goldmünzen, Sputniks und Päckchen mit Schokoladentäfelchen in buntem Stanniolpapier. Und für jeden von uns Marzipankartoffeln, eine Apfelsine und ein roter Apfel, den Mutter mit einem Küchenhandtuch ganz glänzend poliert hatte.
Ich mochte Äpfel und auch Apfelsinen, aber ich konnte sie nicht schälen, ich bekam nicht einmal einen Finger in die Schale gebohrt. Mutter machte mir dann immer eine Lotusblume. Die Apfelsinenschale sah aus wie die Blätter, und in der Mitte war die Blüte, aus der ich die Stücke herausnehmen konnte. Dafür nahm Mutter das gute Obstmesser mit dem Bambusgriff, das sie sonst nie benutzte.
Der Esstisch sah sehr festlich aus mit der Weihnachtsdecke, die Mutter als kleines Mädchen bestickt hatte. Sie hatte sie letzte Woche nach dem Waschen durch einen Brei aus «Hoffmanns Ideal Stärke» und Wasser gezogen, und nach dem Trocknen und Bügeln war sie so hart gewesen, dass wir die Ecken umbiegen mussten.
Auf den guten Tellern mit dem Goldrand lagen Servietten mit Nikoläusen drauf.
Ich legte die Tannenzweige geschickt um die beiden roten Kerzen herum, die in der Mitte standen, so konnte man nicht sehen, dass sie nur mit Wachstropfen auf Untertassen geklebt waren.
Es klingelte an der Haustür – das musste Opa sein – aber es war nur Fräulein Maslow, die noch ein paar Eier brauchte.
«Bitte entschuldigen Sie, es ist mir furchtbar peinlich … an so einem Tag wollte ich nicht hintenrum … die ganzen Plätzchen und Kuchen … man vertut sich ja doch immer … oh, Marzipan … das ist mein liebstes!»
«Meins auch», hörte ich Mutter sagen. «Letztes Jahr, als ich die Marzipankartoffeln auf die Teller tat, wurde mir plötzlich übel. Da wusste ich, was die Uhr geschlagen hatte.»

Sogar Dirk wurde festlich angezogen mit einem weißen Hemd, roter Fliege und grüner Weste. Das hatte alles Tante Liesel geschickt. Mutter kämmte ihm eine Löckchentolle, legte ihn in den Laufstall, den wir, genau wie den Kinderwagen, von Tante Metas Tochter ausgeliehen hatten, und band sich eine weiße Sonntagsschürze um.
«Sie müssen jeden Moment hier sein. Wo bleibt der Kerl bloß? Immer muss er mir alles verderben!»
Aber Vater war doch noch rechtzeitig zum Essen da und trank ein Bier mit Opa.
Und Opa sagte «Ströppken» zu mir und nahm mich auf den Schoß.

Dann war Bescherung.
Ich bekam tatsächlich einen Plattenspieler, dunkelrot, mit Stecker und Batteriefach, der Deckel war gleichzeitig der Lautsprecher.
Und freute mich. Auch über die Platten.
Mutter und Vater schenkten mir «Schuld war nur der Bossa Nova» von Manuela, und von Gitte und Rex «Im Stadtpark die Laternen».
Opa schenkte mir auch zwei Platten, Tante Meta hatte sie einzeln in Weihnachtspapier eingepackt und um jede eine rote Schleife gebunden. «Ich will 'nen Cowboy» und «Ich kauf mir lieber einen Tirolerhut».
Vater musste lachen, als er die Plattenhülle sah. «Ein Neger mit Seppelhut!»
«Billy Mohr», sagte Tante Meta und lachte auch.
Mutter hatte noch ein Geschenk für mich: eine selbstgestrickte Jacke im Norwegermuster, bordeauxrot und weiß. Ich fragte mich, ob Barbara wohl die gleiche Jacke bekommen hatte, nur in anderen Farben, aber ich sagte nur danke und zog sie sofort an. Sie war mir zu groß.
«Du wächst immer so schnell», sagte Mutter, als ich die Ärmel hochschob.
Ich war so gespannt auf die Pakete, die der Postbote in den letzten

zwei Wochen gebracht hatte. Wir hatten sie nicht aufgemacht, weil ja Weihnachtsgeschenke drin waren.

Ein Päckchen war nur an mich adressiert, und es war von Peter. Das wollte ich als letztes auspacken.

Liesel hatte mir einen Schottenrock geschickt und ein Silberkettchen mit einem kleinen Kleeblattanhänger. Opa half mir, die Kette im Nacken zu schließen.

Ich lief ins Badezimmer und schaute mich im Spiegel an. Mein erster Schmuck!

Guste hatte Geschenke für alle geschickt. Für Mutter eine rosafarbene Halbschürze mit Lochstickerei, für Vater Taschentücher. Dirk bekam zwei Lätzchen und ich noch zwei Schallplatten. Englische. Von den Beatles. «She loves you» und «I want to hold your hand».

Tante Meta sagte: «Von denen habe ich im Radio gehört. Die sind jetzt ganz berühmt.»

In Gustes Paket steckte eine Weihnachtskarte mit Grüßen an uns alle, die auch Onkel Karl unterschrieben hatte. Ein Brief für mich war nicht dabei.

Als ich Peters Päckchen öffnete, hatte ich feuchte Hände – und dann war nur ein Bilderbuch drin, groß, blau, – «Der rote Läufer» von James Krüss.

Ein Bilderbuch – dafür war ich doch viel zu alt!

Aber als ich es aufschlug, entdeckte ich, dass ganz viel Englisches drin stand und hinten eine Liste, wo man nachgucken konnte, was die Wörter auf Deutsch bedeuteten, und da freute ich mich doch.

Mit dem Buch und Gustes Platten konnte ich vielleicht Englisch lernen, das würde toll werden. Keiner, den ich kannte, konnte Englisch.

—

Tante Liesel musste zur Anprobe kommen.
Sie hatte einen Mantel, zwei Kostüme und ein Abendkleid bestellt.
Zum Maßnehmen war Onkel Maaßen in Köln gewesen, und normalerweise wäre er bei einem so großen Auftrag auch zur Anprobe hingefahren, aber sein Beinstumpf hatte sich mal wieder entzündet, er konnte seine Prothese nicht tragen und kein Auto fahren.
Und so kam Liesel schon wieder zu uns auf den Hof.
Mutter war immer ein bisschen aufgeregt, wenn ihre große Schwester zu Besuch war, aber diesmal hatte sie schon Tage vorher rote Flecken im Gesicht, hatte Betten bezogen, Fenster geputzt und vorgekocht.
Und sie wollte am großen Tisch essen mit dem guten Geschirr.
Vater zeigte ihr den Vogel. «Unter der Woche?»
«Bitte! Ich möchte es auch einmal schön haben.»
Onkel Karl-Dieter konnte seine Frau nicht bringen, er hatte in seiner Fabrik zu viel um die Ohren, also musste Liesel Zug und Taxi nehmen, und als sie ankam, hatte sie sehr schlechte Laune.
Sie wollte Mutters Marmorkuchen nicht essen, trank nur Kaffee und rauchte ein paar Zigaretten.
Ich ging mit Vater in den Stall und half ihm beim Schweinefüttern.
Dann wurde gegessen.
Liesel redete über alles Mögliche. Mit Mutter.
Vater knetete Kartoffeln und Bratensoße durcheinander und schaufelte alles mit der Gabel in sich hinein.
Was er sonst nie machte.
Ich aß nichts.
Schließlich legte Liesel das Besteck auf den Teller. «Sehr lecker, Gerda. Gibt es noch Nachtisch?»
«Schokoladenpudding», nickte Mutter und räumte das Geschirr zusammen. «Mit Sahne.»
«Ach, lass mal. Ich gehe gleich rüber zu Wim», winkte Liesel ab. «Hast du eine Taschenlampe für mich, Stefan?»

Vater schnaubte. «Nee.»
Mutter schaute ihn wütend an, sagte aber dann nur zu Liesel: «Ich komme mit», und zu mir: «Höchste Zeit fürs Bett, Fräulein.»

Mitten in der Nacht weckte mich Liesels Stimme.
«Jetzt guck dir das an, Schwesterherz! Da fahren sie rauf, und da fahren sie wieder runter. Ich lach mich kaputt!»
Ich stahl mich aus dem Bett und schlich zur Tür, die einen Spalt weit offen war.
Liesel stand da im Hüftgürtel mit Strapsen und ihrem Büstenhalter, aus dem oben alles rauskam, neben dem alten Küchenherd, hatte ihren Rock ausgezogen, hielt ihn am Bund gepackt und hob ihn mal rechts, mal links in die Höhe. Dabei kicherte sie wie verrückt.
«Mal rauf – und jetzt wieder runter. Zum Totlachen!»
Mutter stand hinter ihr und versuchte, Liesels Arme festzuhalten. «Wir gehen jetzt schlafen. Komm.»
Hinter mir knarzte das Bett, also war wohl auch Vater aufgewacht. Er schob mich zur Seite und nahm Liesel den Rock aus der Hand. «Geh ins Bett, du bist stinkbesoffen.»
Liesel schlug nach seiner Hand, aber dann grinste sie ihn an. «Ach wie nett, unser Knobelbechersoldat meldet sich zu Wort. Heil, mein kurzbeiniger Gefreiter!»
Dann entdeckte sie mich. «Und auch das kleine Wechselbalg hat seinen Auftritt, guck mal an.»
Mutter riss Liesel so fest an den Armen, dass sie beide stolperten und schließlich in Dirks und Mutters Zimmer verschwanden, wo auch Liesel schlief.
Im Ehebett der toten Pfaffs.

—

Wenn Vater Frühdienst hatte, legte er sich meistens schon hin, wenn ich ins Bett musste, sagte kein Wort und schlief sofort ein.
Aber wenn er abends beim Schweinefüttern gesungen hatte, traute ich mich manchmal, ihn Sachen zu fragen.
«Warum sprichst du immer Platt, Vati?»
«Weil ich das als Kind so gelernt habe.»
«Von deinen Eltern?»
«Von allen. Wir haben alle immer nur Platt gesprochen. Richtiges Deutsch habe ich erst in der Schule gelernt.»
Das konnte ich mir nicht vorstellen und dachte eine Weile darüber nach.
«Aber in der Schule hast du dann richtiges Deutsch gesprochen?»
«In der Pause nicht.»
«Und schreiben gelernt?»
«Ja, sicher.»
«Aber zu Hause hast du Platt geschrieben.»
Vater schüttelte den Kopf. «Platt kann man nicht schreiben! Was hätten wir zu Hause auch schreiben sollen? Wenn wir von der Schule kamen, mussten wir aufs Feld.»
Und Bücher hatte es bei ihnen zu Hause auch nicht gegeben, das hatte Vater schon öfter erzählt.
«Aber in der Schule habt ihr bestimmt Bücher gelesen, oder?»
«Bloß die Bibel.» Vater gluckste. «Kyrie eleison. De Katt sett in de Fleistonn. Den Hond, den sett daneve. De Katt well öm nex gäve. Kyrieleis. So haben wir uns lustig gemacht.»
Ich hatte kein Wort verstanden, nur, dass es etwas Katholisches sein musste, aber das war ganz egal.
Es war einfach gemütlich, so im Dunkeln mit ihm zu erzählen. Er lag auf der Seite mit dem Gesicht zu mir.
«Bist du auch mit dem Fahrrad zur Schule gefahren?»
Vater lachte. «Wir hatten doch keine Fahrräder! Wir mussten laufen.»

«War es weit?»

«Wenn man quer über die Felder lief, ging es. Man durfte sich bloß nicht vom Bauern erwischen lassen, sonst gab es Senge … So weit wie von hier bis zur Anstalt ungefähr.»

Das war zu Fuß furchtbar weit.

«Auf Klompen», sagte Vater.

Mir lief ein Schauer über den Rücken.

Vater zog immer Holzschuhe an, wenn er vom Dienst kam und im Garten oder sonst was arbeitete. Er stieg damit sogar auf die Leiter, wenn er Obst pflückte.

«In Holzschuhen?» Ich konnte es nicht glauben. Ich hatte versucht, in Klompen herumzulaufen, es tat weh an den Füßen, sehr weh.

«Wir kannten es ja nicht anders. Mein erstes Paar Lederschuhe habe ich mir gekauft, da war ich schon über zwanzig. Die Klompen wurden unter uns Kindern weitervererbt. Die hielten ja ewig, höchstens, dass mein Vater mal einen neuen Lederriemen draufnagelte.

Wenn einem das Paar noch zu groß war, zog man einfach ein oder zwei Paar Socken mehr an. War im Winter auch wärmer. Wenn wir abends vom Feld kamen, mussten wir unsere Klompen immer mit der Wurzelbürste schrubben, damit sie für die Schule wieder sauber waren. Wehe, wir kamen mit dreckigen Klompen an! Dann setzte es was mit dem Rohrstock. Und samstagabends mussten wir sie immer mit Kreidebrei einschmieren, damit sie sonntags in der Frühmesse aussahen wie neu.»

Ich schluckte immer noch am «Rohrstock».

«Die Lehrer haben euch verhauen?»

«Manchmal auch mit dem Ochsenziemer. Da hatte jeder so seine Vorlieben. Und wenn ich dann heulend nach Hause kam, sagte unsere Mutter nur: ‹Du wirst es wohl verdient haben.›»

Ich hätte am liebsten geweint: Mein Vater war als kleiner Junge verprügelt worden und hatte dann einen so langen Weg nach Hause laufen müssen, in Holzschuhen, und seine Mutter hatte ihn noch nicht einmal getröstet.

Dann fiel mir ein, dass sie ja Platt mit ihm gesprochen hatte, und ich wollte fragen, was «du wirst es wohl verdient haben» auf Platt hieß, als Vater weiterredete. Es hörte sich an, als würde er mehr zu sich selbst sprechen.

«Nur eins konnte sie gar nicht vertragen: wenn man uns auf die Hände schlug.

Da gab es einen alten Lehrer, der tat das besonders gern. Wenn man bei dem was ausgefressen hatte, musste man nach vorn kommen und die Handflächen nach oben drehen. Dann kriegte man fünf Streiche mit der Reitgerte. Das tat so weh, dass man es nicht aushalten konnte. Aber wenn man die Hände wegzog, gab es noch mal fünf von vorne.

Als ich mit meinen kaputten Händen nach Hause kam, wurde meine Mutter ganz komisch. Hat gar nichts gesagt, nur eine frische Zwiebel durchgeschnitten und mit dem Saft meine Hände eingerieben. Ich hab geheult wie ein Schlosshund. ‹Ja›, sagte Mutt, ‹wein ganz feste.› Meine Hände waren feuerrot und wurden immer dicker.

Mutt packte mich unterm Arm und rannte mit mir quer über die Felder zu unserem Schulrektor. ‹Renn! Das geht gleich wieder weg.›

Und dann hat sie dem Rektor Feuer unterm Hintern gemacht: Wenn das noch einmal passierte, würde sie zur Polizei gehen und alle ins Gefängnis bringen. Die Prügelstrafe wär bei uns schon unterm Alten Fritz abgeschafft worden.»

Vater lachte leise. «Jedenfalls hat mir danach keiner mehr auf die Hände geschlagen.»

«Wie alt warst du da?»

«Ich weiß nicht mehr, sieben oder acht. Ist doch egal. Jetzt wird geschlafen.»

Er drehte sich von mir weg, sagte «Gute Nacht» und zog sich die Decke übers Ohr.
Mich schauderte noch ein bisschen, dann drehte auch ich mich um und stellte mir Vater vor, wie er als kleiner Junge mit dünnen Beinchen und dicken Knien – wie die Kinder aus Bullerbü auf den Zeichnungen in meinen Büchern – auf Klompen zur Schule lief.
«Hast du auch im Winter kurze Hosen angehabt?»
Vater stöhnte. «Annemarie! Morgen früh ist die Nacht rum. Schlaf!»

—

Vater bekam einen Brief.
Von seinem General. Dem er im Krieg das Leben gerettet hatte.
Mutter hatte mir einmal davon erzählt, als ich wissen wollte, warum Vater sich die Fußnägel immer mit der Kneifzange schnitt.
Vaters Schiff war auf dem Weg nach Norwegen von einem Torpedo getroffen worden und gesunken. Über tausend Pferde waren jämmerlich ertrunken. Deren Schreie konnte Vater sein Lebtag nicht vergessen.
Und auch Hunderte von Soldaten waren untergegangen.
Nur Vater nicht, der schwimmen konnte wie ein Fisch.
Und im allerletzten Moment hatte er noch seinen General in den Wellen entdeckt und ihn über Wasser gehalten. Stundenlang.
In zwei Grad kaltem Wasser. Bis sie von einem anderen Schiff gerettet worden waren.
Dabei hatte Vater sich die Füße fast abgefroren, und deshalb hatte er jetzt schwarze Zehennägel, hart wie Holz.
Von seinem General bekam er jedes Jahr zum Geburtstag eine Karte im Umschlag, die an «Josef Stefan Albers» adressiert war, und zu Weihnachten kam immer eine Karte mit einem Kunstbild vorne drauf.

Heute war es ein hellgelbes, gefüttertes Kuvert, auf dem «Herrn Josef Stefan Albers nebst Familie» stand und das so fein aussah, dass unser Briefträger extra klingelte, um es abzugeben.
Es war Samstag, da hatten wir immer schon um halb zwölf Schule aus, deshalb ging ich an die Tür, als es schellte.
«Etwas ganz Edles», sagte der Postbote und wackelte mit den Augenbrauen.
Vater stapelte gerade Holz auf der Tenne, und Mutter wusch in der Spülküche die Kacke aus Dirks Windeln, bevor sie sie zum Auskochen in den Laugentopf steckte.
«Post für Vati», sagte ich und wollte an Mutter vorbeiflitzen, die sonst auch immer versuchte, vor mir an Gustes Briefe ranzukommen.
«Zeig mal her.» Sie wischte sich die Hände an ihrer Kittelschürze trocken.
Ich hielt den Brief von ihr weg. «Der ist von seinem General.»
Aber Mutter nahm ihn mir aus der Hand und guckte drauf. «Nebst Familie, steht da!»
Dann ging sie in die Küche und nahm das Obstmesser aus der Schublade.
Ich rannte auf die Tenne.
Vater ließ alles stehen und liegen.
Als wir in die Küche kamen, hatte Mutter den Umschlag schon aufgeschlitzt und zog gerade den Briefbogen heraus.
Sie lasen Seite an Seite, die Gesichter dicht aneinander.
Dann fingen sie an zu streiten, und der Brief flatterte zu Boden.
Ich hob ihn auf, konnte ihn aber nicht lesen, weil die Schrift so komisch war.
Sütterlin konnte ich entziffern, weil Guste mir das beigebracht hatte, aber die Schrift hier sah noch anders aus, zackiger.
«Wie stellt der sich das denn vor?», keifte Mutter. «Will er uns eine Droschke schicken?»

«Habe ich nicht immer alles organisiert gekriegt?», brüllte Vater zurück.
«Mit so einem kleinen Wurm?» Mutter. «Der ist ja nicht gescheit!»
Vaters Gesicht ging zu, er machte seine Handbewegung, aber ich hielt ihn am Arm fest, damit er nicht wegkonnte.
«Was steht denn da?»
Vater schaute mich verblüfft an, Mutter zischelte, dann lief sie in die Spülküche und kippte Dirks Kackwindelwasser in den Ausguss.
Vater nahm mir den Brief aus der Hand und las vor:

> «Mein lieber Herr Albers!
> Mein Adjutant, mit dem ich immer noch einen regen Kontakt pflege, berichtet mir, dass Ihnen noch einmal das Glück zuteilwurde, Vater zu werden. Und wieder ein Stammhalter! Meine Hochachtung, besonders an Ihre liebe Frau Gemahlin. Ich neige mein Haupt, Madonna.
> Meiner Gattin und mir ist ja, wie Sie wissen, zu unserem allergrößten Leidwesen niemals Nachwuchs beschert worden.
> Viel zu lange haben wir uns nicht mehr miteinander ausgetauscht, mein guter Kamerad, deshalb möchten meine liebe Frau und ich Ihr großartiges Ereignis zum Anlass nehmen, Sie und Ihre ganze Familie zu einem informellen Beisammensein in unser bescheidenes Heim einzuladen.»

«Datum, Uhrzeit, Telefonnummer, wo wir uns melden sollen», sagte Vater und schob den Brief vorsichtig wieder in den Umschlag zurück.
In der Spülküche klatschte Mutter die Windeln in den Kochtopf und meckerte vor sich hin: «Meine Hochachtung – von wegen! Nach dem Zusammenbruch, hat da der feine Herr Doktor auch nur einen Finger krummgemacht, dass du aus der Scheiße wieder rauskamst? Wie vom Erdboden verschwunden war der! Aber er selbst, ein Nazi, wie er im Buche steht, er selbst hatte sofort wieder seinen

Direktorposten. Von wegen Madonna und Hochachtung, dass ich nicht lache!»

Vater wurde ganz komisch. «Halt den Mund. Davon verstehst du nichts. Wir fahren hin – als Familie. Egal, was du sagst.»

«Egal, was ich sage?» Mutter fuhr sich durch die Haare, die ihr sowieso schon wild vom Kopf abstanden.

«Dann sag ich dir mal was: Ich habe nichts anzuziehen! Guck mich doch an, ich trage immer noch meine Umstandsröcke.»

Vater lachte böse.

Es roch nach kalter Kinderkacke und Lauge.

Ich zog mein Cape an, das mit dem roten Futter, und ging einfach nach draußen.

Ich wollte nicht zu Vaters General und hoffte, dass Mutter gewinnen würde.

Aber das tat sie nicht.

Ein paar Wochen später fuhren wir nach Bensberg zu Doktor Siebers und seiner Gattin.

Herr Möllenbrink chauffierte uns, weil er sowieso einen Termin beim Vormundschaftsgericht in Köln hatte, erklärte Vater, aber ich wusste, dass das nicht stimmen konnte, denn es war Sonntag.

Mutter und ich saßen hinten, Dirk auf einem Kopfkissen aus Pfaffs Ehebett zwischen uns. Er schlief nur.

Mutter hatte das ganze Gesicht voller Zirkelflecken und sagte nichts.

Vater saß neben Herrn Möllenbrink und redete sehr viel in richtigem Deutsch.

Er hatte mich, als Möllenbrinks Mercedes schon auf den Hof rollte, noch auf die Tenne gezogen und mich mit harten Händen angefasst. «Es wird gegessen, was auf den Tisch kommt! Ist das klar? Sonst lernst du mich kennen!»

Herr Möllenbrink ließ den Motor laufen, als wir in Bensberg ausstiegen. «Ich hole Sie dann in zwei Stunden wieder ab.»

Von vorn war es ein niedriges weißes Haus, aber weil wir von der Seite her die Kiesauffahrt hinaufgingen, konnte ich sehen, dass es hinten viel höher war.
«Hanglage», raunte Vater mir zu. «Genau wie unser Haus im Bergischen, das ich für Mutti gebaut hatte.»
Die beiden Fenster neben der Haustür waren mit Schmiedeeisen vergittert.
Mutter hatte Dirk jetzt an ihre Schulter gelegt, weil er anfing zu meckern.
Ich hatte einen trockenen Mund.
Vater schellte.
Die Frau, die uns öffnete, trug ein kurzärmeliges Kleid aus Goldlamé. Den Stoff kannte ich, Tante Liesel hatte sich daraus ein Oberteil für Cocktailpartys schneidern lassen. Tabakbraun und Gold stand aschblonden Frauen besonders gut.
Frau Siebers war aschblond, aber sehr mollig, und die Flügelärmelchen sahen an ihren Speckarmen gar nicht gut aus.
«Herzlich willkommen.»
Vater lüpfte kurz seinen grünen Hut, den einzigen, den er hatte, und verbeugte sich. «Frau Doktor ... vielen Dank für die Einladung.»
Dann tauchte der General auf.
Vater nahm seinen Hut ab, behielt ihn in der Hand, die er an die Hosennaht legte.
Der General war klein, kleiner als Vater, und alt.
Aber als er Vater beim Ellbogen nahm und ins Haus zog, war er doch ein «staatser Kerl». «Schön, Sie zu sehen, Kamerad.»
Dirk fing an zu weinen.
Der General warf seiner Frau einen strengen Blick zu und führte

Vater weg aus der großen Halle, die ganz mit weißem Stein ausgelegt war.
Wir standen da, Mutter – den schreienden Dirk an der Schulter, mit ihrer Einkaufstasche über dem Arm, in der Dirks Pulla, eine Gummihose und frische Windeln waren –, die Frau Doktor und ich.
«Dirk muss gewickelt werden», sagte ich, weil sonst keiner etwas sagte, und meine Stimme klang hohl in der Steinhalle.
Frau Doktor lächelte und sagte: «Aber natürlich. Ich zeige Ihnen das Bad. Bitte kommen Sie.»
Dann trippelte sie voran die geschwungene weiße Treppe hinunter.
Sie hatte goldene Pantoletten an.
Mutter schlorrte ihr mit dem brüllenden Dirk hinterher.
Ich wollte mitgehen, traute mich aber nicht, also blieb ich stehen und schaute mich um.
Die Halle war kahl bis auf einen Wandtisch mit schnörkeligen Goldbeinen, auf dem ein Strauß rosa Lilien stand.
Von der Decke hing eine große Lampe mit vielen Armen, spitzen Glühbirnen und lauter Glasgebammel. Das musste ein Kronleuchter sein, so etwas kannte ich aus Büchern, vielleicht aus dem «Trotzkopf», überlegte ich.
Dann kamen sie die Treppe wieder hoch, Mutter mit ihrer Einkaufstasche, und ich fragte mich, ob sie Dirks schmutzige Windel da einfach so reingestopft hatte.
Die dicke Frau in ihren Pantoletten trug Dirk auf dem Arm.
«Halte ich sein Köpfchen jetzt richtig?» Sie fühlte sich ganz groß.
«Ja», antwortete Mutter, «genau so.»
Ihre Zirkelflecken waren weg, jetzt war das ganze Gesicht rot.
Als sie oben ankamen, legte die Generalin mir sofort meinen Bruder in die Arme.
«Ich kümmere mich schnell um den Kaffee. Eine heiße Schokolade für die junge Dame ist recht?»

Mutter stellte die Tasche am Treppenpfosten ab und drückte ihre Frisur zurecht.

Sie war extra mit dem Fahrrad zum Friseur an der Anstalt hinter der Bahnschranke gefahren, um Haarspray zu kaufen, und hatte sich ihre Haare heute Morgen toupiert. Es sah doof aus.

Dann kam die Frau Doktor wieder – «Hier entlang, bitte» – und führte uns in einen Raum, der so groß war wie alle Zimmer in unserem Haus im Dorf zusammen.

Überall waren Fenster, und auf dem weißen Boden lagen dicke Perserteppiche.

Ganz hinten neben einem großen Globus auf einem Holzgestell stand Vater und sprach mit seinem General. Er hatte immer noch seinen Hut in der Hand.

Vorn stand ein langer Esstisch mit gestärkter rosa Damastdecke und zwölf Stühlen drum herum. Gepolsterte Stühle mit bestickten Bezügen – Gobelin, das kannte ich.

An einem Ende war eingedeckt. Der Goldrand der Porzellanteller war bestimmt zehnmal so breit wie der auf unserem «guten» Geschirr.

In der Mitte stand ein «Frankfurter Kranz» mit zwölf Cocktailkirschen auf der Krokantglasur.

Ich schluckte mein Würgen hinunter, ich wollte Vater nicht kennenlernen.

Die Männer kamen an den Tisch.

Doktor Siebers tätschelte seiner Frau den Po. «Das gute Lenchen hat sich einmal mehr selbst übertroffen.» Dann kniff er mir in die Wange. «So eine hübsche junge Dame! Na, was will sie denn mal werden?»

«Tierärztin», antwortete Vater stolz.

Aber das stimmte schon lange nicht mehr. «Ich werde Engländerin und schreibe Bücher.»

Alle lachten, wir setzten uns hin, sie lachten immer noch.

«Annemarie verträgt leider keine Buttercreme», sagte Mutter.
Vater warf Mutter erst einen komischen Blick zu, sah dann aber ganz zufrieden aus.
«Oje», jammerte Frau Doktor.
«Das ist doch sicher kein Problem, Helene.» Der General war ungeduldig.
«Nein, nein ...» Die Frau legte die Tortenschaufel weg, tippelte hinaus und kam mit einer Etagere wieder, auf der alle möglichen Plätzchen lagen, auch «Russischbrot». Das hatte ich damals in meiner Schultüte gehabt. Es schmeckte eigentlich nicht besonders gut, aber man konnte Wörter damit legen.
Ich nahm Dirk auf meinen Schoß, damit Mutter ihren Kuchen essen konnte.
Sie merkte, dass ich meinen Kakao nicht trank, rührte ihn um und sorgte dafür, dass die Haut am Löffel kleben blieb, den sie dann auf die Untertasse legte.
Dabei rutschte ihr Jackenärmel hoch, und sie konnte heimlich auf ihre Uhr schauen.
Onkel Maaßen hatte aus dem alten blauen Umstandsrock und einem Stück Pepitastoff, das er noch hatte, ein Jäckchenkleid geschneidert, in dem Mutter richtig fein aussah.
«Not macht erfinderisch», hatte sie gesagt und dabei gelächelt.
Und dann hatte sie mir wieder einmal erzählt, wie sie aus aufgeribbelten Wehrmachtssocken Pullover für den kleinen Peter gestrickt hatte. «Weil die aber so kratzig waren, dass er davon Ausschlag kriegte, musste ich sie mit alten Seidenstrümpfen füttern. Man hatte ja nichts ...»
Von diesen Geschichten kannte ich viele.
«Sind Sie immer noch für eine gute Zigarre zu haben?» Dr. Siebers klopfte Vater auf die Schulter. Der nickte ganz begeistert.
Ich verschluckte mich an dem Kakao, der nach Wasser schmeckte.
Vater rauchte nicht!

«Dann ziehen wir beide uns jetzt mal ins Herrenzimmer zurück. Helene, zeig den Kindern doch mal unser Schwimmbad. Du hast doch für das Mädchen extra einen Badeanzug organisiert.»
Mir fuhr der Schreck direkt in den Bauch. Noch nie in meinem Leben war ich in einem Schwimmbecken gewesen. Ich konnte nicht schwimmen!
Frau Helene schaute sorgenvoll. «Ich hatte gedacht ... Die Enkeltochter meiner Zugehfrau müsste in Anna-Marias Alter sein, aber ich fürchte, sie ist viel kleiner ...»
«Ja», sagte Mutter, «Annemarie ist sehr groß für ihr Alter.»
Das hatte sie erst gestern Abend wieder festgestellt. Für heute hatte sie noch einmal Barbaras schwarzes Edelweißkostüm ausgeliehen, aber auf einmal war mir der Rock viel zu kurz gewesen. Mutter hatte den Saum ganz ausgelassen und per Hand mit Stoßband versäubern müssen. «Hat mich die halbe Nacht gekostet.»
Wir schauten uns trotzdem das Schwimmbad im Keller an, wo es heiß war und so scharf roch, dass ich Kopfschmerzen bekam.
«Mein Mann schwimmt jeden Tag, den Gott kommen und werden lässt, seine fünfzig Bahnen. Ich persönlich plansche ja lieber.» Dabei lachte das gute Lenchen ein bisschen dumm. Persönlich.

—

Am Samstag hatte Vater Spätschicht.
Deshalb durfte ich lange aufbleiben und mit Mutter Fernsehen gucken.
Heute kam «Einer wird gewinnen». Mutter hatte die Sendung schon einmal gesehen und sagte, ich könnte dabei viel lernen und Hans-Joachim Kulenkampff wäre ein toller Mann.
Ich hatte wie jeden Samstag gebadet. Mutter hatte mir die Haare gewaschen, und bevor sie sie mir vor dem warmen Küchenherd trocken bürstete, schnitt sie die Spitzen.

«Kannst du sie nicht ein Stück mehr abschneiden?», bettelte ich zum hundertsten Mal. «Ich will die Haare so wie Gabi und Klara.»
«Du weißt doch, dass Vati das nicht erlaubt. Dann siehst du viel zu erwachsen aus. Aber vielleicht lassen wir dir einen schönen Kurzhaarschnitt machen, so wie Barbara ihn jetzt hat – richtig burschikos.»
«Bloß nicht!»
Auf dem Sofa stopfte sie mein Deckbett fest um mich herum und drückte mich. «Du bist mein Kind der Liebe. Das einzige. Wenn ich dich nicht hätte ...»
Dann setzte sie sich in meinen Korbsessel neben dem Ofen und nahm ihr Strickzeug zur Hand.
«Erzähl Vati bloß nicht, dass ich dich aufgelassen habe! Wenn er nachher kommt, tust du so, als würdest du feste schlafen. Sonst bin ich verratzt.»
Sie war fröhlich heute, denn diesmal hatte sie gewonnen.
Obwohl Vater tagelang gebrüllt hatte.
Onkel Maaßens Bein war wieder geheilt, und deshalb wollte er nächste Woche Samstag nach Köln, Tante Liesels Kleider ausliefern.
An dem Tag war mein Geburtstag, und da hatte Liesel die Idee gehabt, dass Mutter, Barbara und ich mitkommen sollten. Und zur Feier meines Geburtstages würden wir alle in einem feinen Lokal am Dom zu Abend essen.
«Das Kind war noch nie in einem feinen Lokal ...» Mutter.
«Ich auch nicht!» Vater.
«Aber Liesel meint ...»
«Was Liesel meint, ist mir piepegal. Die soll ihre spleenigen Ideen an anderen auslassen.»
«Aber sie hat doch nun mal keine eigenen Kinder ...»
«Ist das meine Schuld? Da wäre sie damals mal besser nicht zum Engelmacher gegangen. Wie oft? Dreimal?»

Aber als Mutter «Lyceum» und «etwas von der Welt sehen» sagte, war Vater leiser geworden.
Dann war es darum gegangen, wer sich um Dirk kümmern sollte, weil wir ja erst spät in der Nacht wieder zu Hause sein würden.
Und es war viel telefoniert worden.
Tante Maaßen kam von Mutter aus nicht in Frage – «Nur über meine Leiche!» –, und Tante Lehmkuhl konnte nicht vom Hof weg.
«Pit würde der was anderes erzählen», wusste Vater.
Schließlich «erbot» sich Fräulein Maslow «gern».
«Ich habe ja wohl ausreichend Erfahrung mit Kleinkindern, sogar mit Säuglingen.»
Nur hatte sie Angst, im Dunkeln wieder nach Hause zu laufen.
«So nah bei der Anstalt ... Man weiß doch nie, welche Freigänger sich nachts noch hier herumtreiben.»
Ich verstand die ganze Zeit nicht, warum Vater Dirk nicht einfach seine Fläschchen geben und frische Windeln machen konnte. Als ich das sagte, guckte Vater mich an, als hätte ich den Verstand verloren.
«Ich bin ein Mann!»

Und dann war doch noch alles irgendwie geregelt worden.
Maslows hatten keinen Fernsehapparat, und Mutter hatte Fräulein Maslow so lange von Peter Frankenfeld und seiner Sendung «Vergißmeinnicht» vorgeschwärmt, in der Geld für Menschen gesammelt wurde, denen es nicht so gutging, bis sie ganz erpicht darauf war, sie zu sehen.
Sie würde hier sein, Dirk am Nachmittag versorgen, ihn um zehn Uhr noch einmal wickeln und ihm das letzte Fläschchen für die Nacht geben. Danach würde ihr Bruder sie mit dem Auto abholen.
Und Vater würde neben Dirk in Pfaffs altem Ehebett schlafen.
Obwohl er ein Mann war.

«Einer wird gewinnen» war so aufregend, dass ich heiße Backen kriegte. Und ich nahm mir heimlich vor, auch mal Studentin zu werden und ganz viel zu wissen.
Als in der Pause zwischen den Ratespielen das Rundfunkorchester spielte, machte Mutter mir heiße Milch mit Honig.
«Liesel hat übrigens eine Geburtstagsüberraschung für dich. Und für Barbara.»
«Barbara hat gar nicht Geburtstag!»
«Das ist doch egal. Für euch beide zusammen ist es noch schöner, warte nur ab.»

—

Onkel Maaßen wollte uns am Samstag nach dem Mittagessen abholen.
Eigentlich hatten wir mit seinem neuen Auto fahren sollen, aber das war nicht rechtzeitig geliefert worden.
In seinen himmelblauen französischen Sportwagen hätten wir vier zwar reingepasst, aber es wäre nicht sehr bequem gewesen. Außerdem wollte Onkel Maaßen Liesels Kleider hängend transportieren, damit sie nicht im letzten Moment noch Falten bekamen.
Deshalb hatte er sich für diesen Tag den Wagen von seinem jüngeren Bruder ausgeliehen, der auch gern schnelle Autos fuhr, einen weißen BMW.

Mutter hatte eins von Vaters Lieblingsessen gekocht: Erbsensuppe mit Schweinepfötchen. Und es gab Nachtisch, den es sonst eigentlich nur sonntags gab, Zwetschen, eingeweckt mit Zimt und einem Schuss Essig, so wie Vater sie besonders gern mochte.
Für Dirk, der seit ein paar Wochen mittags kein Fläschchen mehr bekam, hatte sie Möhrchen und Kartoffeln gekocht und mit einem Stück guter Butter verknetet.

Das konnte auch ich essen – wenn ich nicht auf die Schweinefüße guckte.

Fräulein Maslow war rechtzeitig da, um Dirk zu füttern. Das machte sie wirklich gut. Sie redete nett mit ihm, und er hörte ihr zu und schluckte brav runter. Kein Gehampel, keine Ferkelei.
Sie hatte tatsächlich Erfahrung mit kleinen Kindern, und ich war beruhigt.

Vater sagte nicht «Tschüs, bis heute Abend».
Er sagte gar nichts.

Barbara mit der burschikosen Kurzhaarfrisur und ich mussten auf der Rückbank dicht zusammenrücken, denn an der Seite hingen sechs Kleidersäcke. Nicht vier, wie ich erwartet hatte, Liesel musste noch etwas nachbestellt haben.
Ich wusste nicht, was ich sagen sollte, Barbara wohl auch nicht, also schauten wir beide aus dem Fenster.
Mutter zündete für Onkel Maaßen die Zigaretten an.
Ich hatte Mutter noch nie mit einer Zigarette zwischen den Lippen gesehen, weil evangelische Frauen nicht rauchten.
Sie lachte auch viel.
«Heute Abend gehen wir in ein Lokal», sagte ich irgendwann.
«Ich weiß.» Barbara schaute weiter aus dem Fenster.
«Warst du schon mal zum Essen in einem Lokal?»
«Natürlich.»
Ich wollte mich nicht blöd fühlen. «Ich habe Beatlesplatten.»
In der Schule fanden das alle toll, und Gabi hatte mich schon ein paarmal zu sich nach Hause eingeladen, aber ich wollte nicht hin. Gabis Vater war Doktor, und womöglich würde es bei denen zu Hause so sein wie bei dem Dr. General und seiner guten Helene.
Barbara machte nur: «Tsss.»

«Kennst du die ‹Bravo›?»
Alle Mädchen in der fünften und sechsten Klasse lasen die Zeitschrift, sogar Gabi und Klara aus der vierten, und ich hatte mir schon öfter die Fotos und die Berichte über die «Beatles» angeguckt.
Onkel Maaßen vorn hatte mich wohl gehört.
«Billiger Schund», knurrte er. «So was kommt mir nicht ins Haus.»
Er drehte sein Gesicht zu Mutter. «Und ich hoffe doch sehr, dir auch nicht.»
Ich konnte nur Mutters Hinterkopf sehen, aber ich wusste, dass sie jetzt Zirkelflecken am Hals hatte.

Und dann kamen wir endlich in Köln an, wo es Tausende von Autos gab und furchtbar schlecht roch.
Ich war schon einmal in der Wohnung von Tante Liesel und Onkel Karl-Dieter gewesen, aber das war lange her, Omma hatte noch gelebt.
Damals hatten Mutter und ich auf einer Klappcouch geschlafen.
Mir hatte das Wort so gut gefallen: «Klappcouch».
Eigentlich hatten die beiden keine richtige Wohnung, nur ein großes Zimmer, in dem alles mit Vorhängen abgetrennt war, Bett und Kleiderschrank, Kochherd und Spüle. Und im Badezimmer gab es keine Wanne, nur ein Duschbecken mit einem Plastikvorhang – das hatte ich noch nie gesehen – und eine zweite Tür, die ins Büro führte.

Onkel Maaßen hielt erst einmal am Straßenrand an.
Manches war wie früher: der große Hof, links die Produktionshalle, rechts eine lange Baracke, in der zur Straße hin Tante Liesels «Apartment» untergebracht war, dahinter das Büro für Liesel und Herrn Thomas, dann kamen der Aufenthaltsraum und die Umkleide für die Arbeiter.

Der Hof war immer noch matschig, und dort standen auch immer noch die Transporter, die Autos von Onkel Karl-Dieter und Tante Liesels hellblaues Käfer-Cabrio, mit dem sie nie fuhr, weil sie keine Zeit hatte, den Führerschein zu machen.
Aber das große Rolltor, das alles zur Straße hin abgeschlossen hatte, war nicht mehr da, deshalb war Onkel Maaßen wohl auch erst mal stehen geblieben.
Jetzt gab es hier eine Baustelle mit einem großen Haus quer zur Straße, das noch nicht fertig war.
Liesel bekam nun endlich auch ein Eigenheim. Ich hatte gehört, wie Vater sich darüber lustig machte. «Der kleine Soldat hat schon zwei Häuser hochgezogen, und die große Frau Zwanziger hockt immer noch auf anderthalb Zimmern. Und das mit dem ganzen Geld!»

«Fast noch im Rohbau», stellte Onkel Maaßen fest, als er den Wagen jetzt doch auf den Hof lenkte.
«Richtfest war aber schon», erklärte Mutter. «Jetzt ist der Innenausbau dran. Deshalb hat Liesel ja gerade so viel um die Ohren.»
Es sollte ein Sechsfamilienhaus werden, Liesel hatte die Baupläne mitgebracht, als sie wegen Dirks Geburt bei uns gewesen war. Ein Eingang in der Mitte mit dem Treppenhaus nach oben und dann an beiden Seiten je drei Wohnungen übereinander. Tante Liesel und Onkel Karl-Dieter wollten die beiden Wohnungen im ersten Stock beziehen.
«Wir haben uns bewusst gegen das Erdgeschoss entschieden», hatte Liesel erläutert. «Zu viel Pöbel auf der Straße. Und natürlich haben wir den Grundriss komplett geändert.»
In der rechten Wohnung lagen das Gästezimmer mit einem kleinen Bad, das Esszimmer, die große Küche und der Wirtschaftsraum; in der linken Wohn- und Schlafzimmer, Karl-Dieters Arbeitszimmer und das Komfortbad.
Mutter hatte die Stirn gerunzelt. «Dann müsst ihr doch immer

durchs Treppenhaus, wenn ihr von der Küche ins Wohnzimmer wollt.»

Aber Liesel hatte nur gelacht. «Das wiegen die Steuervorteile alles auf, glaub mir.»

Als Liesel wieder weg war, hatte auch Vater den Kopf geschüttelt und sich an die Stirn getippt. «Möchtest du so wohnen? Alle Mieter latschen dir quasi immer durch deine Wohnung. Warum setzen die nicht einfach einen Bungalow in ihren Park?»

Das stimmte. Hinter dem Fabrikgelände hatten sie noch eine riesengroße Wiese mit vielen Obstbäumen und einem Bach.

«So wirklich dicke scheinen die es ja doch nicht zu haben...»

Mutter hatte ein spitzes Gesicht gekriegt. «Es soll Menschen auf der Welt geben, die nicht ihr ganzes Geld in Steinklötze stecken und dafür darben bis zum Gehtnichtmehr.»

Im Betrieb wurde noch gearbeitet, man konnte die Maschinen hören.

Tante Liesel kam aus ihrem Büro gelaufen. «Wir sind ein bisschen im Verzug mit einem Auftrag fürs Fernsehen», rief sie uns zu. «Deshalb müssen wir Extraschichten einlegen. Aber ich bin hier jetzt entbehrlich. Thomas!» Sie winkte ihrem Mitarbeiter, der am Schreibtisch saß.

Ich hatte gar nicht gewusst, dass auch Männer Sekretärin sein konnten.

Herr Thomas war jung, hatte krause Haare wie ein Neger und einen Mund wie eine Frau.

«Sie schließen dann ab, Thomas. Und sagen Sie meinem Schwiegervater, er ist herzlich zum Kaffee eingeladen, wenn er Zeit findet.»

Opa Zwanziger hatte ich kurz kennengelernt, als ich damals mit Mutter hier gewesen war. Er hatte einen Arbeitskittel getragen und Staub in den Haaren gehabt. Mit schon über siebzig arbeitete er immer noch im Betrieb, den er eigenhändig aus dem Nichts aufgebaut hatte. Ich hatte ihn nicht verstehen können, weil er Kölnisch sprach.

Er war geschieden, was mir bei einem so alten Mann komisch vorkam.

Auch Liesel nannte ihn «Opa».

«Opa und ich schmeißen den Laden ganz allein!»

Onkel Karl-Dieter hatte mit dem Krieg nichts zu tun. Er war noch ein kleiner Junge gewesen, als der ausgebrochen war, und viel jünger als Liesel. «Aber er legt mir jeden Tag die Welt zu Füßen, weil er weiß, was er an mir hat.»

«Karl-Dieter ist in der Eifel wegen eines Großauftrags. Wir sind also unter uns», haspelte Liesel, während wir zu ihrer Wohnungstür gingen. Dann fiel es ihr ein, und sie legte die Hände auf meine Schultern. «Alles Gute zum Geburtstag!»

Sie schickte Onkel Maaßen zum Auto, die Kleidersäcke holen.

«In der Zwischenzeit setze ich schon mal den Kaffee auf. Ich habe Sturmsäcke gebacken.»

Barbara kicherte. Liesel sagte nie Windbeutel, ich kannte das schon.

Der Couchtisch in der Wohnung hatte an der Seite eine Kurbel, mit der man die Tischplatte hochdrehen konnte, wenn man daran essen wollte.

Liesel legte uns Windbeutel vor, die mit Sahne und Sauerkirschen gefüllt waren.

«Einen kleinen Asbach dazu, Wim?»

«Da sag ich nicht nein.»

Dann bekamen Barbara und ich mein Geburtstagsgeschenk.

Liesel hatte Onkel Maaßen für uns beide Kleider nähen lassen, Frauenkleider aus grobem rosa Leinen, leicht tailliert mit einer durchgehenden Knopfleiste vorn.

«Ich will heute mal so richtig mit euch angeben.»

Jede von uns bekam noch eine raschelnde Tüte in die Hand, dann

scheuchte sie uns ins Badezimmer. «Husch, husch, macht euch mal so richtig schick!»
Im Bad war es kalt, und es stank nach Abfluss und nach etwas, das zugleich süß, bitter und scharf war und das ich irgendwoher kannte.
Wir standen belämmert da, dann machten wir die Tüten auf. Rosa Unterhosen, rosa Hemdchen und Perlonstrumpfhosen!
Wir guckten uns an.
Schließlich zuckte Barbara die Achseln und fing an, sich auszuziehen.
Dabei drehte sie sich von mir weg, aber ich konnte trotzdem sehen, dass sie schon ganz dicke Brustwarzen hatte und Haare zwischen den Beinen.
Ich hatte nicht einmal Flaum.
In der linken Kniekehle hatte sie ein Muttermal, genau wie ich.
Die Unterwäsche war aus einem knistrigen Stoff, der sich auf der Haut komisch anfühlte, und als ich mich in die Nylonstrümpfe gezwängt hatte, fühlte es sich an, als kriegten meine Beine keine Luft.
«Das ist wie Karneval», sagte ich.
Ich hatte mich in diesem Jahr zum ersten Mal verkleiden dürfen, weil in meiner neuen Schule Karneval gefeiert wurde. Mutter war zuerst gar nicht erfreut gewesen. «Die müssen sich doch nicht jeden gottlosen Blödsinn von den Katholiken abgucken!» Aber dann hatte sie mir doch aus dem Futter eines alten Lodenmantels, den wir auf Pfaffs Dachboden gefunden hatten, ein Katzenkostüm genäht.
Barbara guckte bitter. «Wollen die Zwillinge aus uns machen?»
Aber dann mussten wir beide laut lachen, denn wir hatten jetzt auch wieder unsere Schuhe angezogen, flache braune Schnürschuhe, beide.
Barbara knuffte mich, und ich musste glucksen. «Damit kann man so richtig angeben.»

Um halb acht fuhren wir in die Stadtmitte, wo es taghell, stinkig und voller Autos war.
Onkel Maaßen schnauzte Liesel an, die jetzt vorn neben ihm saß.
«Man merkt, dass du kein Auto fährst!»
Aber dann fanden wir das Lokal und auch einen Parkplatz am Straßenrand.
Als wir ausstiegen, konnte ich gar nichts mehr sagen. Wir standen direkt am Dom, den ich vom Auto aus gar nicht gesehen hatte. Er war so hoch, dass ich die Turmspitzen nicht erkennen konnte, und obwohl er angestrahlt wurde, war er dunkel und gruselig schön.
«Können wir mal drum herumgehen?»
Aber die anderen achteten nicht auf mich, nicht einmal Mutter.
Sie hatte Onkel Maaßen untergehakt. Vielleicht war sein Bein doch noch nicht wieder richtig gesund.

Im Lokal war es eng, heiß und irgendwie feucht.
Es gab elf Tische, und bis auf einen waren alle besetzt. Leute in feinen Kleidern, die alle mal so richtig angeben wollten. Liesel trug zum schwarzen Rock ihr tabak-goldenes Oberteil, Mutter ihr Pepita-Jäckchenkleid.
«Hier muss man schon Wochen im Voraus reservieren», raunte Liesel, als der Kellner, der einen Frack und eine Serviette über dem Arm trug, uns zu dem freien Tisch führte.
«Für Sie, Frau Zwanziger, wie immer unser allerbester.»
Er zog einen Stuhl hervor, auf dem Liesel Platz nahm, dann lief er zum nächsten Stuhl und nickte Mutter auffordernd zu.
Wir bekamen alle eine Speisekarte mit einem dunkelgrünen Ledereinband, fast so groß wie eine Zeitung, sogar Barbara und ich.
Ich war sehr gespannt, was da wohl alles drinstand, aber Liesel nahm sie uns sofort wieder weg – «Schließlich weiß ich, was hier am besten ist» – und bestellte für uns: Forelle «Müllerin» für sich, Schnitzel «Holsteiner Art» für Mutter, für Onkel Maaßen Rump-

steak mit Kognaksoße, und Barbara und ich sollten den Kinderteller «Hawaii» bekommen.
Dann mussten wir warten.
Der Kellner – «Oberkellner», verbesserte Liesel mich – brachte die Getränke: drei Gläser helles Bier – «Kölsch», verbesserte Liesel Onkel Maaßen – und «Fanta» für mich und Barbara. Die war lecker.
Dann warteten wir wieder und warteten.
Mir war schwitzig in der engen Strumpfhose. Barbara kratzte sich heimlich an den Beinen, ihr ging es wohl genauso.
Ich hätte gern die anderen Leute im Lokal beobachtet, aber Tante Liesel redete wie ein Wasserfall: wie sie diesen und jenen vom Fernsehen kennengelernt hatte, dass sie froh wäre, wenn das Haus endlich fertig war, damit sie sich für die netten Abende bei den Fernsehleuten mit einem «Souper» revanchieren könnte.
Vielleicht dachte sie, sie müsste uns unterhalten, weil wir ja ihre Gäste waren.
Dann kam endlich unser Essen, und ich war enttäuscht.
Liesels «Müllerin» war ein gebratener Fisch mit Augen, auf Mutters Schweinefleisch lag ein Spiegelei, und unser «Hawaii» war Hühnerfleisch mit Reis, nur dass auf dem Huhn eine Scheibe Ananas mit einer knallroten Kirsche lag.
Die schob ich weg.
Und guckte mir genau ab, was Liesel beim Essen machte. Die Stoffserviette auffalten und auf den Schoß legen, vor dem Trinken den Mund damit abwischen. Und vorher das Besteck rechts und links an den Tellerrand legen.
Zu Mutter schaute ich nicht hin. Ich wusste, sie würde es genauso machen wie ich, aber ich wollte ihre Flecken nicht sehen.
Schließlich legte Liesel das Besteck ordentlich auf den Teller – das Mahl war beendet – und machte eine Handbewegung ins Nichts.
Der Oberkellner war sofort an ihrer Seite. «Zu Ihrer Zufriedenheit, Frau Zwanziger? Ein kleiner Asbach aufs Haus – wie immer?»

Liesel nickte schon, hob dann aber die Hand und lächelte Mutter milde an. «Was hättest du denn gern, Gerda? Einen Kirschlikör vielleicht?»
Aber Mutter sagte: «Danke, für mich nichts.»
Und da fand ich sie gut.
Onkel Maaßen ging «mal austreten». «Wir haben ja noch eine lange Fahrt vor uns.»
Barbara sah aus, als wäre sie gar nicht da, aber sie saß noch gerade auf ihrem Stuhl, in ihrer knistrigen Unterwäsche, den Folterstrümpfen und dem rosa Frauenkleid. Genau wie ich.
Und dann fing Mutter an zu flüstern: «Was ist denn los?»
Und Liesel kippte ihren Asbach runter und den von Onkel Maaßen gleich hinterher.
«Er hat mal wieder eine Neue, blutjung diesmal.»
Liesel hickste. «Ihr Schlüpfer passt in eine Streichholzschachtel, sagt er.»
«Ist es was Ernstes?»
«Blödsinn!» Liesel fuhr sich fix über den Mund und schaute nach links und rechts.
Aber im Lokal gab es noch immer nur leises Gebrabbel und Geschwitze.
«Was ist denn mit Thomas?» Mutter.
«Zu grün», zischelte Liesel. «Mal ganz nett für eine Episode zwischendurch, wenn man's braucht …
Die Kinder müssen ins Bett … Die Rechnung, bitte … Wim, es wird Zeit!»

—

Opa und Tante Meta hatten mir eine Geburtstagskarte geschickt, mit Geld drin.
Von Peter kam nichts. Er sollte irgendwo beim Militär sein, aber

Mutter und Vater sprachen nie ein Wort über ihn, deshalb gab es ihn die meiste Zeit für mich gar nicht.

Nur von Guste gab es ein Päckchen. Darin war eine Geburtstagskarte mit einem knopfäugigen Rotkehlchen im Schnee und ein Buch von Erich Kästner, «Das doppelte Lottchen». Es war kein richtiges Kinderbuch, sondern irgendwie auch für Erwachsene – und es war großartig.

Beim Lesen wollte ich lachen wie bei meinen Lindgrenbüchern, aber manchmal musste ich auch ein bisschen weinen, und das fühlte sich genauso gut an.

Es war immer noch nicht richtig Frühling geworden, aber wenn ich mich warm anzog, konnte ich mich schon wieder in meinem Hauptquartier verkriechen. Und das neue Buch in Ruhe zweimal hintereinander lesen.

Ohne dass Mutter mich fragte, warum ich kicherte oder ein komisches Gesicht machte.

Als ich noch jünger war, hatte ich ihr die witzigen Stellen immer vorgelesen. Wie die Stelle im dritten Blomquistband – «Ist jemand hier, so ist er dort.»

Sie hatte dann auch gelacht, aber eben so, wie man mit Kindern lacht.

Hinten im «Doppelten Lottchen» standen die anderen Bücher aufgelistet, die Erich Kästner geschrieben hatte.

Jetzt konnte ich mir wieder richtige Bücher wünschen!

Ich hätte gern Erich Kästner kennengelernt, noch lieber hätte ich allerdings Astrid Lindgren getroffen. Aber die lebte in Schweden, sehr weit weg. Wo Herr Kästner wohnte, wusste ich nicht.

In der «Bravo» hatte ich gelesen, dass man von berühmten Leuten Autogramme bekommen konnte.

Weil Gabi und Klara auf die höhere Schule gewechselt waren, durfte ich mir die Zeitschrift jetzt selber kaufen – heimlich. Vater und besonders Barbara durften das auf gar keinen Fall erfahren. Mutter

war wohl ganz froh, dass ich die Hefte immer in meinem Hauptquartier versteckte.
In der «Bravo» stand aber nicht, wie man das mit den Autogrammen machte.
Wen konnte ich fragen?
Der Einzige, der mir einfiel, war Herr Struwe.
Aber ich hatte Angst, er würde mich auslachen, und lief deshalb tagelang rum und überlegte mir Sätze, die sich klug anhörten.
Dann traute ich mich donnerstags in der großen Pause, als Herr Struwe allein Hofaufsicht hatte.
«Ein Autogramm von Astrid Lindgren? Na, das ist mal was Neues!»
Er war sehr nett – ich hätte gar nicht so kribbelig sein müssen – und sagte, ich sollte einen Brief mit meiner Bitte an den Verlag schicken, in dem die Lindgrenbücher erschienen waren. Der stände vorn in den Büchern und die Adresse auch.

Ich war ganz aufgeregt, als ich nach Hause kam, machte meine Schularbeiten nur huddelig und rannte dann ins Hauptquartier, wo ich unter dem Dielenbrett den Schreibblock und die frankierten Kuverts versteckte, die Guste mir letztes Jahr besorgt hatte.
Der Brief musste ordentlich aussehen, deshalb konnte ich ihn nicht auf dem Schoß schreiben, außerdem brauchte ich die Adresse vom Verlag aus meinen Büchern. Und die standen im Schlafzimmer.
Also musste ich mich wohl oder übel an den Esstisch setzen.
Mutter stand am Herd und brutzelte irgendwas.
«Was machst du denn da?»
«Schulaufgaben.»
«Ich dachte, du wärst damit fertig. Was ist denn das für ein Block?»
«Den hat Tante Guste mir doch voriges Jahr geschenkt.» Ich versuchte, das Blatt mit den Linien, die durch das Papier schimmerten, gerade einzulegen, damit nicht alles krumm und schief wurde, wenn ich schrieb.

«Zeig mal.»

Da klingelte Gott sei Dank das Telefon, und Mutter zischte ab ins Wohnzimmer. Ich wusste, das würde Liesel sein. Sie rief jetzt jeden Tag an, immer wenn Vater im Dienst war.

Sie telefonierten dann jedes Mal sehr lange, die Schwestern, und Mutter sprach komisch, mit piepsiger Stimme, aber manchmal auch ganz tief und leise.

Dirk hatte in seinem Laufstall gesessen, fand es aber wohl nicht lustig, dass Mutter einfach so verschwunden war, zog sich hoch und rüttelte an den Gitterstäben.

Ich machte die Tür zur Spülküche zu, hob Dirk aus dem Stall und setzte ihn auf den Boden.

Er strahlte mich an. Durch die Gegend krabbeln war neuerdings das Größte für ihn, und er düste auch sofort los unter den Küchentisch, wo er das Kehrblech fand, das er genau untersuchen musste.

Ich setzte mich wieder an den Küchentisch und beschriftete zuerst den Umschlag mit der Adresse und meinem Absender auf der Rückseite. Dann wollte ich mit dem Brief anfangen, aber ich wusste nicht, wie die Leute beim Verlag hießen.

Wie sollte ich sie anreden?

Und dann? «Schicken Sie mir bitte ein Autogramm von Astrid Lindgren»?

«Von» war bestimmt unhöflich. Musste es heißen: «Würden Sie mir bitte ein Autogramm der Astrid Lindgren schicken»?

Dirk hatte die Holzscheite im Korb neben dem Ofen entdeckt, konnte sie aber nicht herausnehmen, weil sie zu schwer waren, und fing an zu meckern.

Ich hatte mittlerweile nicht nur heiße Backen, mir tat auch der Kopf weh.

Mutter hatte auch heiße Backen, als sie aus dem Wohnzimmer kam.

«Wieso hast du ihn rausgelassen?», fauchte sie mich an.

Dann zog sie Dirk einen Holzspan aus dem Mund.

Ich konnte nicht einschlafen. Freitags hatte Herr Struwe keine Hofaufsicht. Wenn ich mit ihm sprechen wollte, musste ich in der Pause an die Tür vom Lehrerzimmer klopfen, und das war peinlich.

Aber dann traute ich mich doch, schließlich war ich jetzt schon im vierten Schuljahr, eine von den Großen.

Und Herr Struwe lächelte mich auch ganz freundlich an.

«Könnten Sie mir sagen, wie ich den Verlag anreden soll?»

Er nickte und strich sich dann über die Nase. «Weißt du, was? Das nehmen wir gleich im Unterricht durch. Gute Idee, danke.»

Und so lernte an diesem Freitag die ganze vierte Klasse, wie man einen Brief schrieb. Und ich lernte, dass man, wenn man nicht genau wusste, an wen man sich wandte, einfach mit «Sehr geehrte Damen und Herren» anfing.

Das Wort «geehrte» schrieb ich in mein Deutschheft und unterstrich es, weil es so komisch aussah.

—

Ich hatte etwas sehr Dummes getan.

Mit meinem ersten Wörterbuch, das alle Viertklässler zum Schuljahresbeginn bekamen.

Gestern hatte ich mir von Opas Geburtstagsgeld in der Post, wo es auch Zeitschriften und Schreibwaren gab, einen Vierfarbenkuli gekauft, den ich mir schon so lange gewünscht hatte.

Und als ich nach Hause radelte, war auf einmal die Sonne herausgekommen, und es roch nach Frühling.

Also setzte ich mich mit meinem neuen Wörterbuch in die Laube und blätterte darin herum. Das tat ich wirklich gern.

Und dann unterstrich ich mit meinem neuen Kuli alle schönen Wörter, die ich finden konnte: «Liebe», «küssen», «streicheln», «Busen», «anfassen», «liebkosen», «Kuss», «Zunge», «Geschlecht».

Ich wusste, es gab noch andere Wörter, die sich auch schön und kribbelig anfühlten, die aber ein bisschen verboten waren.
Deshalb standen die wohl auch nicht drin im Wörterbuch.
Ich wollte schon wütend werden darüber, als mir plötzlich auffiel, was ich getan hatte.
Alles unterstrichen! In ROT!
Wenn das jemand aus der Klasse sah! Oder noch viel schlimmer: Wenn Herr Struwe das entdeckte!
Also war ich ins Hauptquartier gelaufen und hatte das Wörterbuch in mein Geheimversteck gebracht.
Wenn Herr Struwe danach fragte, würde ich einfach sagen, ich hätte es zu Hause vergessen. Aber wenn er öfter fragte, musste ich wohl sagen, ich hätte es verloren. Dann würde Mutter mir ein neues kaufen müssen – von unserem eigenen Geld!

—

Vater war oft im Außenkommando.
Wenn die Gefangenen außerhalb vom Gefängnis arbeiteten, musste natürlich immer ein Bewacher dabei sein, manchmal auch zwei oder drei. Je nachdem, wie groß die Gefahr war, dass die Gefangenen abhauten.
Ein paarmal im Jahr durften sich die Beamten auch Gefangene für Arbeiten bei sich zu Hause ausleihen.
Und weil jetzt im Frühjahr im Gemüsegarten viel getan werden musste, hatte Vater sich in die Liste eingetragen. Er würde selbst das Kommando leiten.
Es war sehr seltsam, ihn zu Hause in Uniform herumlaufen zu sehen mit Koppel und Mütze und allem. Und er trug seine Kommandoflöte an einem grünen Band um den Hals.
«Wozu brauchst du die?»
«Na, wenn mir einer von der Fahne geht!»

Er nahm mich bei den Schultern und erklärte mir, dass ich mich von den Gefangenen fernhalten und ihnen nicht ins Gesicht sehen sollte. Und auf gar keinen Fall durfte ich mit ihnen sprechen.

Mir wurde mulmig.

Die Gefangenen wurden in der «Grünen Minna» gebracht, einem Bus mit vergitterten Fensterscheiben.

Es waren drei jüngere Männer in dunkelblauer Gefangenenkluft, zu der auch ein blau-weiß kariertes Halstuch gehörte, was irgendwie flott aussah.

Ich stand hinter der Gardine am Schlafzimmerfenster und beobachtete heimlich, wie sie ausstiegen und Vater sehr höflich begrüßten.

«Sind das alles Mörder?»

Mutter lachte. «Dummes Zeug, Mörder sitzen doch im Zuchthaus. Bei uns sitzen nur Diebe und Betrüger und so was.»

Die Männer sahen auch nicht besonders gefährlich aus, einer sogar ganz nett, ein bisschen wie George Harrison.

Vater verteilte Gartenwerkzeuge und sagte den Gefangenen, was sie zu tun hatten. Dann stellte er sich ans Gartenende, breitbeinig, die Hände hinter dem Rücken ineinandergelegt, und rührte sich nicht mehr.

Nicht einmal, als Toni, Lehmkuhls ältester Sohn, an der Hecke auftauchte und nach ihm rief: «Ohme Jupp!»

Vater verzog keine Miene, er schaute nicht einmal in Tonis Richtung, hatte nur seine Gefangenen fest im Blick.

«Warum ist Vati so komisch?»

«So ist sein Beruf.» Mutter schärfte mir noch einmal ein, dass ich beim Mittagessen nicht mit den Männern sprechen durfte.

Sie kochte Linsensuppe mit Mettwürstchen.

Ich hatte keinen Hunger.

Die Gefangenen mochten zwar nicht gefährlich aussehen, aber man konnte nie wissen.

Auch die Freigänger aus der Anstalt sahen oft nett aus und hatten doch nur Böses im Sinn, besonders mit jungen Mädchen. Das erzählte mir Vater fast jeden Tag.
Aber ich wollte nicht zugeben, dass ich Angst davor hatte, was genau dieses «Böse» sein sollte. «Wir müssen aufpassen, dass sie Dirk nichts tun», sagte ich deshalb.
Mutter lachte wieder. «Wie wäre es, wenn ich für dein Brüderchen und dich Spinat mit Kartoffelpüree koche? Du kannst ihn dann am kleinen Küchentisch füttern und auch da essen. Dann hast du mit den Gefangenen nichts zu tun.»
Da hörte ich unseren Briefträger kommen. Er bimmelte schon auf dem Feldweg mit seiner Fahrradklingel.
«Darf ich zur Tür?» Die ging zwar zum Garten hinaus, und da würde ich in die Nähe der Gefangenen kommen, aber ich wartete doch noch immer auf mein Autogramm.
«Geh nur.»

Ich hatte Antwort vom Verlag!
Ein großer gepolsterter Umschlag, der an «Fräulein Annemarie Albers» adressiert war.
Ein kleines Buch und ein Brief steckten drin.
Im Brief stand, dass sie im Moment leider keine Autogramme von Astrid Lindgren hätten, mir aber als «kleinen Trost» den Almanach «Gebt uns Bücher – gebt uns Flügel» zu Lindgrens 60. Geburtstag schicken würden, und sie wünschten mir viel Freude damit.
Mutter las wie immer über meine Schulter hinweg mit.
Sie sah ganz stolz aus.
Mir waren die Hände flatterig, als ich das Buch durchblätterte.
Es waren lauter Geschichten aus den verschiedenen Lindgrenbüchern drin, aber sie hatten auch ihre Lebensgeschichte darin aufgeschrieben, und es gab Fotos.

Auf dem schönsten hatte sie eine ganz große Armbanduhr am Handgelenk und lachte einen an.
Wenn ich zur Konfirmation meine erste Uhr bekam, würde ich mir genau so eine wünschen, eine Herrenuhr!

—

Vater hatte mir ins Gesicht geschlagen.
Weil er wieder so wild geträumt hatte.
Er war darüber so erschrocken, dass ich dachte, er würde anfangen zu weinen.
Er rannte ins Badezimmer, holte einen nassen Waschlappen und drückte ihn auf mein Auge und meine Backe.
«Hast du vom Krieg geträumt?»
«Ja.»
«Warum?»
«Darum.»
«Erzähl mir was vom Krieg.»
«Nein.»
«Bitte, bitte!»
«Sei still!»

—

Ich bekam endlich, endlich doch noch meinen Willen: Ich durfte meine Haare abschneiden lassen.
Mir war nicht klar, wer Vater die Erlaubnis abgerungen hatte.
Mutter bestimmt nicht.
Onkel Maaßen vielleicht, obwohl ich sie nie miteinander sprechen sah.
Oder vielleicht auch ich, weil ich ihm, wenn er da war, Abend für Abend beim Einschlafen alles Mögliche über kürzere Haare er-

zählte und dass es auf der ganzen Welt keine einzige kluge Frau gäbe, die ein Krönchen auf dem Kopf trug.
Barbaras burschikosen Kurzhaarschnitt fand er in Ordnung.
«Aber komm mir bloß nicht mit langen Haaren nach Hause!»
Das fand ich komisch, denn ich hatte die längsten Haare, die es gab, sie reichten mir mittlerweile bis zum Oberschenkel.
Inzwischen war mir alles egal, ich wollte einfach nur nicht mehr aussehen wie ein sehr merkwürdiges kleines Kind.
Barbara war mit der neuen Tante Maaßen zu einem Friseur in die Stadt gefahren, zum «ersten Haus am Platz».
Dazu fehlte uns das Geld und Mutter die Zeit, «mit dem Bus den halben Tag zu verjuckeln».
Also nahm sie mich mit zu ihrem Friseur Jansen an der Bushaltestelle bei der Anstalt, wo sie sich alle paar Monate eine Wasserwelle legen ließ.
«Machen Sie ihr was Flottes, Sie wissen schon, ein bisschen was Freches …»
Aber sie wussten nicht.
Der «Chef persönlich» schnitt mir ratzfatz die Haare bis zum Kinn ab und verschwand wieder. Mein Kopf war auf einmal ganz leicht, ein komisches Gefühl.
Ich schaute zu Mutter hin, aber die hatte ihre Nase in eine Zeitschrift gesteckt, während eine Friseuse ihr Wickler in die Haare drehte.
Es stank nach Festiger und auch irgendwie verbrannt.
Dann kam der Chefpersönlich wieder zu mir und schnippelte weiter an meinen Haaren herum.
Ich machte die Augen zu, weil ich mich nicht im Spiegel sehen wollte.
Er drehte auch mir Wickler rein, die piksten, und stülpte mir eine Trockenhaube über. Die war laut und heiß, ich dachte, meine Ohren würden gekocht.

Mir hatte man keine Zeitschrift gebracht, also saß ich nur da und guckte auf meine Hände.

Schließlich befreite mich eine der Friseusen von dem stinkigen Monstrum, zog die Lockenwickler heraus, das ziepte, und fing an zu toupieren, das ziepte noch mehr.

Dann nebelte sie mich mit Haarspray ein, das in den Augen brannte und eklig auf den Lippen kleben blieb.

«Wunderbar!» Der Chef persönlich war wieder da und bewegte einen Handspiegel um meinen Hinterkopf herum. «Eine richtige kleine Dame.»

Mutter hatte einen schmalen Mund. Sie bezahlte.

Und dann liefen wir, als wir aus dem Laden herauskamen, direkt in Herrn Struwe hinein.

Der blieb stehen und machte Riesenaugen.

«Annemarie! Was hast du denn gemacht? Du siehst ja aus wie ein gerupftes Huhn!»

Mir schossen die Tränen in die Augen, aber das merkte er nicht, weil er anfing, sich mit Mutter zu unterhalten.

Das war mir ganz egal.

Ich schloss mein Fahrrad auf und trampelte los.

Zu Hause fegte Vater gerade die Tenne, Dirk saß in seinem Sportwagen und guckte zu.

Ich ließ mein Fahrrad einfach fallen, stürzte ins Badezimmer und hielt meinen Kopf unter den Wasserkran.

Die Haare waren klebrig vom Spray, also spülte ich weiter und weiter. Dann rubbelte ich sie mit dem Handtuch.

Und schaute in den Spiegel.

Das war ich?

Die kurzen Haare fingen an sich zu kringeln.

Burschikos? Ganz bestimmt nicht!

Ich wollte kein Bursche sein und auch keine richtige kleine Dame.

Ich wollte eine Studentin sein, die ganz viel wusste, eine Frau mit einer Herrenarmbanduhr.

—

Onkel Gembler war sonst immer durch die hintere Stalltür gekommen, wenn er morgens seine Schweine fütterte oder die Koben ausmistete, und meist wieder verschwunden, ohne dass wir es im Vorderhaus so richtig mitbekamen.
Jetzt auf einmal kam er durch die Seitentür neben der Spülküche, und das vormittags und noch einmal am späten Nachmittag, damit wir mit den Schweinen keine Arbeit mehr hätten.
Mutter ging dann immer raus in die Futterkammer und plauderte mit ihm.
«Das ist höflich», erklärte sie mir.
Nach einer Weile lud sie ihn, wenn Vater im Dienst war, zu einer Tasse Bohnenkaffee in unsere Küche ein.
Da saß er dann und stank unsere Wohnung voll.
Ich machte mich immer schnell aus dem Staub.
Vater hatte nach dem Krieg, als er noch nicht wieder in den Staatsdienst durfte, sein Geld sauer verdienen müssen, mit schwerer Arbeit auf dem Hof der Gemblers. Daher kannten wir die Familie.
Onkel Gembler sprach fast so langsam wie Tante Lehmkuhl, nur nicht so quäkig.
Wenn er endlich seinen Kaffee ausgetrunken hatte, brachte Mutter ihn noch an die Tür und plauderte weiter.
Heute hatten sie sich beim Kaffee über «Holiday on Ice» unterhalten – das hatte ich in meinem Korbsessel belauscht –, eine Eisrevue, die einmal im Jahr in Krefeld gastierte und zu der Onkel und Tante Gembler immer fuhren. Und diesmal wollten sie auch eine Karte für Mutter besorgen und sie mitnehmen.
Mir fiel plötzlich ein, dass Barbara erzählt hatte, Kilius / Bäumler

würden jetzt bei «Holiday on Ice» auftreten – ich musste unbedingt mit nach Krefeld!

Hoffentlich war Onkel Gembler noch nicht weg.

Ich rannte zur Tür.

Und da standen Mutter und Onkel Gembler und küssten sich. Mit offenem Mund.

Es sah doof aus, Mutter war viel größer als er.

Und es war falsch.

Sie merkten wohl, dass ich da war, denn plötzlich hörten sie auf und schauten zu mir hin.

Ich stolperte weg. Hörte aber noch, wie Onkel Gembler krächzte: «Wenn die was gesehen hat!»

«Die hat nichts gesehen.» Mutter lachte. «Und außerdem versteht die noch nichts.»

Ich stieg zu meinem Hauptquartier hoch und weinte.

Aber dann wurde ich auf einmal fuchsteufelswild und trat gegen die Außenluke, dass es nur so schepperte.

Danach weinte ich wieder.

Ich blieb, bis es dunkel war.

Mutter tat so, als wäre nichts passiert.

Sie hatte gerade Dirk gebadet und legte ihn ins Bettchen.

«Warte eben, ich backe dir gleich ein Pfannküchsken mit Zucker.»

Später brachte sie mich ins Bett, mit Beten und feste Drücken und allem.

Dann verschwand sie im Wohnzimmer und machte die Tür fast zu, aber ich hörte trotzdem, dass sie den Telefonhörer abnahm und wählte. Sie würde Liesel anrufen.

Aber ich hatte keine Lust zu lauschen, mir tat der Bauch weh.

Ich wollte es Vater erzählen.

Weil es nicht richtig war.

Aber das durfte ich nicht.

Das letzte Mal, als ich gepetzt hatte, war Peter weggekommen.
Und Omma war gestorben.
Aber dass sie «die» über mich sagte! «Die versteht noch nichts!»
Ich verstand alles.
Wie konnte sie so mit dem reden? Sie war doch meine Mutter!
Mütter sagten so etwas nicht über ihr Kind.
Und Mütter taten so etwas nicht.
Sie telefonierte und telefonierte.
Mir wurden die Augen schwer, vielleicht weil ich so lange geweint hatte.
Ich schlief ein.
Ein bisschen merkte ich noch, dass Vater ins Bett kam, aber nicht so richtig.

Ich wachte auf, als alle noch schliefen – Mutter, Dirk und auch Vater neben mir –, und hatte eine kabbelige Wut im Bauch.
«Vati ...» Ich war ganz leise, aber er bewegte sich, zog die Decke herunter und wischte sich über den Mund.
«Was?» Er setzte sich halb auf und stützte sich auf den Ellbogen. «Annemie, was ist los? Hast du was?»
Ich lag auf dem Rücken und war wie aus Wasser.
«Mutti und Onkel Gembler haben sich geküsst.» Ich zog mir das Oberbett bis zur Nase hoch.
Vater starrte mich an, und da sagte ich es noch einmal: «Mutti und Onkel Gembler haben sich geküsst. In der Spülküche. Lange.»
Ich konnte ihn nicht richtig sehen, es war noch zu dunkel, aber ich wusste, dass seine Nase weiß war. Vielleicht sein ganzes Gesicht.
Er setzte sich auf den Bettrand und fing an, sich anzuziehen.
«Schlaf noch ein bisschen, Kind, es ist noch ganz früh.»
«Was tust du, Vati?»
«Nichts, ich zieh mich bloß an. Schlaf weiter.»
Aber das konnte ich nicht.

Würde Mutter jetzt auch wegkommen? Und was wurde aus Dirk und mir?
Zu Vater wollte ich nicht.
Ich wollte zu gar keinem.
Wer würde gewinnen?
Ich kniff die Augen zu und wollte «Papperlapapp» sagen, aber es klappte nicht.
Vater holte Mutter aus ihrem Dirkzimmer.
Ich konnte hören, wie er im Wohnzimmer brüllte und wie Mutter schrie: «Du weißt doch, was sie sich immer alles zusammenphantasiert.»
Dann wurden sie leiser.
Weil ich mir die Ohren zuhielt.

Frühstück gab es nicht.
Noch nicht einmal für mich, obwohl ich in die Schule musste.
Dirk weinte die ganze Zeit. Ich auch.
Mutter rannte im Nachthemd durch die Gegend und jammerte etwas von «Missverständnis».
Vater machte sich die Hosenklammern fest, er wollte mit dem Fahrrad los.
«Du willst doch nicht etwa zu dem fahren? Um diese Zeit! Und seine Frau? Das kannst du nicht machen!»
«Und wie ich kann! Den Kerl will ich auf meinem Gehöft nicht mehr sehen.»
«Auf deinem Gehöft», schnaubte Mutter, aber erst, als Vater schon zur Tür raus war.
Ich wollte so sehr, dass sie mich anschaute und in die Arme nahm – ich war doch ihr Kind der Liebe –, aber das tat sie nicht.
Und ich musste los zur Schule.

Als ich zurückkam, hatten sie schon zu Mittag gegessen, und Vater machte sich fertig für den Dienst.
Sie sprachen kein Wort, auch nicht mit mir.
Mutter fing an, für mich Kartoffeln zu braten. Aber sie machte ganz langsam, damit Vater schon weg war, wenn ich anfing zu essen.
Ich ging zum großen Esstisch und holte alles aus meinem Tornister, was ich für die Schularbeiten brauchen würde.
Dann war Vater gegangen, und ich wartete darauf, dass Mutter endlich mit mir schimpfte, weil ich sie verraten hatte. Aber sie tat immer noch so, als wäre überhaupt nichts passiert, schlug ein Ei über die Bratkartoffeln, ließ es durchbrutzeln und gab dann alles auf einen Teller.
«Soll ich dir noch ein paar Gürkchen dazutun?»
«Ich hab keinen Hunger.»
Kein «Probier doch wenigstens, ich hab mir solche Mühe gegeben», kein «Ist aber lecker, du verpasst was, Kind», nur ein Achselzucken.
«Ich muss gleich mit Dirk zum Kinderarzt. Tante Maaßen fährt mich. Du bleibst bei Barbara.»

—

Onkel Gembler bekam ich nicht mehr zu sehen.
Die Schweine fütterte jetzt seine Schwiegertochter, die sie «die Hex» nannten, weil sie feuerrote Haare hatte und immer so schnippisch war. Außerdem hatte sie «das Arbeiten nicht erfunden», sondern las lieber «dicke Schmöker» und ließ die alte Frau Gembler schuften.
Zum Schweinefüttern kam sie allerdings zweimal am Tag. Nur zum Ausmisten war ihr Mann dabei und half. Auch als die Tiere zum Schlachten gebracht wurden und wieder Jungschweine in den Stall kamen.

—

Mutter kochte mir jetzt sogar mein eigenes Mittagessen, wenn Vater mit am Tisch saß.
Und Vater sagte nichts dazu. Er schaute einfach nicht hin.
Er sprach mit keinem.
Nicht mit Dirk und auch nicht mit mir, wenn er Frühdienstwoche hatte und wir zusammen ins Bett gingen.

Wenn ich in der Schule war, hatte ich keine Bauchschmerzen.
Mutter telefonierte nicht mehr mit Liesel.
Dafür rief Guste jetzt oft an.

—

«Geh doch mal Gabi besuchen», sagte Mutter. «Die kann dir bestimmt viel über ihre neue Schule erzählen.»
Aber ich wollte nicht.
Ich wollte aber auch nicht im Haus sein.
Also stromerte ich auf dem Hof herum. Kletterte im baufälligen Schuppen auf die verrosteten Landmaschinen, legte mich im Apfelbongert ins Gras und schaute mir die Wolken an.
Der Weißdorn blühte, und den roch ich so gern.
Auch in meinem Hauptquartier roch es holzig nach Sommer.
Ich machte die große Luke auf und schaute hinunter.
Wirklich sehr tief und überall Brennnesseln.
Wenn ich nicht dadrin landen wollte, musste ich ein ganzes Stück nach rechts springen.
Ob ich wohl gleich tot wäre?

Aber das war ich nicht.
Ich blutete aus dem Mund, weil ich mit dem Kinn auf meinen Knien aufgeschlagen war. Jeder einzelne Zahn tat mir weh.

Ich wollte aufstehen, aber das ging nicht.
Vielleicht war ich gelähmt. Wie Omma.
«Papperlapapp», wollte ich sagen, aber mir lief das Blut in den Hals.
Ich weinte trotzdem nicht, spuckte einfach das Blut aus und wischte mir den Mund mit einem Büschel Gras ab.
Ich musste die Luke wieder zumachen!
Bis zur Treppe krabbelte ich, dann zog ich mich hoch, aber das war schwer, weil alles kaputt war, meine Knie, meine Enkel, meine Zähne. Sogar meine Schultern taten weh.
Und meine Arme waren voller Brennnesselpusteln.

Mutter ließ nasse Wäsche in unsere neue elektrische Schleuder plumpsen, als ich durch die Waschküche humpelte.
«Was ist denn mit dir passiert?»
«Ich bin hingefallen. In die Brennnesseln.»
Streckte ihr meine Arme hin und fing an zu weinen.
«Mach Spucke drauf.» Sie guckte mir in die Augen. «Und wasch dir das Gesicht, du bist ganz schmutzig.»

—

Dann hieß es auf einmal: «Guste kommt».
Ich war gerade aus der Schule zurück und hüpfte vor lauter Freude durch die Küche und drehte mich.
Und weil Dirk in seinem Laufstall darüber so lachen musste, hüpfte und drehte ich mich noch mehr. Rutschte auf dem Linoleum aus, das Mutter jeden Samstag mit grünem Erdal und Pfaffs schwerem Bohnerbesen bearbeitete, und knallte mit der Stirn gegen das Laufgitter.
Viel Blut, das mir in die Augen lief.
Und auch ganz viel Mutter auf einmal wieder.
Mit einem kalten Waschlappen und einem Pflaster.

Und Dirk, dem Mutter bei jedem Füttern vorbetete: «Ein Löffelchen für Mama – sag mal Ma-ma, Ma-ma, Pa-pa», der dann immer so tat, als hörte er sie gar nicht, sagte «Aua» und fing an zu schluchzen.
Ich ging vor seinem Ställchen auf die Knie mit meinem Pflaster und meinem verschmierten Gesicht, und Dirk sagte: «Aua Popf.» Schob seine Ärmchen durch die Stäbe und versuchte, mich zu streicheln.
«Amie aua Popf.»
Dirk konnte sprechen.

—

Guste kam dann auch.
An einem Sonntag, zusammen mit Onkel Karl, dem kleinen Sägewerkbesitzer, aber sie blieben nur zum Kaffeetrinken.
Mutter hatte eine Biskuitrolle gebacken mit den ersten Erdbeeren aus unserem Garten.
Ich wollte mit Guste über die Beatles reden und über Erich Kästner, aber alles war anders.
Guste war anders.
Vater setzte sich mit an den Kaffeetisch, und Onkel Karl tat so, als wäre nichts.
Sprach mit Vater über unser halbfertiges Haus im Bergischen und gab ihm die Adresse eines guten Maklers, damit der Rohbau endlich verkauft wurde, «damit es endlich vorangeht bei euch». Und Vater sollte sich auch hier schon mal nach einem neuen Haus für uns umsehen, denn «es kann ja manchmal rubbeldiekatz gehen».
Guste tat nicht so, als wäre nichts.
Sie aß ihren Erdbeerkuchen auf und packte dann Vaters Arm. «Du zeigst mir jetzt mal deine Spargelbeete, Stefan.»
Vater stand sofort auf und ging mit ihr nach draußen.
Und als Guste und Onkel Karl abfuhren, winkte er ihnen nach.

Jetzt sprach Mutter wieder mit Vater.
Fragte ihn normale Sachen. Was er essen wollte, ob er gern ein frisches Hemd hätte und solche Dinge.
Doch Vater war immer noch taub.
Da fing Mutter auf einmal an zu quengeln: «Stefan, sei doch wieder gut. Denk doch an die Kinder.»
Aber Vater tat weiter so, als wäre sie gar nicht da.
Mutter wollte mich plötzlich wieder jeden Abend ins Bett bringen. Wenn Vater schon drinlag, stand sie neben mir im Badezimmer, wenn ich mich wusch. Mit dicken Tränen stand sie da und wollte mich umarmen.
«Wenn ich dich nicht hätte, Kind, wäre ich schon längst tot.»

Mit mir wollte Vater jetzt wieder sprechen.
«Sag Mutti, ich brauche morgen keinen Henkelmann, wir kriegen auf dem Außenkommando Essen.»
«Pit Lehmkuhl will wissen, wie viel Hühnerfutter er mitbringen soll.»
Manchmal stand Mutter direkt daneben, dann rannte ich weg. Irgendwohin.
Und abends, wenn Vater und ich uns gemeinsam zum Schlafen hinlegten, erzählte er von früher, als er noch klein war, obwohl ich nicht wie sonst, wenn ich nicht einschlafen konnte, darum gebettelt hatte.
«Ich hatte noch ein Schwesterchen, Hermine, unsere Jüngste, die Nummer dreizehn. Hab ich dir das schon mal erzählt?»
Ich schüttelte leise den Kopf.
«Die ist mit zwei Jahren gestorben, einfach morgens nicht mehr wach geworden. Keiner wusste, warum.»
Das war schrecklich, und ich kriegte sofort einen Kloß im Hals.
«Aber so war das damals. In der Zeit sind viele Kinder gestorben. Wir hatten ja noch Glück, weil wir meist genug zu essen hatten.

Wenn unser Vater nicht bei der Bahn gewesen wäre ... Bei so viel Kindern ... wer weiß ...»

Er drehte sich auf den Rücken.

«Obwohl man sich ja doch wundert, dass wir im Winter nicht alle erfroren sind ...»

Ich wurde ganz zappelig, weil ich neugierig war, aber ich sagte nichts.

«Wir hatten ja nur zwei Kammern, deshalb mussten wir Kinder, wenn wir groß genug waren, auf dem Söller schlafen. Und im Winter, ich kann dir sagen! Da pfiff der Wind durch die Dachziegel, und der Schnee wurde reingeblasen.

Drei Plümmos für uns alle, mehr waren nicht da. Eins für die Eltern und den Säugling, eins für die Kleinsten, und das dritte mussten wir oben auf dem Söller uns teilen. Als wir größer wurden, haben wir uns deswegen die halbe Nacht gezankt.

Irgendwann kriegten wir noch ein Plümmo geschenkt, aber das war nur für die Mädchen, dass sie sich den Unterleib nicht verkühlten. Wir Jungs haben uns weiter verhauen.»

«Warst du der älteste?»

Ich war doch zu neugierig geworden.

«Nein.» Ich konnte hören, dass er schmunzelte. «Ich war mehr so in der Mitte ... Und ich war eine ganz schöne Schissbux. Hatte immer Angst vor den Raben.»

«Den Raben?» Ich wusste nicht, was er meinte.

«Ja, bei uns draußen gab es viele Raben, sogar Kolkraben, die großen mit den dicken Schnäbeln. Und unser Dach war ja nie ganz dicht, irgendwo war immer ein Loch. Ich hatte immer Angst, die Raben würden nachts reinkommen und mir die Augen aushacken.»

Mich überlief ein Gruselschauer – das spürte er wohl.

«Ist ja nie passiert.» Er drehte sich wieder auf die Seite und zog sich die Decke übers Ohr.

Ich wartete auf sein «Schlaf jetzt», aber da zog er die Decke wieder herunter.

«Hab ich dir schon mal erzählt, dass ich einmal in unserer Hundehütte geschlafen habe?»

«Ihr hattet einen Hund?»

«Einen Spitz, ja, als Wachhund, draußen an der Kette.»

«Wie hieß der?»

«Der hatte keinen Namen», antwortete er, als wäre das normal, aber bevor ich etwas sagen konnte, sprach er schon weiter. «Jedenfalls bin ich eines Tages in seine Hütte gekrochen. Erst haben die mich gar nicht vermisst, aber dann kam es meinem Bruder Wim komisch vor, dass der Hund draußen im Regen saß und jankerte. Der konnte ja nicht in seine Hütte. Und da haben sie mich dann gefunden. Ich hatte tief und fest geschlafen.»

«Die haben dich nicht vermisst?» Ich konnte es nicht fassen.

«Schlaf jetzt.»

Am nächsten Abend erzählte er mir, dass er als kleiner Junge klettern konnte «wie ein Äffchen», aber das wusste ich ja schon.

Dann fragte er: «Und was hast du heute gemacht? War's schön in der Schule?»

Mir wurde komisch, das hatte er noch nie gefragt.

«Und wie hat Mutti sich die Zeit vertrieben?»

Die Zeit vertrieben?

«War Besuch da?»

Besuch?

«Fräulein Maslow hat Eier geholt.»

«Und sonst? Onkel Gembler vielleicht?»

«Der kommt doch nicht mehr.»

«Du musst immer gut auf Mutti aufpassen, wenn ich nicht da bin.»

«Ja.»

«Dann darfst du auch den ‹Goldenen Schuß› gucken.»

«Der Goldene Schuß» mit Lou van Burg lief donnerstags im Fernsehen, und weil ich ja freitags Schule hatte, durfte ich die Sendung eigentlich nicht sehen.
«Es war aber keiner da.»
Nur Herr Möllenbrink, und das schon zweimal, aber das erzählte ich Vater lieber nicht.

Auch am nächsten Tag – Vater hatte gerade seine Uniform ausgebürstet und zum Lüften aufgehängt – kam Herr Möllenbrink.
Er kam durch die Vordertür und füllte unser Wohnzimmer mit seinem Mottenstallrasierwassergeruch.
Vater machte ihm auf.
«Herr Albers, ich würde gern unter vier Augen mit Ihnen sprechen.»
Mutter stürzte zum Laufstall, schnappte sich Dirk und zischelte mir zu: «Komm mit! Sofort!»
Wir liefen auf die Tenne.
«… unter guten Christenmenschen …», hörte ich Herrn Möllenbrinks Butterstimme.
«Wir spazieren mal durch die Obstwiese und gucken, wie weit die Kirschen sind», sagte Mutter fröhlich.
Jetzt war sie verrückt geworden.

—

Nachts wurde ich wach, weil irgendetwas komisch war.
Vater lag nicht neben mir.
Ich hörte Geräusche aus dem Wohnzimmer.
Jemand flüsterte.
Aber es war stockdunkel überall.
Ein Knäuel auf dem Sofa.
Es roch wie in Liesels Badezimmer.

«Geh ins Bett, Annemie. Ich komme auch gleich.» Vater hatte gemerkt, dass ich in der Tür stand.
«Wir schmusen nur ein bisschen.» Mutter lachte ihr gutes Lachen.
Sie sprachen wieder.
Ich war so froh.

—

Herr Möllenbrink kam jetzt öfter.
Meist wenn Vater nicht da war.
Aber heute war Mutter mit Dirk zum Impfen gefahren, und Vater saß mit Herrn Möllenbrink in der Küche, als ich vom Erdbeerenpflücken hereinkam.
«Ach, da ist sie ja», sagte Vater. «Ich habe Herrn Möllenbrink gerade erzählt, wie schön du singen kannst und was für schöne Platten du hast. Sing ihm doch mal ‹Liebeskummer lohnt sich nicht› vor.»
Mir fiel fast der Korb mit den Erdbeeren aus der Hand. Ich sollte diesem heiligen Mann einen Schlager vorsingen? In dem Liebe vorkam!
«Ich möchte nicht.»
Vaters Nase wurde weiß – seinen Blick kannte ich –, und ich wurde rot.
«Ach lassen Sie das Kind doch, Herr Albers», ölte Herr Möllenbrink.
«Och», bettelte Vater, «sei lieb.»
Ich stellte die Erdbeeren auf den Kühlschrank und schüttelte den Kopf.
«Du singst jetzt, Fräulein!»
Ich senkte den Kopf, tappte mit lahmen Knien ins Schlafzimmer und blieb hinter der Tür stehen.
Dann sang ich, so schnell ich konnte: «Liebeskummer lohnt sich nicht, my Da-ar-ling. Schade um die Tränen in der Na-acht. Liebes-

kummer lohnt sich nicht, my Darling, weil schon morgen dein Herz darüber la-a-acht. Weil schon morgen dein Herz darüber lacht.»
Vater klatschte wie verrückt.
Ich rannte ins Badezimmer und blieb dort, bis ich Herrn Möllenbrink wegfahren hörte.

—

Mutter weinte wieder viel wegen Peter.
Sie wollte, dass er nach Hause kam und Vater sich mit ihm versöhnte.
Vater wurde wieder taubstumm.
Da war es schon gut, dass es Herrn Möllenbrink gab, der auf Mutters Seite war und Vater ins Gewissen reden konnte, damit der nicht gewann.
An einem Abend kam Vater aus dem Dienst nach Hause. «Ich weiß jetzt, wo er stationiert ist.»
«Wer?», fragte ich. «Peter?» Der war ja beim Militär.
Vater beachtete mich gar nicht.
Mutter schaute ihn ganz lieb an. «Wie hast du das rausgekriegt?»
«Meine Sache.»
Und dann wurde beschlossen, dass Mutter mit Herrn Möllenbrink, der ja ein Auto hatte und alles schlichtete, weil er von Amts wegen ein Schlichter war, zu Peter nach Norddeutschland fahren sollte, um ihm zu sagen, dass er zu Hause wieder willkommen war.
Ob der dann wieder jedes Wochenende kommen würde mit seiner dreckigen Wäsche und den stinkenden Socken?
Das wollte ich nicht.
Aber ich wollte auch nicht, dass Mutter so viel weinte.
Sie erklärte mir, ich sei jetzt alt genug, mich um Dirk zu kümmern, wenn sie weg war, wir bräuchten kein Fräulein Maslow mehr.

Und dann fuhren sie ab, Mutter und Herr Möllenbrink. Im Mercedes nach Norddeutschland.

Das war sehr weit weg, und vielleicht würden sie erst morgen wieder zurückkommen.

Ich stand da mit Dirk auf dem Arm und wusste nicht, was ich tun sollte, mir tat der Kopf ein bisschen weh.

Es war furchtbar heiß, obwohl die Sonne nicht schien, und die Luft war ganz gelb.

Vater hatte überall auf dem Hof herumgemurkst und fing schließlich an, die Gartenwege zu schuffeln. Dabei schwitzte er wie ein Bär.

Dirk in seinem Laufstall war auch ganz heiß.

Also setzte ich ihn in seinen Sportwagen und stellte ihn in den Schatten unter der Linde, von wo aus er Vater beim Arbeiten zugucken konnte.

Das fand er immer schön, aber heute war er nur quengelig, wollte nicht im Wagen sitzen, wollte gar nichts.

«Hat er Hunger?», fragte Vater.

«Ich glaub, ihm ist nur zu heiß.»

Ich holte die alte braun gesprenkelte Wolldecke aus Trudi Pfaffs Wohnzimmer und breitete sie unter der Linde aus.

Dann hob ich Dirk aus dem Wagen und zog ihm alle Sachen aus, nur die Gummihose mit dem Sanitastuch ließ ich an, und setzte ihn auf die Decke.

Das gefiel ihm, er hörte sofort auf zu knatschen. Nur wollte er nicht auf der Decke bleiben, er wollte lieber herumkrabbeln und sich Erde in den Mund stopfen.

Vater rief: «Ba! Das ist baba!»

Ich fing Dirk ein und brachte ihn wieder auf die Decke zurück. «Du bleibst jetzt hier sitzen!»

Er zog ein Schüppchen, und mir tat der Kopf noch mehr weh.

«Bleib schön hier sitzen ...» Ich stupste ihm die Nase. «Ich hol was zum Spielen.»

Dann rannte ich in die Spülküche, füllte unsere große Plastikschüssel halb mit Wasser und schleppte sie nach draußen.
Dirk war ganz begeistert. Er patschte mit seinen staubigen Händchen aufs Wasser und lachte laut.
Dann versuchte er, in die Schüssel zu klettern, aber ich hob ihn schnell hoch, damit seine Windel nicht nass wurde, und ließ ihn nur mit seinen Füßchen herumplatschen.
Vater schulterte seine Schuffel und kam zu uns.
«Bist du schon fertig mit Schuffeln?» Ich wunderte mich. Er hatte gerade mal den Hauptweg geschafft.
«Da braut sich was zusammen», murmelte er und schaute in den Himmel.
Ein Gewitter? Ich konnte keine schwarzen Wolken sehen, aber die Luft war noch gelber geworden, dunkelgelb, und es roch komisch.
«Lass uns lieber reingehen, Annemarie.»
Ich brauchte ein Handtuch für Dirk, aber ich konnte ihn nicht loslassen, er sah sowieso schon aus wie ein Schweinchen.
«Kannst du ein Handtuch für Dirk holen?», fragte ich vorsichtig.
Vater nickte, streifte die Klompen ab, stapfte ins Haus und kam mit unserem großen blau-gelb gestreiften Badelaken zurück – das einzige, das wir hatten.
Mutter würde sehr böse werden, wenn es eingeferkelt wurde, aber ich traute mich nicht, Vater noch einmal reinzuschicken.
Der schaute wieder zum Himmel. «Schnell jetzt!»
Dirk musste eigentlich gebadet werden, aber das konnte ich nicht alleine, also wusch ich ihn von Kopf bis Fuß. Das dauerte, und er wurde so müde, dass er nur noch heulte und den Brei nicht essen wollte, den Mutter für ihn vorgekocht hatte.
«Bring ihn ins Bett», sagte Vater.
«Aber er schläft nicht, wenn er nichts gegessen hat», jammerte ich.
«Nimm du ihn mal. Ich mach ihm eine Pulla.»

«Leg ihn in den Laufstall. Ich muss die Läden festmachen und das Tennentor verriegeln.»

Ich hatte gar nicht gemerkt, dass Wind aufgekommen war und man kaum noch etwas sehen konnte.

Ich knipste die Lampen an.

Dann gab ich Dirk sein Fläschchen. Ihm fielen beim Trinken schon die Augen zu, und als ich ihn in sein Bettchen legte, schlief er sofort ein.

Jetzt stürmte es richtig, und dann krachte ein Donner so fest, dass die Fensterscheiben klirrten, obwohl Vater hier vorn schon die Läden festgemacht hatte.

Als er endlich wieder in die Küche kam, waren seine Haare ganz verblasen.

«Regnet es nicht?»

Er schüttelte finster den Kopf. «Dabei ist alles so trocken. Der kleinste Funke…»

«Was?» Ich kriegte Angst.

Mutter hatte nie Angst bei Gewittern.

«Wir gehen auch ins Bett», sagte Vater.

Ich starrte ihn an. «Aber es ist doch viel zu früh! Und wir haben noch gar nicht gegessen.»

«Den Schläfer lass schlafen, den Fresser schlag tot», murmelte Vater und zog sich aus.

Ich fing an zu zittern. Meinte er den lieben Gott?

Ich wollte mit unter seine Decke, aber das ziemte sich ja nicht.

Vater schaltete die Nachttischlampe aus.

Jetzt konnte ich durch die Ritzen der Fensterläden die Blitze sehen.

«Brauchst keine Angst haben. Es ist noch weit weg. Du musst zählen zwischen Blitz und Donner.»

Es blitzte, und Vater zählte ganz langsam: «Eins-zwei-drei-vier-fünf-sechs-sieben-acht.» Dann donnerte es. «Acht Kilometer.»

«Ist das weit weg?»

«Weit genug. Vielleicht zieht es ja an uns vorbei.»
Da fing es an zu regnen, es prasselte gegen die Läden.
«Gott sei Dank», flüsterte Vater. «Gelobt sei Jesus Christus.»
Ich hatte auf einmal ein Bild vor Augen: ein Wolkenbruch, die ganze Straße unter Wasser, und mitten hindurch kommt Vater auf seinem Moped angebraust.
Da hatte es auch ein Gewitter gegeben.
Omma und ich waren ganz allein im Haus gewesen, und Omma wollte nicht im Wohnzimmer bleiben, sondern mit mir oben an der Treppe am Flurfenster stehen und hinausschauen.
«Gott segne Josef Stefan Albers», hatte sie geseufzt, als wir Vater kommen sahen, und ich hatte gelacht, weil es komisch war, dass sie so etwas sagte.
Vater zählte bis drei.
«Es kommt näher.»
Mir taten die Zähne weh, weil ich sie so fest zusammenbiss.
Da blitzte und donnerte es gleichzeitig, und in der Küche ging das Licht aus.
«Pottverdomme!» Vater sprang aus dem Bett.
«Bleib hier!», schrie ich.
«Ich muss gucken, ob es irgendwo eingeschlagen hat. Bei dem ganzen alten Stroh auf dem Dachboden …»
Er verhedderte sich in den Hosenbeinen und plumpste zurück auf die Matratze.
«Weißt du, wo die Kerzen sind?»
Ich war auch aufgestanden. «In der Schublade vom Küchentisch. Die Streichhölzer auch.»
«Stell welche auf.»
Es roch ganz fies.
«Brennt es?»
Vater schüttelte unwirsch den Kopf. «Das ist der Schwefel vom Blitz.»

Wir hatten uns bis in die Küche vorgetastet.
Durch das Regengeprassel konnte ich Dirk weinen hören.
Ich brauchte schnell eine Kerze, damit ich den Weg in Pfaffs Schlafzimmer fand.
Als Vater in der Spülküche in seine Klompen stieg, flackerten die Lampen erst, dann gingen sie wieder an.
Wir guckten uns in die blassen Gesichter.
Dirk war wieder still. Alles war ganz still.
«Ich geh trotzdem ums Gehöft und guck, ob alles in Ordnung ist.»

Als Mutter endlich nach Hause kam, waren ihre Augen so zugeschwollen, dass ich nicht wusste, ob sie mich überhaupt sehen konnte.
Ich hatte in meinem Sessel im Wohnzimmer gesessen und noch einmal Astrid Lindgrens Lebensgeschichte gelesen, obwohl es schon mitten in der Nacht war.
Vater hatte das nicht bemerkt. Er hockte am Küchentisch und starrte vor sich hin.
Als ich Herrn Möllenbrinks Mercedes hörte, sprang ich auf und rannte zur Vordertür.
«Wir hatten ein ganz schlimmes Gewitter! Vati dachte, wir würden abbrennen!»
Aber Mutter legte mir nur eben die Hand auf den Kopf – «Ich bin hundemüde» – und schlappte in Dirks Zimmer.
Herr Möllenbrink war zu Vater in die Küche durch gegangen und sprach so leise, dass ich mich hinter die Tür schleichen musste, wenn ich ihn verstehen wollte.
«... sich verleugnen lassen. Aber ich habe mit dem Kommandanten gesprochen. Ihr Sohn hat an dem Tag geheiratet, an dem er volljährig wurde. Ich habe es nicht übers Herz gebracht, es Ihrer Frau zu erzählen. Das obliegt Ihnen.»
Ich machte leise die Tür zu Pfaffs Schlafzimmer auf.

Mutter lag schon im Bett.
Sie hatte sich nicht einmal gewaschen!
«Was hat Peter gesagt?» Ich flüsterte, damit Dirk nicht wach wurde.
«Geh ins Bett!»
«Was hat Peter gesagt?» Ich wollte es wissen.
Mutter setzte sich auf. «Der ist gar nicht rausgekommen. Er wollte mich nicht sehen.»
«Weil Vati so böse ist?»
Sie nickte mit querem Gesicht.
Mein Bauch wurde ganz heiß. «Der Satan!»
Da streckte sie die Arme aus. «Komm her!»
Ich ließ mich auf die Bettkante fallen, und sie drückte mir fast die Luft ab. «Wenn ich dich nicht hätte, würde ich nicht mehr leben. Gott sei Dank habe ich noch mein Mädchen!»
Heute war Gott viel unterwegs.
Ob Vater in Wirklichkeit immer noch katholisch war?

—

Am Sonntag darauf gab es eine Überraschung.
Kurz nach dem Mittagessen kam ein blauer Käfer mit offenem Verdeck unseren buckligen Feldweg herauf.
Ich war gerade mit ein paar Putzlappen, die Mutter aus unserer alten Unterwäsche machte, die sich beim besten Willen nicht mehr stopfen ließ, auf dem Weg in Gustes Laube, um die Bank abzuwischen.
Deshalb sah ich das Auto als Erste.
Auf dem Beifahrersitz saß Liesel, Onkel Karl-Dieter am Steuer, und Dago, der böse, große Hund, guckte ihm über die Schulter.
Ich rannte zurück ins Haus. «Tante Liesel kommt!»
Mutter kreischte und riss sich die Schürze ab.

«Was will die denn hier?», schnauzte Vater.
Ich lief zur Vordertür.
«Huhu!» Liesel kam um die Ecke marschiert.
Wer marschierte, rief doch nicht «Huhu»!
Hinter ihr kam Onkel Karl-Dieter in einem hellen Glencheckanzug mit gelbem Einstecktuch und trug einen großen Teller vor sich her.
Gott sei Dank hatten sie Dago im Auto gelassen.
«Wir wollten mal schauen, ob wir euch beim Spargelstechen helfen können.» Karl-Dieter hörte sich so affig an, wie er aussah.
«Ach, daher weht der Wind!» Vater verschwand auf der Tenne.
Mutter hielt die Tür weit auf. «Das ist aber schön!»
Unsere Spargelbeete trugen wie verrückt. Wir wussten gar nicht, wohin mit den ganzen Stangen. Mutter verkaufte sie an Fräulein Maslow und die anderen Eierfrauen.
Ich mochte Spargel nicht so gern, er war ziemlich bitter.
Onkel Karl-Dieter stellte den Teller auf den Küchentisch und machte das Papier ab. Eine Schwarzwälder Kirschtorte.
«Hat meine Liesel selbst gebacken. Dann wollen wir es uns mal gutgehen lassen.»
Ich lief schnell ins Badezimmer, weil ich ein bisschen würgen musste.
Nach dem Kaffeetrinken fuhren sie zu Onkel Maaßen, denn Karl-Dieter wollte sich einen Anzug nähen lassen. Normalerweise ließ er seine «Garderobe» in einem «Maßatelier» in Köln «anfertigen», aber er «hatte so viel Gutes über Herrn Maaßen gehört».
Als sie zurückkamen, nahmen sie allen Spargel mit. Onkel Karl-Dieter hatte extra eine Spankiste mitgebracht und eine zweite für Erdbeeren, die Mutter bis zum Rand vollmachte.
Vater ließ sich nicht blicken.
Er war bestimmt zu seinem Bruder gefahren, oder er radelte über Land.

In der nächsten Woche hatte Vater Spätschicht und war nicht da, als Liesel und Karl-Dieter kamen, aber er hatte wohl damit gerechnet.
«Ich warne dich», sagte er zu Mutter, als er zum Dienst fuhr. «Wehe, du backst extra noch einen Kuchen für diese Nassauer!»
Sie backte Waffeln. Das machte sie öfter, seit ihr Opa zum Geburtstag ein elektrisches Waffeleisen geschenkt hatte. Auch weil es schön billig war, denn die Eier hatten wir ja kostenlos.
Karl-Dieter sollte zur ersten Anprobe bei Onkel Maaßen kommen, was ich komisch fand, denn für eine Anprobe war es eigentlich noch zu früh, und Onkel Karl-Dieter hatte sich dann auch «im Datum geirrt».
Diesmal hatte er vier Spankisten dabei.
Gut, dass Mutter die ganze Spargelernte der vergangenen Woche in nasse Küchentücher gewickelt und in der alten Milchkammer gelagert hatte, wo es schön kühl war.
Als Liesel wieder weg war, sagte Mutter: «Ich muss dir was Schönes erzählen.»
Sie hatte Zirkelflecken, wieder mal, das war kein gutes Zeichen.
«Was hältst du von Ferien in der Großstadt? Zusammen mit Barbara.»
«Bei Tante Liesel?»
Mutter nickte.
«Aber da ist doch Dago!»
«Dago ist tot.»
Ich dachte, sie lügt mich an, aber sie strich mir übers Haar. «Er ist an Altersschwäche gestorben. Und einen neuen Hund wollen sie nicht.»

—

Ich hatte Zahnschmerzen.
Die hatte ich fast immer, aber diesmal waren sie schlimm.
Wenn ich mit der Zunge an meinen Schneidezähnen entlangfuhr, konnte ich vier Löcher spüren, dabei waren meine Zähne oben vor ein paar Tagen noch ganz in Ordnung gewesen.
In der Schule war ich still.
Und wenn ich nach Hause kam, verkroch ich mich sofort in meine Laube, weil ich nicht wollte, dass Mutter mich zu einem Zahnarzt schleppte.
Im Dorf waren wir zu Dr. Meyer gegangen, immer schon. An das erste Mal konnte ich mich gar nicht erinnern, weil ich noch zu klein gewesen war.
Meine Zähne waren sehr schlecht.
Weil ich als Baby Masern gehabt hatte.
Durch das hohe Fieber waren meine Zahnkeime zerstört worden, so hatte Dr. Meyer es mir erklärt.
Deshalb waren meine Milchzähne früh ausgefallen.
Walburga und Ina hatten sich darüber lustig gemacht. «Das kommt davon, wenn man so viel Schnupp frisst!»
Ich fand das gemein, weil ich Süßigkeiten eigentlich gar nicht so gern mochte, und wir hatten sowieso kein Geld dafür. Wenn ich naschen wollte, wünschte ich mir immer eine Scheibe frischen Holländer, aber die gab es fast nie.
Meine neuen Zähne waren kaum da gewesen, da hatten sie schon Löcher gehabt, und Dr. Meyer hatte mir schon ganz oft Plomben in die Backenzähne gemacht. Dafür musste er bohren, und das tat furchtbar weh.
Einmal hatte er so tief bohren müssen, dass ich eine Betäubung brauchte und er mir eine Spritze geben musste. Die tat fast noch mehr weh. Und die Plomben fielen immer ziemlich schnell wieder raus, dann musste ein größeres Loch gemacht werden und eine neue Plombe rein.

Kurz bevor wir aus dem Dorf weggezogen waren, hatte Dr. Meyer seine Praxis aufgegeben und war auch weggegangen.
Seitdem war ich nicht mehr bei einem Zahnarzt gewesen, obwohl ich fast immer Zahnschmerzen hatte.
Als wir anfangs auf Pfaffs Hof wohnten, hatte Mutter noch ein Auge auf mich gehabt.
«Was ziehst du denn für einen schiefen Mund? Lass mal gucken.»
Aber ich hatte so schreckliche Angst vorm Bohren, dass ich immer sagte: «Tut nicht weh.»
Jetzt konnte ich mir schon ziemlich lange nicht mehr die Zähne putzen, weil das zu weh tat. Aber ich wollte auch nicht aus dem Mund riechen, deshalb schluckte ich jeden Morgen einen Streifen Zahnpasta runter.
Heute puckerte mein ganzer Oberkiefer, und ich wusste nicht, was ich tun sollte.
Nur wenn ich auf der Laubenbank kniete und den Kopf nach unten hängen ließ, konnte ich es irgendwie aushalten.
«Was machst du da für einen Quatsch?»
Mutter war rausgekommen, um Wäsche aufzuhängen. Ich hatte sie nicht gehört, weil das Blut in meinen Ohren so laut rauschte.
«Nichts.» Ich musste feste schlucken.
«Du hast wieder Zahnschmerzen.» Sie hörte sich so an, als hätte ich die, um sie zu ärgern.
«Wir fahren sofort zu Dr. von Güstrow. Sonst hat Liesel nachher den Ärger damit.»
«Ich hab Angst.»
«Es hilft ja nichts.»
«Ich will aber zu Dr. Schumann.»
Beim Bahnhof um die Ecke gab es zwei Zahnärzte.
Aus meiner Schule gingen alle zu Dr. Schumann. Der war jung, und die Mädchen sagten, er sähe aus wie Paul McCartney. Und Dr. von Güstrow wäre alt und fies.

«Dummes Zeug!» Mutter stellte den Korb mit der geschleuderten Wäsche ab. «Ich hänge das hier noch schnell auf, dann fahren wir los.»
«Und Dirk?»
«Vati kommt gleich nach Hause.»

Mutter fuhr nicht wie sonst neben mir her, obwohl ich so schlimme Zahnschmerzen hatte und obwohl sie wusste, wie viel Angst ich vorm Zahnarzt hatte.
Sie trat so fest in die Pedale, dass ich kaum hinterherkam.

Dr. von Güstrows Praxis war in einem alten Backsteinhaus, das unheimlich aussah.
Mutter lehnte ihr Fahrrad an die Wand neben der Eingangstreppe, fünf Stufen.
«Jetzt mach!» Sie fuhr sich übers Haar und kniff sich in die Wangen.
Vor der Treppe, halb auf der Straße stand Dr. von Güstrows englischer Sportwagen.
Der stand immer halb auf der Straße, ich kam jeden Tag daran vorbei, wenn ich zur Schule fuhr.
Es war ein Jaguar E.
Das wusste ich von Barbara, und ihr Vater sagte, so ein Auto hätte wohl kein anderer in Deutschland.
Mutter guckte mich an, spuckte sich in die Hand und strich mir die Haare aus der Stirn. «Jetzt komm. Der Doktor ist nett.»
Wie konnte ein Zahnarzt nett sein?
Sogar Dr. Meyer hatte zwar nett ausgesehen und auch lieb gesprochen, trotzdem tat er Menschen weh.
«Kennst du den?»
«Ja.»
«Woher?»

«Durch Vati.»
«Woher kennt Vati einen Zahnarzt?»
«Aus dem Krieg.»

Wir kamen in eine Eingangshalle, die mit dunklem Holz getäfelt war. Auch der Tresen war aus schwarzem Holz.
Nur die blonde Frau, die dahinter stand, war weiß gestärkt. Und sie lächelte mich an.
Ich hörte gar nicht, was Mutter und sie miteinander sprachen, weil mein Kopf so dröhnte.
Die Frau kam um die Theke herum und legte den Arm um mich.
«Du Arme ... Komm, der Doktor macht alles wieder gut.»
Zu Mutter sagte sie: «Sie können mit durch ins Sprechzimmer kommen, wenn Sie wollen.»
Mutter lächelte wie eine Dame.

Das Sprechzimmer war zehnmal größer als die Spülküche auf Pfaffs Hof und genauso kalt.
Es sah aus wie in der Metzgerei, in der ich jeden Samstag auf dem Rückweg von der Schule für Mutter einkaufen musste: ein Stück fetten Speck, ein Viertel Aufschnitt und eine halbe Mettwurst für Vater.
Graue Fliesen auf dem Fußboden und weiße an den Wänden bis zur Decke hoch.
Es roch nur anders. Nicht besser.
Ich hatte keine Spucke mehr.
Der schwarze Zahnarztstuhl am zugehängten Fenster zur Straße hin mit der großen, runden Lampe darüber – das kannte ich.
In die Lampe durfte man nicht reingucken, sonst konnte man ganz lange nicht mehr richtig sehen. Die gruseligen Instrumente auf dem hohen Tisch und der Bohrer mit dem schwarzen Schlängelkabel.

Der Rest des Zimmers war ein graues Loch.

«Setzen Sie das Kind schon mal in den Stuhl.»

Mutter drehte sich zu der Stimme um und sagte irgendwas.

Die Schwester hob mich einfach hoch, setzte mich auf den Stuhl und band mir ein Lätzchen um, als wäre ich noch ein Baby.

Aus dem grauen Loch kam Dr. von Güstrow, den Mutter nett fand.

Er sah aus wie ein Teufel: schwarze Augenbrauen, große Zähne und eine spitze Hakennase.

Ein Teufel mit einem rosa Hemd unterm Kittel und einem weißen Seidentuch um den Hals, ein Onkelkarldieterteufel.

«Na, wen haben wir denn da?»

Kalte Hände an meinem Kinn, dann auch an meiner Nase.

«Mund auf!»

Er stellte die große Lampe so ein, dass ich meine Augen zukneifen musste, und porkelte mit einer spitzen Zinke in meinem Mund herum.

Ich wollte nicht wimmern, aber ich konnte nicht anders.

Dr. von Güstrow ließ mich los und sagte etwas zu Mutter.

Die Schwester drehte die Lampe so, dass ich wieder etwas sehen konnte, und streichelte mir die Tränen aus dem Gesicht. Sie hatte hellbraune Augen mit grünen Sprenkeln darin.

Dr. von Güstrow sprach mit Mutter, als wäre ich gar nicht da.

«... Dr. Meyer, ja ... ein hoffnungsvoller junger Kollege ... Masern ... Virus ... eine neue Theorie ... Aber wenn ich mir das hier so anschaue ... viel kann man da nicht mehr ... Prothese letztendlich ...»

Dabei fummelte er die ganze Zeit an seinem Instrumententisch herum.

«Wir machen vorsichtshalber schon mal einen Abdruck, falls alle Stricke reißen ...»

Er füllte eine halbrunde Metallschiene mit rosa Zeug und drückte sie gegen meinen Oberkiefer. Es schmeckte wie Plastikzahnpasta.

«So, das hätten wir ... Es ist natürlich tragisch ... in dem jungen Alter ...»

Eine Prothese? Meinte er ein künstliches Gebiss, so wie Omma eins gehabt hatte?

Ich wollte fragen, aber das ging nicht, weil er einen Metallspreizer zwischen meine Kiefer schraubte.

«... mit Füllungen versuchen ... vorübergehend ... Narkose ... Spritze ... nicht so gern in dem Alter ... man weiß ja ... gefährlich ...»

Und dann bohrte er mir die ersten beiden Löcher in meinen Schneidezähnen oben auf.

«Wir machen das in zwei Sitzungen, Frau Albers. Den nächsten Termin haben Sie dann übermorgen.»

Dann schmierte er Plombenzeugs rein.

Ohne Spritze, ohne alles.

Am Ende stopfte er meinen ganzen Mund mit Watte aus.

Ich heulte nicht.

Aber keiner sollte mich mehr anfassen.

Mutter schon gar nicht.

—

Und jetzt sollte ich also «Ferien in der Großstadt» machen.

Mit Barbara. Die ich schon wochenlang nicht mehr gesehen hatte.

Wir sollten wohl wieder so tun, als wären wir Liesels «große Mädchen».

Mutter war aufgeregt. «Liesel will, dass ihr einen Badeanzug mitbringt. Damit ihr euch im Park sonnen könnt.»

Mir fiel ein Stein vom Herzen, ich hatte schon gedacht, Liesel wollte mit uns in ein Schwimmbad.

«Wir müssen in die Stadt, einen kaufen.»

«Wie lange müssen wir Ferien machen?»

«Mindestens eine Woche. Das ist doch toll!»
Aber sie sah nicht so aus, als fände sie es wirklich so toll.
Wir fuhren mit dem Fahrrad zum Bus und mit dem Bus in die Stadt.
Vom Bahnhof aus mussten wir dann zu Fuß gehen bis zu einem «Fachgeschäft für Miederwaren». Dort gab es auch Badeanzüge.
In die Kinderanzüge passte ich nicht mehr. Sie kniffen zwischen den Beinen, weil ich so lang war.
Einen von den Frauenanzügen fand ich schön. Er war zitronengelb und hatte einen aufgesetzten dunkelblauen Gürtel.
Aber er hatte auch Körbchen aus hartem Plastik. Wo meine Brüste sein sollten. Wo aber keine waren. Nur kleine Huckel.
«Ich weiß nicht …», sagte Mutter, als ich mich vor dem Spiegel hin und her drehte. In dem Anzug sah ich aus wie ein Filmstar!
«Da wächst sie schon noch rein.» Die Verkäuferin kicherte, und ich wurde rot.

Mutter hatte von Opa einen großen braunen Koffer ausgeliehen.
Opa fuhr jetzt nämlich mit seiner neuen Frau immer in Urlaub, nach Meran oder an die See.
«Urlaub!» Mutter konnte sich darüber nicht beruhigen. «Wir wussten damals nicht mal, wo wir was zu Essen herkriegen sollten!»
Aber der Koffer war ihr recht, in den packte sie meine Kleider. Vorher wurde alles noch einmal aufgebügelt.
Ich stand daneben und musste weinen. «Ich will nicht weg.»
Mutter guckte komisch. «Muss aber sein, Kind. Man kriegt im Leben nichts geschenkt.»
Ich merkte, dass Vater meine «Ferien in der Großstadt» nicht gut fand, aber er sagte nichts dazu.
Er sagte sowieso kaum noch was. Wenn wir gemeinsam schlafen gingen, lag er einfach nur neben mir und schwitzte.

Und dann brachte Onkel Maaßen uns nach Köln.
Mutter fuhr nicht mit.
Ich hatte furchtbar gequengelt, aber sie hatte sich nicht erweichen lassen.
«Du musst endlich selbständig werden!»
Wir saßen mal wieder hinten im Auto, Barbara und ich. Und sagten nichts.
Ich kämpfte die ganze Zeit gegen meine Tränen an – ich wollte zu meiner Mutti –, musste immer tief Luft holen und schlucken.
Onkel Maaßen merkte das bestimmt, aber er sagte auch nichts.
Ich schluckte ganz fest. «Papperlapapp», murmelte ich.
«Was?» Barbara schaute mich an.
«Papperlapapp!»
Da musste sie lachen und knuffte mich in die Seite.
Als wir nach Köln reinfuhren, fing Onkel Maaßen an zu schimpfen. Wegen dem vielen Verkehr.

Das Haus der Zwanzigers war endlich fertig.
Tante Liesel sah «fesch» aus, als sie uns die Tür aufmachte. Zur rosa Hemdbluse trug sie ein Tüchlein mit Punkten um den Hals.
Unsere Koffer ließ sie Barbara und mich allein die Treppe zum ersten Stock hochschleppen.
«Das schaffen die schon, Wim», sagte sie und nahm Onkel Maaßen fest in die Arme.
«Komm, lass dir alles zeigen. Es gibt auch einen kleinen Imbiss.»
Onkel Maaßen winkte unwirsch ab. «Ich muss gleich wieder zurück, hab meine Zeit auch nicht gestohlen.»
Aber dann guckten wir uns doch alle zusammen «unsere bescheidenen Gemächer» an.
In der rechten Wohnung gab es eine Küche, so groß wie Pfaffs Wohnzimmer. Eine richtige Einbauküche mit Schränken bis unter die Decke und glänzenden Fliesen.

Ein Esszimmer mit einem langen Tisch, um den zwölf Stühle standen, die so ähnlich aussahen wie die von Dr. Siebers.
Der Tisch war gedeckt, weiße gestärkte Damastdecke, Porzellan mit blauem und goldenem Rand und goldenes Besteck.
Barbara warf mir einen Blick zu.
So etwas hatte sie wohl auch noch nicht gesehen.
«Ich habe schon mal eingedeckt.» Liesel lachte atemlos. «Wir geben morgen Abend eine kleine Gesellschaft.»
Dann strich sie langsam über einen Tellerrand. «Kobaltblau», sagte sie versonnen.
Eine Gesellschaft? Vielleicht hatte sie ja die Leute vom Fernsehen eingeladen!
«Nur den Blumenschmuck muss ich noch bestellen. Du als Künstler hast doch ein Auge dafür, Wim.» Luise nahm Onkel Maaßen wieder in den Arm. «Was hältst du von weißen Freesien?»
An den Fenstern hingen Wolkenstores, und auf den Fensterbänken standen rosa Wasserbegonien in Messingtöpfen.
Dann gab es in dieser Wohnung noch einen Hauswirtschaftsraum mit Waschmaschine, Schleuder und Kühltruhe.
Und das Gästezimmer mit Gästebad. Dort sollten Barbara und ich wohnen.
Das Zimmer hätte ich mir gern angeschaut, aber Liesel hatte schon ihren Schlüsselbund in der Hand und führte uns durchs Treppenhaus in die andere Wohnung hinüber.
Dort sah es fast genauso aus wie bei Vaters General, viel Gold im Flur, im Wohnzimmer gemischt mit Dunkelgrün. Dicke Perserteppiche mit Läufern kreuz und quer darüber.
Das Badezimmer war rosa, sogar die Wanne, das Waschbecken und die beiden Klos.
Die Wasserkräne waren aus Gold und sahen aus wie Fische.
Das einzige Zimmer, das mir ein bisschen gefiel, war Onkel Karl-Dieters Arbeitszimmer.

Ein Schreibtisch aus dunklem Holz und an drei Wänden Regale mit Büchern. Bücher mit Ledereinbänden. Solche hatte ich noch nie gesehen.
«Alles Erstausgaben …»
An der vierten Wand hingen zwischen den Fenstern alte Gewehre und knubbelige Pistolen.
«Die sind nicht echt, keine Angst, Mädels. Aber im Safe im Schlafzimmer haben wir auch eine echte Pistole, man weiß ja nie …»
Über den Gewehren hing ein gruseliges Menschengesicht mit geschlossenen Augen.
«Goethes Totenmaske», erklärte Liesel, «eine Original-Replik.»
Dann legte sie die Hände gegeneinander, als wollte sie beten, wie es die katholischen Kinder taten, und drehte sich um sich selbst.
«Na, dann kommt! Wir nehmen unseren Imbiss heute in der Küche, ganz familiär. Wir sind ja unter uns.»
Es gab Nudelsalat, Apfelkuchen, Kaffee und Sinalco für Barbara und mich.
«Onkel Karl-Dieter kommt auch gleich. Er freut sich genauso wie ich über unsere Ferienkinder.»
Onkel Maaßen aß nichts, trank nur zwei Tassen Kaffee.
Dann fuhr er nach Hause. Und ließ uns da.
Onkel Karl-Dieter kam nicht.

Im Gästezimmer, unserem «Ferienzimmer», standen die Möbel aus Liesels alter Wohnung, die Klappcouch, auf der Barbara und ich schlafen sollten, und der alte Kleiderschrank, in dem die Wintermäntel hingen und «Sachen, die nicht mehr so modern sind».
Eine Seite des Schranks hatte Liesel freigeräumt, damit wir unsere Kleider aufhängen konnten.
Sie stand gegen den Türrahmen gelehnt und guckte zu, wie wir mit den Kleiderbügeln hantierten. Zu Hause lagen meine Sachen gefaltet in einem Fach.

«Ich gebe euch gleich euren eigenen Schlüsselbund. Auf den müsst ihr gut achtgeben.»
Ich wurde ganz stolz – einen eigenen Schlüsselbund hatte ich noch nie gehabt!
«Wenn ihr schlafen geht, müsst ihr die Wohnungstür immer gut abschließen.»
Mir fuhr der Schreck in den Bauch.
Nachts würden wir allein in der Wohnung sein, daran hatte ich überhaupt noch nicht gedacht. Ich würde bestimmt ein bisschen Angst haben, aber es war auch aufregend – Barbara und ich ganz allein, wie Erwachsene.
«Und es wäre schön, wenn ihr mir im Haushalt ein wenig Arbeit abnehmen könntet.»
Barbaras Gesicht leuchtete auf. «Wir können dir morgen bei deiner Abendgesellschaft helfen.»
Liesel sah verwirrt aus.
«Nein, nein», murmelte sie dann, «die ist verschoben.»
Sie knotete ihr Halstüchlein auf, knüllte es zusammen und stopfte es in ihren Blusenärmel.
«Also, passt auf. Ich gehe um acht ins Büro. Ihr könnt natürlich ausschlafen, schließlich habt ihr Ferien.» Sie kniff uns ein Auge. «Frühstück dürft ihr euch selbst machen. Kommt mit, ich zeig euch alles.»
Wir gingen in die Küche.
Es gab ein Brotfach und eine Brotschneidemaschine, die man aus dem Schrank herausziehen konnte.
Im Kühlschrank waren Plastikdosen mit geschnittenem Schinken, Mett- und Fleischwurst und Aufschnitt, den ich nicht kannte, Gelee und Marmelade, frischer Holländer und ein weicher Käse, der nicht gut roch. Butter, Margarine und Gläser mit Gurken, eingelegten Zwiebeln und allen möglichen Sachen, eine Flasche Milch und eine Flasche Sahne.

«Bedient euch nach Herzenslust, Mädels. Auch hier!»
Sie zog eine tiefe Drahtschublade unter dem Kühlschrank heraus. Die war bis oben hin gefüllt mit Fruchtsaftdosen, auf denen «Granini» stand, und mit «Hohes C»-Fläschchen.
«Miniflaschen», sagte Liesel.
Auf den Graninidosen las ich «Kirsche», «Tomate», «Pfirsich», «Aprikose».
«Davon dürft ihr euch zum Frühstück gern etwas nehmen und auch sonst. Nur der Tomatensaft ist tabu, dass das klar ist. Der ist nur für Karl-Dieter.»
Liesel schob die Schublade wieder zu.
«Wenn ihr mit dem Frühstück fertig seid, kommt ihr runter zu mir ins Büro. Aber schließt die Tür ordentlich ab.»
Sie holte eine Flasche «Asbach Uralt» aus dem Schrank über dem Herd. «Wir gehen jetzt rüber in unseren Wohnbereich. Nehmt euch doch einen Saft mit. Gläser sind drüben.»
Dann knipste sie überall die Lampen aus, auch im Gästebad, in dem es statt einer Wanne nur eine Dusche gab.
Ich hatte noch nie geduscht.
«Ich habe übrigens in den letzten Monaten alle Rabattmarken in einen Schuhkarton getan. Die könnt ihr dann bei mir im Büro in die Heftchen kleben. Und ich habe mir gedacht, von dem Geld, das es dafür gibt, dürft ihr euch selbst etwas kaufen. Na, wie findet ihr das?»
«Toll», sagte ich.
«Das ist sehr freundlich», sagte Barbara, «danke schön.»
Liesel nickte zufrieden. «Aber wenn das Wetter so schön ist wie heute, legt ihr euch natürlich in den Park und macht Sommerfrische. Onkel Karl-Dieter ist extra in die Innenstadt gefahren und hat zwei Luftmatratzen gekauft. Und ich habe letztens in meiner Drogerie einen Wasserball dazubekommen. Da habt ihr was zum Spielen.»

Ich wusste nicht, wo ich hingucken sollte.
Liesel öffnete die Tür zum Flur, blieb dann aber noch mal stehen.
«Ach ja, donnerstags kommt meine Putzfrau. Die will euch natürlich unter den Füßen weghaben. In der Zeit könnt ihr für mich die Einkäufe erledigen. Kleinigkeiten nur, den größten Teil lassen wir uns ins Haus liefern. Ich zeige euch morgen die Läden.»
Sie schloss die eine Tür ab, ging über den Flur und schloss die andere auf.
Jetzt standen wir im weißgoldenen Perserflur, Liesel mit ihrer Weinbrandflasche, wir mit unseren Saftdosen.
«Um halb zwölf komme ich aus dem Büro hoch und koche das Mittagessen. Pünktlich. Karl-Dieter und ich essen in der Küche, das ist bequemer. Für euch stellen wir einfach noch zwei Stühle dazu.»
Sie dirigierte uns zu einer der beiden Goldplüsch-Sitzgruppen und holte Bleikristallgläser aus einem Schrank, zwei normale und einen Kognakschwenker.
Barbara und ich setzten uns nebeneinander aufs Sofa. Liesel schaltete den Fernseher ein, guckte aber gar nicht hin. Sie ließ sich in einen Sessel fallen, streckte die Beine aus, schnippte die Schuhe von den Füßen und stöhnte wohlig.
Dann goss sie Schnaps in den Schwenker.
Ich packte meinen ganzen Mut zusammen. «Darf ich Mutti anrufen?»
Liesel nahm einen großen Schluck und legte den Kopf in den Nacken.
«Nein», sagte sie dann einfach.
Ich wurde feuerrot, Barbara guckte weg.
Liesel hob den Kopf wieder hoch und trank noch einen Schluck.
«Telefoniert wird nicht. So habe ich das mit euren Eltern abgesprochen. Es tut euch nur gut, wenn ihr mal ein paar Tage nicht an Mamas Rockzipfel hängt.»
Jetzt wurde Barbara rot. Das konnte ich gut verstehen. Barbara

hing an keinem Rockzipfel, und bestimmt nicht an dem der neuen Tante Maaßen.
Aber Liesel merkte nichts. «Wir kaufen euch morgen ein paar schöne Ansichtskarten. Die könnt ihr dann nach Hause schreiben.»

Ich konnte nicht einschlafen.
Obwohl wir die Vorhänge zugezogen hatten, war es hell im Zimmer. Das Licht, das hereinfiel, war ganz orange.
Zu Hause war es nachts stockfinster, außer wenn der Vollmond schien, und dann war das Licht weiß.
Und es war laut. Mitten in der Nacht rauschte immer noch der Verkehr, und auf dem Bürgersteig hörte man Leute lachen oder schimpfen oder singen.
Barbara schlief auch nicht, das konnte ich am Atmen hören.
«Hast du auch Heimweh?»
«Nein.»

Ich schreckte hoch, weil es Sturm klingelte.
Barbara, die an der Außenseite lag, sprang aus dem Bett.
Wir rannten zur Tür.
«Wer ist da?»
«Na, wer wohl?» Liesel hörte sich kreuzwütend an.
«Seid ihr noch ganz gescheit? Wenn ihr den Schlüssel im Schloss stecken lasst, kann ich doch von außen nicht aufschließen! Geht wieder ins Bett. Onkel Karl-Dieter muss morgens seine Ruhe haben.»

Einen ganzen Morgen lang klebten wir Rabattmarken ein.
Dafür gab Liesel uns einen runden orangefarbenen Schwamm, der in einer grünen Gummihülle steckte. So mussten wir die Marken nicht alle anlecken. Das war gut, Rabattmarken schmeckten eklig.

Liesel kaufte Ansichtskarten vom Dom und zeigte uns die Läden, in denen wir dann nicht nur donnerstags, sondern jeden Tag einkaufen gingen.
Ich fand die Stadt überall ziemlich schmutzig, es stank nach Abgasen, und die Bürgersteige waren voller Menschen, die ganz anders aussahen als die Leute zu Hause. Sie waren schick angezogen, die Männer trugen Hüte, die Frauen Stöckelschuhe.
Ich würde in der Schule viel erzählen können von der Großstadt.

Von unserem Rabattmarkengeld kauften wir uns in der Drogerie Lippenstifte. Das war Liesels Idee gewesen.
Barbara war ganz hibbelig. «Den werde ich gut verstecken müssen. Wenn mein Vater den sieht!»
Ich konnte mir vorstellen, was dann los war.

Wie machten «Sommerfrische» im Park hinter dem Betrieb.
Lagen auf den Luftmatratzen und lasen.
Barbara in Liesels Modezeitschriften, ich in «Ferien auf Saltkrokan».
Barbara bekam einen Sonnenbrand, ich wurde braun.
Wir lachten über unsere Füße. Bei uns beiden waren die Zeigezehen länger als die großen.
Dann kam Onkel Karl-Dieter mit seinem Fotoapparat.
«Wir brauchen doch ein paar Schnappschüsse zur Erinnerung. Stellt euch mal in Positur, meine beiden Schönen.»
Wir mussten abwechselnd den Wasserball hoch über den Kopf halten und dabei ein Bein abwinkeln. Und «Schieß» rufen.
«Wie echte Mannequins.»
Uns auf den Luftmatratzen auf den Bauch legen, das Kinn in die Hände stützen und «neckisch lächeln».
Barbara sollte einen Badeanzugträger herunterstreifen und über die Schulter gucken.

Aber das tat sie nicht. «Ich muss mal auf die Toilette.»
Onkel Karl-Dieter lachte. «Kleine Nonne ...»

Am Sonntag machten wir einen Ausflug.
«Wie eine richtige Familie, das hat Karl-Dieter mir fest versprochen.»
Barbara und ich mussten unsere rosa Frauenkleider anziehen und durften uns die Lippen schminken.
Wir machten eine «Rheintour» auf einem der Ausflugsdampfer.
Sie dauerte fast den ganzen Tag, war langweilig, und mir war die ganze Zeit schlecht.
Als wir endlich wieder in Köln anlegten, schwärmte Karl-Dieter uns etwas von einer «kölschen Spezialität» vor und ging mit uns zu einer Bude an der Rheinpromenade, wo Reibekuchen verkauft wurden.
Ich mochte keine Reibekuchen, und weil ich auf dem Schiff zweimal gebrochen hatte, zwang Liesel mich nicht.
Die anderen aßen mit den Fingern.
Dann wurde es langsam dunkel, worüber Karl-Dieter sich freute.
Er fuhr mit uns zum «Tanzbrunnen». Der sah schön aus mit den angestrahlten Fontänen. Eine Kapelle spielte, und Paare tanzten zur Musik.
Onkel Karl-Dieter verbeugte sich vor Barbara. «Darf ich bitten?»
Barbara wurde kalkweiß. «Ich kann nicht tanzen!»
Aber Karl-Dieter lachte nur und zog sie einfach mit sich auf die Tanzfläche.
Ich mochte nicht hinschauen, weil ich Angst hatte, dass Barbara stolperte oder irgendwas Blödes machte, aber sie sah gar nicht so schlecht aus.

Am Montag fuhr Onkel Karl-Dieter für ein paar Tage ins Sauerland «auf Akquise».

Für den Nachmittag hatte Liesel für «uns drei Mädels» einen Termin bei ihrem Friseur gemacht, aber morgens musste sie zuerst bei der Sparkasse Geld holen und dann im Büro die Lohntüten für die Arbeiter fertig machen.
Es regnete. Ich lag auf der Klappcouch und las, aber Barbara langweilte sich.
«Wir können ja runtergehen und ein bisschen tippen», schlug ich vor.
Ich schrieb gern auf der Schreibmaschine, Barbara eigentlich auch, aber heute hatte sie keine Lust dazu.
«Wir sollen doch im Haushalt helfen.» Sie hatte eine Idee.
Die Abendgesellschaft war ja offensichtlich verschoben worden, aber der Tisch im Esszimmer war immer noch eingedeckt.
«Das verstaubt doch alles. Komm, wir räumen das Geschirr in den Schrank.»
In der Anrichte lag ein Stapel Bibertüchlein.
«Die gehören bestimmt zwischen die Teller, damit der Goldrand nicht verkratzt», überlegte Barbara.
Ich hatte die ganze Zeit Sorge, dass mir etwas runterfiel, und machte ganz langsam.
Als wir auch das Goldbesteck in die Schublade mit den Filzbänkchen einsortiert hatten, sahen wir, dass die Tischfläche ganz staubig war.
«Hier war die Putzfrau aber nicht besonders gründlich.» Auch auf den Schränken lag Staub.
Im Hauswirtschaftsraum fanden wir Staubtücher und sogar Möbelpolitur.
Das Staubwischen ging schnell, aber das Polieren war nicht so einfach. Wir hatten wohl zu viel Politur genommen. Jedenfalls mussten wir lange reiben, bis keine Streifen mehr zu sehen waren.
Aber dann glänzte alles schön.
Jetzt fehlte eigentlich nur noch ein Blumenstrauß auf dem Tisch.

Wir hatten von unserem Rabattmarkengeld noch etwas übrig, und ein Stück die Straße runter gab es ein Blumengeschäft.
«Wir müssen ihr Bescheid sagen, wenn wir einkaufen gehen.»
«Wir sagen einfach, wir wollen noch mal in die Drogerie.»
Aber es war zu spät. Liesel kam in die Wohnung, um das Mittagessen zu kochen.
«Huhu, ihr zwei. Ich brutschel uns was Feines. Muckalicki, das kennt ihr nicht, ist jugoslawisch ... Was riecht denn hier so?»
Barbara und ich standen vor dem Esszimmer im Flur, stolz.
«Wir haben ein bisschen aufgeräumt und sauber gemacht.»
Liesel blieb in der Tür stehen, und ihr Gesicht war auf einmal wie aus Stein.
Dann lief sie an unserem polierten Tisch vorbei zum Fenster, drehte uns den Rücken zu und murmelte vor sich hin. Es hörte sich an wie Fluchen.
Wir fassten uns an den Händen.
Da drehte Liesel sich um, Tränen liefen ihr übers Gesicht.
«Das war aber sehr lieb von euch.»

In der Nacht schliefen Barbara und ich ganz dicht, Rücken an Rücken.

Dann kam unser letzter Ferienabend.
Liesel wollte mit uns essen gehen und machte ein großes Geheimnis daraus.
«Da gibt es etwas ganz Neues. So etwas kennt ihr nicht.»
Aber dann gingen wir nur zur Wirtschaft an der Straßenecke.
In einem der Fenster dort stand ein Ofen mit einer Glasscheibe, in dem sich auf Spieße gesteckte Hühner langsam drehten. Fett tropfte herunter.
«Frische Grillhähnchen», schwärmte Liesel. «Lecker!»
Dann zog sie die Tür auf.

Ich war noch nie in einer Wirtschaft gewesen, Mutter fand Wirtschaften nicht gut.
Drinnen war es verqualmt.
An der Theke und an den Tischen saßen lauter Männer, die sich freuten, als wir hereinkamen.
«Die Frau Zwanziger gibt sich mal wieder die Ehre!»
Die einzige Frau im Raum war die Wirtin hinter dem Tresen.
Sie hatte toupierte Haare, und ihr schwarzer Glitzerpullover war so tief ausgeschnitten, dass man den halben Busen sehen konnte.
Liesel schob uns zu ihr hin. «Das ist Frau Schatz, eine gute Freundin von mir.
Schenk mir mal einen ein, Hilde. Und der Willi soll mal zwei Halbe für meine Ferienkinder machen.»
«Der Willi» war der Wirt, der aus der Küche gelaufen kam, als er Liesel hörte.
Er war kleiner als seine Frau, hatte eine weiße Schürze um und lachte mit großem Mund.
Liesel schickte uns an einen Tisch neben der Küchentür.
Sie selbst setzte sich mit einer Flasche Asbach an die Theke und goss sich immer wieder nach.
Herr Schatz brachte uns Fanta. «Essen kommt gleich.»
Mir war ein bisschen schlecht, es stank so nach Bier, und die Musik war furchtbar laut.
Dann bekamen wir jede ein halbes Hähnchen mit einem weißen Papiersöckchen.
«Gegessen wird mit den Fingern», sagte der Wirt.
Auf den Tellern lagen auch Papierservietten und Tütchen mit Erfrischungstüchern.
«Zum Händeabputzen. Guten Appetit!»
An der Theke wurde gelacht. Liesel lachte am lautesten.
Das Hähnchen war sehr lecker mit ganz knuspriger Haut, und es machte Spaß, ohne Besteck zu essen.

Aber als ich mir zwischendurch die fettigen Hände abwischen wollte, blieb die Serviette an meinen Fingern kleben.
Ich pulte die Papierfetzen ab.
«Lust auf ein Tänzchen, Gnädigste?»
Einer der Männer packte Liesel um die Taille und hob sie vom Barhocker herunter.
Liesel kreischte und wackelte mit dem Hintern.
«Erst trinken wir noch einen, Günther!»
Ich hatte keinen Hunger mehr, und auch Barbara ließ den Rest Fleisch auf ihrem Teller.
Wir putzten uns die Hände mit den feuchten Tüchern ab. Sie rochen nach Zitrone, aber auch etwas fies.
«Vielleicht können wir schon mal nach Hause gehen», sagte ich. «Wir haben ja unseren Schlüssel.»
Barbara schüttelte den Kopf. «Im Dunkeln? Das erlaubt die uns nie!»
Liesel tanzte jetzt um die Männer herum, dann stieg sie auf einmal auf einen Tisch, zog sich den Rock ganz hoch und wiegte sich in den Hüften.
Die Männer grapschten nach ihren Schenkeln.
«Finger weg!», kreischte Liesel. «Nur gucken!»
Dann ließ sie sich auf den Po plumpsen.
Die Männer klatschten in die Hände.
«Äpfel, Äpfel, Äpfel», brüllten sie.
Liesel schnipste der Wirtin mit den Fingern.
Die verschwand nach hinten und kam mit zwei Äpfeln zurück.
Liesel stellte sich vor den Tisch, knöpfte ihre Bluse auf und schob sich die Äpfel in den Büstenhalter.
Dann legte sie die Hände unter ihre Brüste. «Wer hat Lust auf was Saftiges?»
«Ich, ich, ich», johlten die Männer.
Einer nach dem anderen beugte sich vor und biss in einen Apfel.

Liesel stöhnte. «Und schön den Saft ablecken.»
Ich merkte, dass ich weinte.
Da stand Herr Schatz auf einmal neben mir. «Ist doch nicht so schlimm.» Er strich mir über den Kopf. «Du bist müde. Ist ja auch längst Schlafenszeit.»
Er machte seiner Frau ein Zeichen.
Die packte Liesel beim Arm und zog sie hinter die Theke.
Aber Liesel wehrte sich – «Spielverderberin!» – und schlug ihr feste auf die Finger.
Da ging auch der Wirt hinüber und redete auf Liesel ein.
«Dummes Gör», hörten wir sie lallen.
Auf dem Heimweg hakten Barbara und ich Liesel unter, damit sie nicht hinfiel.
Die heulte nur. «Schon wieder ein Korsett versaut! Die Flecken krieg ich nie wieder raus, nie, nie, nie wieder.»
Am nächsten Morgen war ich schon um fünf Uhr wach. Ich freute mich so, dass Onkel Maaßen uns abholte.

—

Zu Hause war Streit.
Außer Dirk, der auf mich zustolperte und «Amie, Amie» rief, merkte keiner, dass ich wieder da war.
Vater wollte mit ein paar Kollegen ins Ruhrgebiet fahren, um Pater Leppich zu hören.
«Was stellst du dich so an?», schimpfte er. «Der Mann ist Gefängnispastor.»
«Weißt du, wie die Leute den nennen?», schimpfte Mutter zurück.
Vater grinste. «Maschinengewehr Gottes.»
«Das ist schon schlimm genug. Aber man nennt ihn auch ‹den schwarzen Goebbels›.»
«Woher willst du das wissen?»

«Aus dem Fernsehen.»
«Die sind doch alle gekauft!»
Irgendwie hatte Mutter Oberwasser, das merkte ich, obwohl Vater lachte.
Er ging seine Stiefel polieren. Die wollte er nämlich anziehen, wenn er ins Ruhrgebiet fuhr.
Einen Pater wollte er sprechen hören?
«Will Vati wieder katholisch werden?»
Mutter guckte mich komisch an. «Quatsch!»

—

Fräulein Maslow kam Eier kaufen.
«Sie wählen doch sicher auch die CDU, Frau Albers.»
«Ich wähle dasselbe wie mein Vater, die FDP.»
«Die sind auch gut. Und was wählt Ihr Mann?»
Mutter zog verlegen die Schultern hoch.
Fräulein Maslow machte große Augen. «Geht er etwa gar nicht wählen?»
«Doch, sicher, aber er ... er streicht einfach alles durch.»
«Sie Ärmste!» Fräulein Maslow nahm Mutter in den Arm. «Das hätte ich niemals gedacht, dass Ihr Mann Nazi ist ... Nach allem, was er mitgemacht hat ...»
Sie schnalzte mit der Zunge. «Dabei ist er doch so ein feiner Mensch und ein guter Christ durch und durch.»
Was redete die denn da?
Die Nazis hießen eigentlich Nationalsozialisten und waren Hitlers Partei gewesen. Sie hatten den Krieg angezettelt.
Das hatten wir bei Herrn Struwe in der Schule gelernt.
Die Nazis hatten die Menschen verachtet und alle, die ihnen nicht gefielen, umgebracht, aber heute gab es sie nicht mehr. Sie waren sogar verboten.

Deshalb konnte Vater überhaupt kein Nazi sein.
Fräulein Maslow legte die gut eingewickelten Eier in ihr Einkaufsnetz.
«Ich werde ihm mal gründlich ins Gewissen reden, wenn ich ihn das nächste Mal sehe. Haben Sie noch Erbsen da? Und ein paar Buschbohnen könnten wir auch gebrauchen.»

—

Barbara und ich waren jetzt richtige Freundinnen.
Tante Liesel hatte mir zu Weihnachten eine Barbiepuppe geschickt.
Dass es die gab, wusste ich aus der «Bravo», aber außer mir hatte keiner so eine.
Die Mädchen in der Schule beneideten mich alle darum, aber ich wusste nicht so recht, was ich damit anfangen sollte.
Auch wenn sie einen «Atombusen» hatte, wie Vater das nannte, war es doch einfach nur eine Puppe. Und mit Puppen spielte ich nicht mehr, seit Omma gestorben war.
Aber Barbara war völlig aus dem Häuschen. «Der können wir ganz schicke Kleider nähen, Mensch!»
Barbara wollte nämlich Modeschöpferin werden und entwarf dauernd auf ihrem Zeichenblock alle möglichen Ensembles.

Und so saßen wir den ganzen Winter über fast jeden Nachmittag in Onkel Maaßens Werkstub und schneiderten Barbiekleider.
Barbara konnte das gut.
Ich war nicht so geschickt, weil die Nähte ganz fein sein sollten und man winzige Stiche machen musste.
Aber Onkel Maaßen war sehr lieb zu mir. Trennte vorsichtig auf und zeigte mir noch einmal, wie man die Abnäher für den Busen machte oder einen Druckknopf annähte.

Mutter freute sich wohl darüber, denn sie ließ mich in Ruhe und ging abends selbst die Milch holen.
Oft kam sie auf dem Rückweg herein und redete ein bisschen mit Onkel Maaßen.
Meist, wenn die neue Tante Maaßen in der Stadt war.
Einmal brachte Mutter ein weißes Kaninchenfell mit, das Opa ihr geschenkt hatte.
«Vielleicht habt ihr ja Verwendung dafür …»
Das hatten wir. Wir nähten gerade ein schulterfreies, rotes Ballkleid mit ganz weitem Rock und setzten den Saum damit ab. Aus dem restlichen Fell schneiderten wir eine passende Stola.
«Und wenn ihr was bestickt haben wollt, müsst ihr es nur sagen.»
Barbara und ich guckten uns in die Augen und schüttelten beide den Kopf.
Unsere Barbie in bestickten Kleidern?
Das passte überhaupt nicht.
Es war gemütlich in der Werkstub mit dem glühenden Bollerofen und dem Geruch nach neuen Stoffen, Rauch und Schneiderkreide.

—

Vater freute sich immer, wenn er samstags keinen Spätdienst hatte, denn dann konnte er um sechs Uhr im Fernsehen die Sportschau gucken.
Dirk und ich durften nie dabei sein, weil er es ruhig haben wollte.
Meistens hatte er hinterher schlechte Laune. «Immer muss man sich den scheiß FC Köln angucken …»
«Stefan!», schimpfte Mutter.
Aber manchmal, wenn sie «Schalke» gezeigt und die auch noch gewonnen hatten, war er obenauf. «Schalke 04» war sein Verein.
Vor dem Krieg waren er und seine Freunde immer mit dem Fahr-

rad zu den Spielen gefahren, vier Stunden hin und vier Stunden zurück. «Auf Vollgummireifen!»
Eigentlich guckte Vater nicht viel Fernsehen. Nur wenn ein alter Film mit Zarah Leander lief, musste er den unbedingt sehen.
Dann setzte Mutter sich sogar dazu. «Verschmähte Liebe», seufzte sie dann, «das geht einem so richtig schön ans Herz.»
Vater sang alle Lieder laut mit und rollte das «r» genauso wie Zarah Leander.
«Ich weiß, es wird einmal ein Wunder gescheh'n ...»
Oft merkten sie dann gar nicht, dass ich noch auf war.
Saßen ganz dicht beieinander.
Als Mutter dann auch mitsang: «Nur nicht aus Liebe weinen. Es gibt auf Erden nicht nur den einen. Es gibt so viele auf dieser Welt. Ich liebe jeden, der mir gefällt», ging ich freiwillig ins Bett. Aber auch das kriegten sie nicht mit.

—

Herr Struwe bestellte Mutter ein und sagte ihr, dass ich auf die höhere Schule gehen sollte.
«Wenn Sie das Mädchen nicht zum Gymnasium schickten, das wäre ein Verbrechen!»
Ich wusste nicht, was ich davon halten sollte.
Sicher, ich würde dort Gabi und Klara wiedertreffen, aber die kannte ich doch eigentlich gar nicht mehr.
Aus meiner Klasse sollte nur die dicke Cornelia mit den geschiedenen Eltern aufs Mädchengymnasium gehen. Außer ihr würde ich niemanden kennen. Und dann die vielen fremden Lehrer ...
Ich hatte ein mulmiges Gefühl im Bauch.
Mutter sagte nur: «Mal gucken ...»
Zu Hause schrieb ich einen Brief an Guste und brachte ihn sofort zur Post.

Ihre Antwort kam nur ein paar Tage später, obwohl sie sich sonst meist viel Zeit damit ließ.
Sie hatte auf Notenpapier geschrieben.

> *«Selbstverständlich musst Du aufs Gymnasium gehen, Annemie! Mit dem Abitur steht Dir die Welt offen. Du kannst sogar studieren und Dir jeden Beruf aussuchen, den Du Dir wünschst. Und Du wirst Englisch lernen, stell Dir vor, und endlich verstehen können, was die Beatles da singen.*
> *Ach, ich wünschte, die Zeiten wären anders gewesen und ich hätte studieren können. Dann wäre ich heute Musikprofessorin oder Richterin. Ist doch klar, dass Du ein wenig Sorge hast. Die hat man immer, wenn man etwas Neues beginnt, ganz normal.*
> *Augen zu und durch, Wicht!*
> *Später bist Du froh, das weiß ich genau.*
> *Ich freue mich so für Dich.»*

Als ich Barbara davon erzählte, wurde sie teufelswild.
«Ich kann auch einen tollen Beruf haben, wenn ich nach der Schule eine Lehre mache!»
Onkel Maaßen war genauso wenig begeistert.
«Ein bisschen abgehoben, findest du nicht? Außerdem ist so ein Studium teuer. Wovon sollen deine Eltern das denn bezahlen? Findest du es richtig, denen jahrelang auf der Tasche zu liegen? Die haben doch wohl schon genug für dich gedarbt.»
«Genau», schimpfte Barbara. «Außerdem heiratest du sowieso irgendwann. Dann ist das ganze Geld zum Fenster rausgeschmissen.»
Und Onkel Maaßen nickte dazu.

«Wim ist dagegen», sagte Mutter beim Abendessen.
Vater runzelte die Stirn. «Was geht den das an? Der ist doch bloß neidisch. Das Kind geht auf die höhere Schule und damit Schluss!»

Dabei guckte er mich aber ganz lieb an.
«Und wenn du es tatsächlich schaffst, schenke ich dir zum Abitur ein Mercedes Cabrio.»
Mutter lachte laut. «Dann fang lieber schon mal an zu sparen.»
Und Dirk, der inzwischen nicht nur laufen, sondern auch allein essen konnte, warf seinen Löffel weg, trommelte mit den Fäustchen auf seinen Hochstuhltisch und lachte mit.

Barbara hatte keine Lust mehr, Barbiekleider zu nähen.

—

Vater hatte unseren Bungalow im Bergischen endlich verkauft.
Danach stritten sie wieder, Mutter und er.
Ob er genug Geld dafür bekommen hätte, ob er besser jemanden mitgenommen hätte, der etwas davon verstand.
Vater schleppte Mutter zur Spar- und Darlehenskasse, um über einen Kredit zu verhandeln.
Denn für das neue Haus in der Stadt würde das, was er für seinen Rohbau bekommen hatte, nicht reichen.
Mutter jammerte erst mich an, dann Vater. «Soll ich mich mein Leben lang nur für diese Steinklötze kaputtschuften? Wenn wir irgendwie hinkommen sollen, muss ich mir in der Stadt Arbeit suchen. Wie soll das gehen?»
Vater kriegte eine weiße Nase.
Dann kam eines Tages der Kollege, mit dem Vater sich Pater Leppich angehört hatte.
Er war vor dem Krieg Buchhalter gewesen.
Sie saßen am Esstisch, schoben Papiere herum und sprachen über eine «gesunde Finanzierung».
Der Buchhalter schrieb Zahlenkolonnen auf Rechenpapier.
Mutter sagte kein Wort, und Vater tat so, als merkte er das gar nicht.

Ein paar Tage später kam dann ein Makler zu uns, den Vaters Kollege empfohlen hatte.
Er hieß Schmeling, aber ich nannte ihn heimlich «Schmierling», weil er so viel Brisk in seinen Haaren hatte, dass es aussah, als hätte er sie wochenlang nicht gewaschen.
Und nach Brisk roch er auch, ein bisschen scharf und sehr süß.
Er trug einen Trenchcoat, der ihm um die Beine flatterte, und einen blauen Siegelring, der an seinen dünnen Fingern komisch aussah.
Vater holte die Flasche Doppelkorn aus dem Küchenschrank, die er dort für besondere Gelegenheiten aufbewahrte, und setzte sich mit Schmierling an den Tisch.
«Ich hab ja selbst ein Herz für die Makelei. Und ich kenne hier in der Gegend natürlich Jan, Pit und alle Mann ...»
Schmierling zog die Augenbrauen hoch, die so aussahen, als hätte er sie schmal rasiert.
«Da wäre ich durchaus interessiert, Herr Albers. Mit den Bauern ist es ja für unsereins nicht immer ganz einfach ...»
«Für mich schon.» Vater wollte wohl schlau lächeln. «Wenn man sich in dem Zusammenhang eventuell über Ihr Honorar ...»
Schmierling legte ihm die Spinnenfinger auf den Arm. «Da werden wir uns schon einig, Herr Albers.»
Mutter schnappte die Schnapsflasche und stellte sie in den Schrank zurück.
«Darf ich Ihnen einen Kaffee anbieten?»
Vater machte ein finsteres Gesicht, aber das interessierte Mutter nicht.
Sobald Schmierling aus der Tür war – der Vordertür –, fuhr sie Vater an: «Makeln! Es gibt ja wohl kein schmutzigeres Geschäft! Wenn du jetzt auch noch damit anfängst, sind wir geschiedene Leute.»
«Ha, das wollen wir ja noch mal sehen!»
Und dann sprachen beide nicht mehr miteinander.

Ich stellte mich taub und blind.
Aber ich bekam schon mit, wie Vater sagte, er wolle, dass unser neues Haus in der Nähe des Gymnasiums läge, damit ich nicht so einen weiten Schulweg hätte.
Und schließlich hatte Schmierling eines in der richtigen Gegend gefunden und kam Mutter und Vater zu einer Besichtigung abholen.
Er hielt die Beifahrertür auf, klappte seine Trenchcoatflügel nach hinten und dienerte vor Mutter.
Die nickte geziert, aber Vater schob sie einfach beiseite und setzte sich auf den Vordersitz.
Ich schämte mich.
Eigentlich wäre ich gern mitgefahren und hätte mir das neue Haus angeschaut, aber irgendjemand musste ja auf Dirk aufpassen.
Jetzt war ich froh darüber.

Als sie zurückkamen, verschwand Vater sofort im Schlafzimmer und legte sich ins Bett.
Er würde heute nicht mit uns Abendbrot essen, obwohl Mutter «Arme Ritter» machen wollte, auf die er sich sonst immer freute, weil er «so was als Kind nicht gekannt hatte».
Ich war zu neugierig, um weiter taub und blind zu sein.
«Und? Wie ist das Haus?»
Mutter zog sich die Kittelschürze über. «Sehr schön. Ein Neubau. Mit Zentralheizung, Öl. Und ein Gästeklo hatte es auch.»
«Toll.»
«Und der Garten hätte kaum Arbeit gemacht, schön klein und alles Rasen.»
«Hätte?», fragte ich misstrauisch. «War es zu teuer?»
«Nein. Aber wir kaufen es trotzdem nicht. Weil es eine Doppelhaushälfte ist.»
Sie nickte Richtung Schlafzimmertür.

«Er will ein Haus, um das er herumgehen kann.» Sie äffte ihn nach. «Mit einem Gemüsegarten und voll unterkellert.»
«Ein Haus ohne Keller ist ja auch doof.»
«Ja, genau!» Sie knallte die Pfanne auf den Herd. «Halt du ihm nur die Stange!»

—

Mutter hatte mich am Gymnasium angemeldet, morgens, als ich in der Schule gewesen war.
Ich war so gespannt.
«Wie ist sie denn, die neue Schule?»
«Groß.»
«Und sonst?»
«Ich habe nicht viel gesehen. Ich war ja nur im Sekretariat.»
Aber sie hatte eine Liste der Sachen mitgebracht, die wir für das neue Schuljahr in einer Buchhandlung in der Stadt kaufen mussten. Bücher für Deutsch, Englisch, Mathematik, Geschichte, Geographie, eine englische Grammatik und einen Weltatlas; dazu die passenden Schutzumschläge aus Plastik.
Linierte und karierte Hefte (DIN A5), ein Vokabelheft für Englisch (DIN A6), ein Notenheft für den Musikunterricht und ein Hausaufgabenheft (DIN A5). Für die Klassenarbeiten in Deutsch, Englisch und Mathematik gab es besondere schwarze Hefte mit Aufklebern, auf denen der Name der Schule stand.
Ein Zeichenblock (DIN A3) und eine Zeichenmappe. Ein Patronenfüller (Pelikan oder Geha), zwei Bleistifte (HB), ein Radiergummi, ein Anspitzer (möglichst aus Metall), ein Lineal (30 cm) und ein Deckfarbkasten (mit Deckweiß).
Dann brauchte ich noch einen Turnbeutel und Turnzeug (rotes Hemd und schwarze Shorts) und Turnschuhe (Leinen, helle Sohlen).

Mutter machte ein langes Gesicht. «Was das wohl alles kostet ...»
Sie hatte mir auch noch ein bedrucktes Blatt gegeben. «Auszug aus der Schulordnung» stand oben drüber.
In der Schule verhielt man sich ruhig und gesittet, es wurde weder gelaufen noch laut gerufen.
Auf ordentliche, saubere Kleidung und solides Schuhwerk legte man besonderen Wert.
Das Tragen von langen Hosen war nicht erlaubt. Sollte das aber aufgrund extrem kalter Witterung dennoch nötig sein, war über den langen Hosen ein Rock anzuziehen.
Während der Pausen durfte sich niemand in den Klassenräumen aufhalten.
Die große Pause verbrachten alle Schülerinnen auf dem Hof.
Nur bei schlechtem Wetter war der Aufenthalt in der Pausenhalle gestattet.
Die Schülerinnen hatten alle Lehrkräfte mit einem Knicks zu grüßen.

Ich bekam Herzklopfen. Das hörte sich alles so streng an.

Mutter hatte mich mit der Schulordnung allein gelassen.
Sie war in die Spülküche gegangen, weil sie sich um ihre Monatsbinden kümmern musste. Morgen war Waschtag, und bevor die Binden mit der anderen Weißwäsche gekocht wurden, mussten sie in kaltem Salzwasser eingeweicht werden, damit das Blut besser rausging.
Ich fand ihre Stoffbinden ein bisschen fies. Sie mussten in einen besonderen «Monatsgürtel» eingeknöpft werden, durch das Waschen wurden sie hart und krumpelig, und sie rochen nie wirklich frisch.
Barbara hatte moderne aus Zellstoff, die man einfach wegwarf, wenn sie vollgeblutet waren.

Mutter trocknete sich die Hände an der Schürze ab.
«Darüber müssen wir auch mal sprechen.»
«Worüber?»
«Über deine Periode. Das kann jetzt bald losgehen.»
«Das weiß ich doch alles schon.»
Sie sollte mich in Ruhe lassen!
«Wirklich? Und das andere? Das mit dem Kinderkriegen …?»
Ich wurde rot. «Das weiß ich auch schon lange. Aus der ‹Bravo›.»
«So, so.» Sie grinste und zwinkerte mir zu.
Ich schaute weg. Sie sollte das seinlassen, das war ekelhaft.
«Na gut. Übrigens, Liesel hat euch noch einmal eingeladen, Barbara und dich.»
Oh nein!
«Und Wim meint auch, das wäre schön für euch. Wenn du erst auf dem Gymnasium bist, werdet ihr euch wahrscheinlich überhaupt nicht mehr sehen.»
Ich dachte mir, dass «Wim» von unseren Ferien in Köln nicht begeistert wäre, wenn er wüsste, was Liesel so trieb.
Es hatte zwar nicht direkt was mit dem Kinderkriegen zu tun, aber doch mit dem Teil davon, für den Barbara und ich – wie für Lippenstift – «noch viel zu jung» waren.
Wir hatten beide zu Hause nichts erzählt, deshalb hielt ich auch jetzt meinen Mund.

—

Auf der Fahrt nach Köln hatte ich Zahnschmerzen.
Eine der Plomben an meinen Schneidezähnen war locker, und ich wusste, wenn ich nur einmal daran saugte, würde sie rausbröckeln.
Abbeißen und richtig kauen durfte ich nicht mehr.
Diesmal fuhr die neue Tante Maaßen mit. «Damit mein Schatz auf der langen Rückfahrt nicht so alleine ist.»

Sie quasselte die ganze Zeit und zupfte an ihrem neuen Kostüm herum, schwarzer Boucléstoff mit einem Nerzkrägelchen, das «ein Vermögen» gekostet hatte.
Ich hörte kaum hin, mummelte mich in meine Ecke und versuchte, nicht an meine Zahnschmerzen zu denken, sondern an etwas Schönes.
Aber das war nicht so leicht.
Gestern waren wir in der Buchhandlung gewesen, die auf der Schulliste gestanden hatte, um meine neuen Schulsachen zu kaufen.
Der Laden war dunkel und klein. Ein bisschen hatte es nach Büchern gerochen und neuem Papier. Aber am meisten roch es nach Menschen, die unbedingt etwas wollten und viel zu nah aneinanderstanden.
Lauter Mütter, die Listen in den Händen hielten, und dazwischen die Schulkinder.
Wir hatten Dirk mit, der irgendwann quengelig wurde, weil es ihm zu warm war und weil er nichts sehen konnte. Überall nur Beine.
Ich hob ihn hoch und setzte ihn mir auf die Hüfte. Er hörte auf zu heulen, guckte aber immer noch gnatzig. Außerdem war er mittlerweile ziemlich schwer.
Mutter nahm ihn mir ab.
Und dann waren wir endlich dran.
Mutter mit Dirk auf dem Arm, der in ihren Haaren wuscheln wollte, überreichte der Verkäuferin die Liste. Die Verkäuferin nickte wie ein Automat und fing an herumzulaufen – nach rechts für Schutzumschläge, in den Keller für die Bücher, nach links für Hefte und Zeichenblock – und stapelte alles auf dem kleinen Stückchen Tresen, das für uns war.
In dem Eckchen roch es jetzt richtig nach neuen Büchern, und auf einmal freute ich mich. Es würde so viel Neues zu lesen geben.
«So, das war's, glaube ich.» Die Verkäuferin fuhr mit dem Finger

noch einmal die Liste entlang und fing dann an, alles in die große, grüne Registrierkasse einzutippen. Das dauerte lange.
Der Atlas, jedes Buch, die Umschläge, die Hefte, der Farbkasten – raatsch – raatsch – pling.
«Das macht dann 214 Mark und 60, bitte.»
Mutter hatte Dirk einfach losgelassen.
Und wenn die Mutter neben ihr nicht so schnell zugepackt hätte, wäre mein kleiner Bruder auf den Boden geknallt.
Ich hatte einfach nur weg sein wollen in dem Aufruhr.
Und so fühlte ich mich immer noch.
Onkel Maaßen hatte recht: Wir konnten uns das Gymnasium nicht leisten!
Wie konnte ich Mutter das antun? Und Dirk?

«Heulst du?», flüsterte Barbara mir zu.
«Nein, ich hab bloß Zahnweh.»

Wir kamen rechtzeitig zum Kaffee in Köln an.
Liesel hatte einen Hefezopf gebacken, der um gefärbte Eier herumgeflochten war – «Ist ja bald Ostern» –, und im Esszimmer gedeckt, wahrscheinlich weil wir mit der neuen Tante Maaßen nicht «unter uns» waren.
Diesmal stand anderes Geschirr auf dem Tisch, modernes, eckig, weiß mit blassroten Streifen.
«Schick, oder?»
Liesel schob mich vor sich her in die Küche, um den Kaffee zu holen.
«Das gleiche schenke ich deiner Mutter zum Geburtstag. Natürlich nur für sechs Personen – mehr braucht ihr ja wohl nie.» Sie kniff mir ein Auge. «Aber verrate bloß nichts!»
Dann kniff sie uns beiden ein Auge, Barbara und mir. Sie wollte vor der neuen Tante Maaßen wohl so tun, als wäre sie unsere beste

Freundin. «Mädels, jetzt habe ich doch tatsächlich vergessen, Büchsenmilch zu kaufen. Na, kein Problem, ihr kennt euch ja aus.»
Unser Schlüsselbund hing schon am Brettchen neben der Wohnungstür, und wir flitzten los zu dem Laden, der «Supermarkt» hieß. Und freuten uns den ganzen Weg über Tante Maaßens verdattertes Gesicht. Wir kannten uns hier aus! In der Großstadt!

Es war alles so wie in unseren letzten Ferien, nur ohne Sommerfrische – dafür war es noch zu kalt.
Wir klebten Rabattmarken ein, gingen einkaufen. Tippten Briefe an unsere Eltern auf der Schreibmaschine, steckten sie in Umschläge und brachten sie zum Postamt.
Durften einmal im rosa Badezimmer baden, mit rosa Badesalz. Das roch gut, kratzte aber am Po.
Barbara las Liesels Modezeitschriften, und ich durfte, weil Onkel Karl-Dieter mal wieder auf Akquise war, in seinen Lederbüchern blättern. Ich verstand kein Wort und ärgerte mich, dass ich kein eigenes Buch mitgebracht hatte.

Zum Sonntagsfrühstück machte uns Liesel einen «Strammen Max», an dem ich lange herumkaute. Wegen meiner Zähne, aber auch weil ich weiche Spiegeleier zum Würgen fand.
Liesel war aufgekratzt. «Heute machen wir einen Ausflug mit einem Freund der Familie, Mädels. Macht euch mal richtig fein.»
Darauf waren wir vorbereitet.
Onkel Maaßen hatte uns beiden Steghosen genäht und Kasacks dazu, die Mutter bestickte und «Bulgarenblusen» nannte.
Wir hatten beide noch nie lange Hosen gehabt und fanden uns todschick.
Liesel band sich ein buntes Kopftuch um, das sie vorn übereinanderschlug und im Nacken verknotete. Wie Audrey Hepburn, die ich neulich im Fernsehen gesehen hatte.

Und sie setzte sich eine Sonnenbrille auf.
Dann mussten wir lange laufen. Die Hauptstraße runter, durch eine schmutzige Unterführung, in der es nach Hundekacke stank, bis wir zu einer Einfahrt kamen, in der ein feuerroter Sportwagen stand.
Ein Mann stieg aus, gab Liesel einen Kuss auf die Backe und schüttelte Barbara und mir die Hand.
Er hieß Onkel Hubert, hatte krauses Haar wie Herr Thomas, war aber älter und ein bisschen dick.
Und er trug Autohandschuhe aus hellem Leder.
Wir sollten auf die Rückbank.
Und dann brausten wir los. Mit offenem Verdeck.
«Wie im Film», wisperte Barbara mir zu. Ich konnte gar nichts sagen.
Liesel drehte sich zu uns um. «Flotter Flitzer, was? Wir fahren in den Märchenwald, Kinder!»
Sie hörte sich an, als wäre das das Schönste der Welt.
Barbara guckte irgendwohin.
Onkel Hubert stellte den «flotten Flitzer» auf einem Waldparkplatz ab.
Überall Eltern mit Kindern, kleinen Kindern, von denen viele noch nicht mal laufen konnten.
Liesel holte für jede von uns eine Handvoll Groschen aus ihrer Handtasche.
Sie war ganz hibbelig.
«Lauft schon mal vor und seht euch alles an. Wir holen euch dann schon ein. Aber bleibt auf dem Weg!»
Zwischen den Bäumen gab es einzelne Stationen, wo in Glaskästen Märchenszenen dargestellt waren. Bei manchen konnte man zehn Pfennig einwerfen. Dann fingen die Stoffpuppen im Kasten an, sich zu bewegen, und aus einem Lautsprecher kam die Stimme einer Frau, die etwas aus dem Märchen erzählte.

Um jeden Glaskasten drängte sich eine Menschentraube, ganz vorn die Kleinen in ihren Sportwagen, sodass wir kaum etwas sehen konnten.

Wir drehten uns zu Liesel um.

Die stand hinter einem Baum und knutschte mit Onkel Hubert.

«Ein Freund der Familie», schnaubte Barbara, und ich lachte.

Wir trotteten weiter den Märchenpfad entlang und kamen schließlich zu einem großen Hotel, das am Waldrand stand.

Es sah sehr elegant aus. Eine geschwungene Freitreppe mit einem dunkelblauen Läufer und rechts und links vom Portal goldene Amphoren, die größer waren als ich.

Dort holten Liesel und Hubert uns ein.

«Hier machen wir Rast.» Liesel lachte uns an und zog uns mit. Onkel Hubert verschwand.

Im Gastraum saßen nur Erwachsene, von den Märchenwaldkindern keine Spur.

Liesel bestellte «Ragout Fin» für uns.

«So etwas Feines habt ihr noch nie gegessen.»

Aber es war überhaupt nicht fein. Kleine schwammige Stücke von irgendwas in weißer Soße mit Teig drum herum, der mir am Gaumen kleben blieb.

«Ich habe Zahnschmerzen.»

Liesel verdrehte die Augen, schüttete den Asbach in ihren Kaffee und sah sich um. «Wo bleibt er denn nur? Wir haben nämlich noch eine Überraschung für euch.»

Endlich tauchte Onkel Hubert wieder auf und hob von weitem den Daumen in unsere Richtung, worüber Liesel sich freute.

Sie scheuchte Barbara und mich in einen großen Saal mit langen Stuhlreihen und einer Bühne, dirigierte uns zu Plätzen ganz vorn und drückte uns Eintrittskarten in die Hand. «Die müsst ihr vielleicht vorzeigen.»

Dann hakte sie sich bei Onkel Hubert unter. «Wir kommen gleich

wieder. Ihr zwei rührt euch nicht von der Stelle, klar? Ihr guckt euch schön die Wasserspiele an.»
Damit verschwanden sie aus dem Saal.
Ich bekam Angst, aber als ich Barbaras freches Grinsen sah, war die sofort wieder weg.
«Ich wette, die haben ein Zimmer gemietet.»
«Bestimmt.» Ich nickte. «Und da machen sie jetzt Liebe.»
Barbara lachte sich schief. «Wo hast du denn den Ausdruck her? Die Jungs in meiner Klasse haben dafür ganz andere Wörter.»
«Welche denn?»
«Sag ich nicht.»
Da ging das Licht im Saal aus, und die «Wasserspiele» fingen an.
Zu sehr lauter Musik spritzten auf der Bühne Wasserfontänen hoch, von bunten Lampen angestrahlt, und bewegten sich im Takt.
Das war nicht wirklich spannend, und in der ersten Reihe wurde man, wenn die Fontänen hoch waren, auch ziemlich nass.
Dann war die Schau vorbei, und wir saßen da mit unseren Karten, die niemand hatte sehen wollen.
«Was machen wir jetzt?»
«Wir gehen raus und warten an der Tür.»
Das taten wir.
Wir warteten und warteten.
«Und was machen wir, wenn sie nicht mehr wiederkommen?»
«Du spinnst!» Barbara tippte sich an die Stirn.
«Ja, aber stell dir das doch mal vor!»
«Warum? Da kommen sie doch.»

Dann war Onkel Karl-Dieter wieder da und tänzelte um uns herum.
Mehr um Barbara als um mich.
Am Dienstag schickte uns Liesel zu einem Metzger, bei dem wir

noch nie gewesen waren – weil Onkel Karl-Dieter wieder zu Hause war.
Normalerweise kauften wir Fleisch und Wurst immer in dem kleinen Supermarkt, aber dieser Metzger machte eine ganz besondere Blutwurst, und zwar nur dienstags.
Und diese Blutwurst war die beste in ganz Köln und eine von Karl-Dieters Leibspeisen, hatte Liesel uns erzählt.
Er nannte die Wurst «Flönz» und aß sie abends gern auf einer Scheibe Roggenbrot mit Senf und viel frischen Zwiebeln, «wenn er nachher nichts mehr vorhatte».
Es war ein langer Marsch zu diesem Spezialmetzger, und als Barbara und ich endlich zurückkamen, waren wir ziemlich albern, weil wir unterwegs Witze gemacht hatten über Zwiebeln und noch etwas «vorhaben».
Das Kichern verging mir sofort, als ich die Wohnungstür aufschloss und Onkel Karl-Dieter in der Küche sitzen und Kaffee trinken sah.
Er plinkerte uns an mit diesen Augen, die so hell waren, dass ich immer dachte, gleich würden sie sich zu Wasser auflösen.
«Hans-Albers-Augen» nannte Mutter die – sie fand die wohl schön, mir waren sie nur unheimlich.
«Da sind ja meine jungen Damen!»
Er stand auf und streckte die Hände vor.
«Was rieche ich da? Flönz! Großartig! Ab in den Kühlschrank damit, Annemarie!»
Er schob mich in die Richtung und strich Barbara über die Wange.
«Auch einen Kaffee, Babsi?»
«Nein, danke», antwortete Barbara leise, aber Karl-Dieter hatte schon eine Tasse aus dem Schrank geholt, die Kanne aus der elektrischen Kaffeemaschine gezogen und goss ein.
«Mit viel Zucker. Du bist doch eine ganz Süße, oder?»
Er klopfte ihr auf den Po, und Barbara lächelte ganz komisch.
Mir wurde kalt.

«Du kannst schon mal rübergehen und den Fernseher einschalten.»
Zu mir sprach er lauter. «Es kommt bestimmt schon was in der Kinderstunde.»
Er klatschte in die Hände. «Na, wird's bald!»
Ich schreckte zusammen.
Unseren Schlüsselbund hatte ich noch in der Hand, also lief ich raus, zog die Tür zu, schloss die andere Wohnungstür auf, stand im Goldflur.
Und wusste, dass nichts richtig war. Aber ich traute mich nicht.
Papperlapapp!
Und ging zurück, ließ alle Türen offen, ging einfach in die Küche.
Wo Barbara mit dem Rücken am Kühlschrank stand – rot im Gesicht – und die Hände gegen Onkel Karl-Dieters Brust stemmte.
Der leckte an ihrem Ohr und fummelte mit einer Hand unter ihrem Pullover herum.
«Die vorwitzigen kleinen Racker, die ... machen mich ganz verrückt ...»
Er atmete, als wäre er gerannt.
Barbara schaute mir direkt in die Augen.
«Lass sie los», sagte ich laut.
Karl-Dieter wurde starr, drehte sein Gesicht mit der ekligen Zunge zu mir.
«Du kleine Kröte! Verschwinde!»
«Nein!» Ich stemmte meine Füße fest in den Boden.
Karl-Dieter ruckelte an seinem Hosenbund und lachte laut.
«Ihr seid mir ein paar Marken, ihr zwei. Das muss ich Liesel erzählen ...»
Dann war er weg.

Wir konnten beide nicht einschlafen.
Barbara lag wie immer mit dem Rücken zu mir.
«Wir müssen es sagen.»

«Was?» Sie hielt die Luft an.
«Was der mit dir gemacht hat.»
Sie drehte sich zu mir um. «Nein!» Ihr Gesicht leuchtete weiß. «Das dürfen wir keinem erzählen.»
«Doch! Es ist nicht richtig. Du musst es deinem Vater sagen. Oder ich sage es meinem.»
«Oh bitte, Annemarie, tu das nicht. Sie sind unsere besten Kunden. Wir brauchen die doch!»

In der Nacht kriegte ich die schlimmsten Zahnschmerzen, die ich je gehabt hatte.
Zwischen meinen Schneidezähnen waren nur noch Löcher, ich musste die Plomben im Schlaf verschluckt haben.
Ich robbte zum Fußende der Schlafcouch und ließ meinen Kopf nach unten hängen, aber das half diesmal kein bisschen.
Die Zähne puckerten wie verrückt.
Barbara kannte das schon. «Ist es schlimm?»
Ich wimmerte nur.
«Ich wecke Tante Liesel. Die hat bestimmt Schmerztabletten.»
«Die dürfen Kinder nicht nehmen.»
«Du bist doch kein Kind mehr!»
«Wie spät ist es?»
Barbara knipste das Licht an und schaute auf ihren Reisewecker, den sie zusammen mit einem Reisebügeleisen von der neuen Tante Maaßen zum Geburtstag bekommen hatte.
«Viertel nach vier.»
«Wenn du Tante Liesel jetzt weckst, wird auch Karl-Dieter wach. Und der schimpft bestimmt.»
Ich weinte leise, Barbara wälzte sich herum und schaute immer wieder auf die Uhr.
«Nelken», fiel es mir ein. «Wenn man Nelken kaut, wird es besser.»
«Gewürznelken?» Barbara runzelte die Stirn. Ich nickte.

«Das hört sich eklig an. Bist du sicher?»

Ich nickte wieder.

«Dann guck ich mal in der Küche nach.»

Sie kam mit einem Papiertütchen zurück, ich steckte mir zwei kleine Nelken in den Mund und kaute.

Aber es war nur furchtbar. So weit vorn konnte ich nicht richtig kauen. Mein ganzer Mund brannte und wurde taub, die Zahnschmerzen blieben.

Ich spuckte den Nelkenbrei in meine Hand und lief ins Gästebad, um ihn im Klo runterzuspülen.

Als ich wieder ins Zimmer kam, war Barbara dabei, sich anzuziehen.

«Ich hole jetzt Tante Liesel. Vor dem Mistkerl habe ich keine Angst.»

Es dauerte nur ein paar Minuten, dann kam Liesel im Nachthemd hereingerauscht.

«Du und deine Zähne immer!»

Sie hatte hässliche Füße.

Drückte mir eine Schmerztablette in die Hand. Barbara lief los und holte ein Glas Wasser. «Bestimmt wird es jetzt gleich besser ...»

Liesel setzte sich auf den Bettrand. «Dafür übernehme ich keine Verantwortung! Da muss schon euer eigener Zahnarzt ran.»

Sie guckte auf Barbaras Wecker. «Noch viel zu früh», murmelte sie und stand wieder auf. «Ich spreche mal mit meinem Mann ... Ihr legt euch wieder ins Bett.»

Die Tablette wirkte ganz schnell, und ich merkte, wie müde ich war. Auch Barbara duselte ein.

Dann stand Liesel wieder im Zimmer, angezogen und frisiert.

«Tja, das war's dann mit den schönen Ferien. Karl-Dieter kann euch nicht fahren, der hat Termine heute.»

«Ich rufe meinen Vater an», sagte Barbara hastig.

«Das habe ich schon getan. Begeistert war der nicht gerade. Fangt an zu packen.»

—

Von Güstrow wollte meine Zähne nicht sofort ziehen, weil mein Gebiss erst «angefertigt» werden musste.
Trotzdem klopfte und porkelte er mit all seinen gemeinen Instrumenten an ihnen herum.
Ich hatte die ganze Zeit Angst, ich würde mir in die Hose pinkeln.
«Da hilft wirklich gar nichts mehr, die müssen raus.»
Er grinste mich schneeweiß an.
«Gut, dass wir den Abdruck schon gemacht haben. Das wäre doch jetzt etwas unangenehm. Was, Mädel?»
Er kniff mir in die Backe.
«Aber bis dahin … Sie hat sehr starke Schmerzen, Herr Doktor …», stammelte Mutter.
«Ja, ja …» Von Güstrow öffnete den grauen Blechschrank neben der Tür zum Wartezimmer und holte eine Schachtel Tabletten heraus. «Die weißen für tagsüber, die blauen für nachts.»
Mutter nickte.
Die Sprechstundenfrau nahm mir das Lätzchen ab und hob mich aus dem Stuhl.
«Die sind sehr stark», sagte von Güstrow. «Also für die Kleine immer nur eine halbe. Und auch nur, wenn es gar nicht anders geht.»

Die ganzen Tage, bis mir endlich die Zähne gezogen wurden, konnte ich nur noch an diese Prothese denken.
Würde man sofort sehen, dass ich keine echten Zähne mehr hatte?
Am besten war es wohl, wenn ich nicht mehr lächelte und die Lippen schön zusammenhielt.
Ich wusste aus der «Bravo», dass man sich Zungenküsse gab, wenn man Liebe miteinander machte.
Wie sollte das gehen?
Der Junge würde doch sofort spüren, dass ich einen Gaumen aus Plastik hatte!

Ich würde niemals einen Freund haben. Eine alte «Juffer» sein wie Fräulein Maslow.

Dann war es so weit.
Keine nette Sprechstundenhilfe heute, nur Dr. von Güstrow.
Er ließ mich allein auf den Stuhl klettern.
Dann rollte er das Gestell mit den beiden Gasflaschen heran, das immer neben dem Fenster stand.
«Lachgas», sagte er zu Mutter. «So kann ich besser arbeiten.»
Er stülpte mir eine Gummikappe über Nase und Mund. «So, jetzt wollen wir dem Kind mal ein paar schöne Träume bereiten.»
Lachgas? Würde ich gleich anfangen zu lachen?
Ich hielt die Luft an, und der Doktor kniff mir feste ins Kinn.
«Atme!»
Dann war da nichts mehr. Ich nicht, gar nichts.

Mir war furchtbar kalt.
Mein Mund war dick mit Watte ausgestopft. Alles schmeckte nach Blut.
Schließlich merkte ich, dass ich im Folterstuhl lag und das weiße Licht mir in die Augen schien.
Und niemand war da.
Ich fror so sehr, dass ich am ganzen Körper zitterte.
Die Gasflaschen standen neben dem Stuhl, rote Schläuche ringelten sich von ihnen zu der Gummikappe, die auf meinem Bauch lag.
Ich hatte einen Latz um, der mir bis zu den Oberschenkeln reichte.
Und niemand war da.
Dann hörte ich Mutter kichern.
Ich stützte mich auf und drehte mich um.
Aber da war keiner. Nur Fliesen.
Ein Mann machte ein tiefes Geräusch, und Mutter lachte wie eine dicke Taube.

«Mutti», wollte ich rufen, aber wegen der Watte kam nur ein «Mmpf» heraus.
«Ich bin ja hier», kam sie angezwitschert, der Doktor direkt hinter ihr.
Ich machte die Augen zu, ich wollte sie nicht angucken.
Güstrow holte mit einer Pinzette die Watte aus meinem Mund und drückte mir das Gebiss in die Wunden.
Mit der Zunge konnte ich den Plastikgaumen fühlen und die Stahlklammern, mit denen die Prothese an den Eckzähnen befestigt war.
«Na, das sieht doch prächtig aus!» Er hielt mir einen Spiegel vors Gesicht.
Aber ich machte die Augen nicht auf.
Draußen vor der Praxis wartete Vater mit seinem Fahrrad.
«Halt dich an meiner Schulter fest. Ich ziehe dich nach Hause.»

—

Dann wurde wieder gekämpft.
Gabi und Klara und die Mädchen, die auf der anderen Seite der Anstalt wohnten, fuhren zusammen mit dem Fahrrad zum Gymnasium.
Und ich hatte gedacht, ich würde einfach mit ihnen fahren. Es war ein ziemlich weiter Weg in die Stadt, von Pfaffs Hof aus brauchte man fast eine Stunde, aber mit den anderen Mädchen zusammen würde es bestimmt Spaß machen.
Vater sagte einfach: «Nein!»
Seine Tochter würde mit dem Bus fahren.
Mutter sagte: «Du bist bekloppt.»
Und ich fragte: «Warum denn?»
Vater wollte zuerst wie immer nur seine Handbewegung machen, schaute mir dann aber in die Augen.
«Ich habe jeden Tag mit Verbrechern zu tun. Ich weiß, wer sich auf

den Straßen herumtreibt. Glaubst du, ich will, dass du so einem in die Hände fällst?»

«Aber ...»

«Keine Widerworte!»

Ich war ja schon öfter mit dem Bus in die Stadt gefahren, aber immer nur mit Mutter zusammen. Ich wusste nicht, an welcher Haltestelle ich aussteigen musste, und kannte den Fahrplan nicht. Bestimmt brauchte ich auch eine Monatskarte.

«Darum kümmert sich deine Mutter.»

Die lachte. «Ich denke gar nicht dran. Wenn du den feinen Herrn markieren willst, dann kannst du das selber in die Hand nehmen, mein Lieber.»

Anschließend sprachen sie nicht mehr miteinander.

Ich wurde fast verrückt.

Dann fiel mir ein, dass Opa und Tante Meta ja gleich um die Ecke meiner neuen Schule wohnten. Die beiden hatten kein Auto und fuhren immer mit dem Bus. Sie würden Bescheid wissen.

«Darf ich Tante Meta anrufen?»

«Warum das denn?» Mutter guckte mich misstrauisch an.

«Wegen dem Bus ...»

«Dummes Zeug! Dafür brauchen wir keine Tante Meta. Das wäre ja noch schöner!»

Auf einmal war alles ganz schnell geregelt.

Mutter telefonierte mit der Schule und erfuhr, dass die «Auswärtigen» in der sechsten Stunde zehn Minuten früher aus dem Unterricht durften, damit sie ihren Bus kriegten und nicht eine ganze Stunde warten mussten.

Sie fuhr sogar mit mir in die Stadt, eine Monatskarte kaufen, zeigte mir meine Bushaltestelle und ging zusammen mit mir den Weg bis zur Schule.

Vater sorgte dafür, dass ich mein Fahrrad morgens hinter dem «Salon Jansen» abstellen durfte, damit es nicht geklaut wurde.

Aber miteinander sprachen sie immer noch nicht.
Vater schaufelte wortlos sein Abendessen in sich hinein und ging dann sofort ins Bett.
Dann erst machte Mutter das Essen für uns.
Mir war das alles egal. Jetzt kamen erst mal die Osterferien, und danach würde alles neu sein:
Ich würde um halb sechs aufstehen, von Pfaffs Hof zur Haltestelle radeln, mit dem Bus in die Stadt fahren und zur Schule laufen.
Der Unterricht begann um zehn nach acht.
Und bis ich dann wieder zu Hause war, würde es schon halb drei sein.
Dann kamen die Schularbeiten.
Ich würde gar nicht merken, ob sie miteinander redeten oder nicht.

—

Schmierling kam wieder angewedelt.
«Ich habe das ideale Haus für Sie gefunden, Herr Albers, genau das, was sie suchen!»
Aber es war wohl alles nicht so einfach.
Das Haus gehörte einer Erbengemeinschaft, die sich über den Verkauf nicht einigen konnte. Außerdem wurde es im Moment noch als Zweifamilienhaus genutzt, unten wohnten noch Leute drin, und wir wollten doch ein Eigenheim.
Wir würden es uns trotzdem anschauen, denn als Schmierling sagte: «Im Tausendjährigen Reich gebaut, 1934, für die Ewigkeit also», hatte Vater glänzende Augen bekommen.
«Und tausend Quadratmeter Grundstück mit großem Gemüsegarten, das ist schon was in der Stadt!»
In der Stadt ... Weder Vater noch Mutter hatten jemals in einer Stadt gewohnt, immer nur in Dörfern oder so einsam wie auf Pfaffs Hof. Es würde für sie bestimmt genauso seltsam sein wie für mich.

Diesmal durfte ich mit.

Mutter gab Dirk einfach bei Tante Lehmkuhl ab.

Das machten sie jetzt öfter so, seit Franz-Peter und Dirk größer waren und miteinander spielen konnten. Mal passte Mutter auf die beiden auf, mal Tante Lehmkuhl.

Ich fand es schrecklich, wenn wir auf sie aufpassen mussten, denn sie machten nur dummes Zeug, flitzten überall draußen herum, wälzten sich in Pfützen oder kletterten irgendwo hoch, wo sie nicht mehr runterkamen. Außerdem lief Franz-Peter immer gelber Schleim aus der Nase. «Schnotterbällen» nannte Tante Lehmkuhl den. Das hörte sich noch ekliger an, als es aussah.

Und er kackte immer noch in die Hose. Das stank, wäre mir aber trotzdem egal gewesen, wenn er nicht so gern «Hottamax» mit Dirk gespielt hätte.

Dabei wollte immer er der Reiter sein.

Schräg gegenüber von Opas Wohnung ging eine Straße ab, die noch nicht asphaltiert war.

Links standen nur zwei Häuser, das erste davon sollten wir uns anschauen. Es war aus dunklem Backstein und sah aus wie ein Würfel mit Dach.

Man konnte drum herumgehen, und es war voll unterkellert.

«Keine Zentralheizung?» Mutter machte ein langes Gesicht.

Schmierlings Hände flatterten wild.

«Das lässt sich alles noch einbauen, auch ein schönes Bad.»

«Es gibt kein Badezimmer?» Ich konnte es nicht glauben.

Aber Schmierling beachtete mich nicht, er redete auf Vater ein.

«Sie müssen bedenken, wie günstig das Objekt ist. Jede Menge Luft nach oben. Da lässt sich so mancher Wunsch erfüllen.»

In die untere Wohnung konnten wir nicht rein. Das Ehepaar Dorissen, das dort wohnte, war nicht zu Hause.

Die Holztreppe nach oben war mit einer Farbe gestrichen, die «Ochsenblut» hieß, und die Stufen in der Mitte waren ziemlich abgetreten.
Auf der Halbetage gab es ein kleines Klo mit einem altmodischen Spülkasten unter der Decke und einer Kette mit Porzellangriff, an der man ziehen musste.
Oben war eine Wohnung mit einer großen Wohnküche und drei Zimmern. Noch eine Treppe höher ein Speicher und zwei Mansarden.
«Ihr könntet jeder ein Kinderzimmer haben», sagte Vater.
Dass er das Haus gut fand, hatte ich schon gemerkt, als er im Keller alle Wände abgeklopft und etwas von «Bausubstanz» und «knochentrocken» gemurmelt hatte.

«Kaufen wir das Haus?», flüsterte ich Mutter zu, als wir wieder hinten in Schmierlings Auto saßen.
Es war nicht modern, so wie ich es mir gewünscht hatte, dafür waren es nur fünf Minuten bis zu meiner neuen Schule – zu Fuß.
«Das muss erst alles gründlich durchgerechnet werden, Kind.»
«Und über den Kaufpreis ist das letzte Wort noch nicht gesprochen, Herr Albers. Lassen Sie mich nur machen», tönte Schmierling.
Ich fing an, mich ein bisschen zu freuen, aber damit war es schnell vorbei, als wir wieder auf dem Hof waren.
Tante Lehmkuhl hatte Schmierlings Auto wohl vorbeifahren sehen, denn sie kam sofort angerannt, Dirk auf dem Arm. Der stank wie die Pest und weinte laut.
Es dauerte ewig, bis sie berichtet hatte, was passiert war, denn sie sprach noch langsamer als sonst und schniefte furchtbar dabei.
Franz-Peter und Dirk hatten Holzstücke ins leere Güllefass geworfen, und Onkel Lehmkuhl hatte nicht gewusst, wie er die wieder rauskriegen sollte.

Also hatte er den beiden erst einmal kräftig den Hintern versohlt und sie dann durch die Luke ins Jauchefass runtergelassen, wo sie das Holz wieder rausholen mussten.
Vater wurde knallrot im Gesicht und dann kalkweiß.
Er sagte nichts, sondern ging mit staksigen Beinen zum Telefon.
Mutter hielt ihn fest. «Was hast du vor?»
«Ich rufe die Polizei.»
Tante Lehmkuhl fing an, auf Platt zu jammern, und Vater fing an zu brüllen: «Keiner vergreift sich an meinen Kindern!»
Dirk schrie wie am Spieß und kotzte auf den Küchenboden.
Da kam Onkel Lehmkuhl durch die Spülküche, seine Speckkappe in der einen, eine Tafel Schokolade in der anderen Hand.
«Die Kinder könnten tot sein!», ging Vater auf ihn los. «Gülleluft ist doch pures Gift!»
Tante Lehmkuhl wickelte sich die Schürze immer wieder um ihre aufgesprungenen Hände, und ihr Schlabberlippenmann buckelte und quatschte und quatschte.
Die Polizei wurde nicht gerufen.
Stattdessen wischte ich auf, Mutter badete Dirk, und Vater ging ins Bett.
Mir tat der Mund weh.
Wenn ich mir sehr fest auf den Plastikgaumen biss, bohrten sich die Stahlklammern an den Eckzähnen ins Zahnfleisch, und es fing an zu bluten.

—

Zur Pausenhalle ging es zwei breite Stufen hinunter.
Wir Sextanerinnen sollten ganz vorn stehen, hatten die beiden großen Schülerinnen an der Eingangstür mir gesagt.
Gott sei Dank hatte ich Cornelia sofort entdeckt und mich neben sie gestellt.

Außer ihr kannte ich keinen Menschen.
Gabi und Klara konnte ich nirgendwo sehen zwischen den paar hundert Mädchen hinter uns.
Oben auf den Stufen standen die ganzen Lehrerinnen – es waren auch ein paar «alte Juffern» dabei.
Ich sah auch zwei Lehrer, einen kleinen, alten mit Glatze und lila Knollennase und einen langen, jungen, der seine Haare zu einer affigen Tolle gekämmt hatte. Er grinste breit auf uns hinunter.
Dann entdeckte ich noch zwei Männer. Sie standen im Durchgang zum Lehrerzimmer und schwatzten miteinander.
In der Mitte von allen stand die Direktorin in einem Kleid aus brauner Rohseide mit weitem Bubenkragen und Schößchen. Eigentlich war sie dafür ein bisschen zu mollig, aber sie sah trotzdem elegant aus. Elegant und ziemlich streng.
Sie hob kurz eine Hand, und es wurde sofort leise.
«Einen fröhlichen guten Morgen, meine Lieben. Zwei Mitteilungen, bevor wir uns frisch ans Werk machen: Ich freue mich, dass Herr Erich uns noch eine Weile erhalten bleibt …»
Der Gartenzwerg kam nach vorn neben sie, eine dicke Zigarre zwischen den Fingern und griente.
«Ich mache aus Liebe zu euch Biestern noch ein Jahr mehr», dröhnte er, ging wieder nach hinten und paffte.
Die Direktorin lächelte in sich hinein und winkte eine junge blonde Frau zu sich.
«Und dann möchte ich euch eine neue Kollegin vorstellen, Frau Pütz. Sie wird Englisch und Französisch unterrichten.»
Frau Pütz sah so aus, als wollte sie einen Knicks machen, tippelte dann aber nur kurz auf der Stelle.
«Und jetzt nenne ich euch eure Klassenlehrerinnen, und ihr begebt euch umgehend mit ihnen in eure jeweiligen Klassenräume.»
Sie ließ ihren Blick über uns schweifen. «Die Sextanerinnen warten bitte still.»

Es dauerte bestimmt eine halbe Stunde, bis sich alle gesammelt hatten und mit ihren Lehrerinnen in den Gängen nach hinten und die Treppe hinauf verschwunden waren. Dabei schnatterten alle durcheinander, es war schrecklich laut.

Die übrigen Lehrer verzogen sich ins Lehrerzimmer.

Schließlich waren da nur noch die Direktorin, die junge Frau Pütz und eine andere Frau – und sehr viele Sextanerinnen.

Die Direktorin lächelte. «Mein Name ist Dr. Clemens, und ich freue mich auf euch. Wie ihr seht, sind in diesem Jahr sehr viele Schülerinnen an unserem Institut angemeldet worden. Deshalb wird es zwei Eingangsklassen geben. Wir haben darauf geachtet, dass die Schülerinnen, die aus denselben Volksschulen kommen, in den neuen Klassen zusammenbleiben. Die Sexta a) wird Frau Pütz übernehmen» – aha, die Neue –, «und folgende Schülerinnen gehen jetzt mit ihr ... Ich lese die Namen in alphabetischer Reihenfolge vor ...»

Ich musste schnell nicht mehr gut zuhören, weil mein Name im Alphabet immer ganz vorn kam und nicht dabei war, dafür konnte ich mitzählen: vierzig Kinder in einer Klasse!

«Frau Dr. Wagner übernimmt die Sexta b) mit folgenden Schülerinnen ...»

Meinen Namen las sie als ersten vor, dann kamen noch fünfundvierzig andere.

Frau Dr. Wagner war nicht mehr jung, aber sehr schön. Ihre dunkelroten Haare waren plustrig frisiert, ihr Gesicht matt gepudert. Über einer weißen Hemdbluse trug sie einen dunkelgrünen, grobgewebten Kasack. Sie hatte kluge Augen, schräg mit schwarzer Wimperntusche. Und dann war sie dünn, fast so dünn wie ich.

Der Klassenraum war eigentlich ziemlich groß, aber wir waren so viele, dass man sich zwischen den Tischen und Stühlen durchquetschen musste.

Am hinteren Ende gab es einen Garderobenraum mit Haken an den

gegenüberliegenden Wänden. Hier sollten wir unsere Mäntel und Turnbeutel aufhängen.
Es roch nach angebrannter Milch und Leberwurst.
Wir durften uns selbst einen Platz aussuchen. Cornelia und ich ergatterten einen Zweiertisch in der ersten Reihe am Fenster, gleich vorm Lehrerpult.
Der Stuhl war viel zu klein für mich.
Frau Dr. Wagner verteilte Karteikarten. Darauf sollten wir unsere Namen schreiben und sie vor uns stellen, damit alle Lehrer lernten, wie wir hießen.
Dann ließ sie einen Stapel Stundenplanvordrucke von der Kreissparkasse durch die Reihen gehen. Wir mussten uns jede einen nehmen und eintragen, was sie uns diktierte.
Wir würden jeden Tag sechs Stunden Unterricht haben, nur samstags waren es vier.
Auch heute am ersten Schultag durften wir um zwanzig vor zwölf nach Hause gehen.
In der großen Pause gab es für alle Milch oder Kakao, im Sommer kalt, im Winter warm. Die Flaschen holte man sich nach dem Pausenklingeln beim Hausmeister am Ende des unteren Gangs ab. Freitags konnte man dafür grüne Kärtchen kaufen, die vom Hausmeister abgestempelt wurden.
«Wer von euch möchte in diesem Schuljahr das Milchgeld einsammeln?»
Ich drehte mich um. Zwei Mädchen hatten sich gemeldet. Sie hießen beide Silke.
Ich sah auf den Namensschildern, das es auch zwei Cornelias gab, sogar drei Gabrieles, drei Susannes, eine Regine und eine Regina.
Weiter konnte ich mich nicht umgucken, weil Frau Dr. Wagner wieder sprach.
«In den nächsten Tagen müssen wir auch eine Klassensprecherin

wählen, aber vorher solltet ihr euch erst einmal richtig kennenlernen.»
Dann zeigte sie uns das Klassenbuch, in das die Lehrer nach jeder Stunde eintragen mussten, was im Unterricht durchgenommen worden war.
Dort gab es auch eine Spalte «Bemerkungen».
Wenn jemand sich schlecht benahm oder keine Schularbeiten gemacht hatte, wurde es dort aufgeschrieben.
«Und das schlägt sich dann im Zeugnis auf eure Noten in ‹Führung› und ‹Häuslicher Fleiß› nieder. Noch etwas: Die meisten Kollegen, auch Frau Dr. Clemens, wünschen, dass ihr aufsteht, wenn sie die Klasse betreten. Bei mir bleibt ihr bitte sitzen. Hat noch jemand eine Frage?»
Ein Mädchen mit langen Zöpfen, das Adelheid hieß, meldete sich.
«Ich muss um ein Uhr gehen, wenn ich den Bus kriegen will», flüsterte es, rot im Gesicht.
Frau Dr. Wagner nickte ihr freundlich zu. «Alle auswärtigen Schülerinnen dürfen die Schule zehn Minuten früher verlassen. Ihr packt dann sehr leise eure Taschen und geht ebenso leise hinaus.»
Sie zeigte auf die große Uhr, die über dem Kartenständer hoch oben an der Wand hing.
«Auf die Uhr könnt ihr euch verlassen. Sollte es trotzdem einmal ein Problem geben, kann jede von euch im Sekretariat kostenlos mit den Eltern telefonieren.»
Frau Dr. Wagner würde unsere Deutschlehrerin sein und wollte zunächst mit uns «Phantasieaufsätze» schreiben, danach sollten wir gemeinsam eine «Lektüre» aussuchen, ein Buch, das wir alle lesen und «diskutieren» würden.
Ich freute mich. Ich schrieb so gern Geschichten und hatte bei Herrn Struwe immer eine Eins gekriegt. Und ein neues Buch war auch toll.

In der zweiten Stunde hatten wir Mathematik bei dem Zwergenopa.
Wir sprangen alle auf, und er nickte anerkennend.
Als Erstes mussten wir unsere Namen auf unsere neuen Rechenhefte schreiben, unser neues Mathematikbuch auf Seite 5 aufschlagen und so viele Aufgaben rechnen, wie wir schafften. Die Hefte wollte er dann mitnehmen, um sich ein Bild davon zu machen, wie unser «Leistungsstand» war.
Er holte einen Aschenbecher und die Tageszeitung aus seiner alten Aktentasche, setzte sich ans Pult, paffte seine Zigarre und las.

In der dritten Stunde hatten wir Englisch bei Frau Pütz, der neuen Lehrerin.
Wieder sprangen wir auf, aber irgendwie merkte sie das gar nicht.
Sie stöckelte herein, stellte ihre Tasche ab und setzte sich mit einer Pobacke aufs Pult.
Die kleine Außenrolle an ihrem Bubikopf zitterte ein bisschen.
«Good morning, pupils. My name is Mary Pütz. What is your name?»
Sie zeigte auf mich.
Ich hatte schon oft im Englischbuch geblättert und kannte die ersten Lektionen. Zuerst musste ich schlucken, aber dann sagte ich: «My name is Annemarie.»
«Very good! And what is your name?»
So ging es durch alle Reihen.
Frau Pütz – Mrs Pütz – sprach nur englisch mit uns. Wenn jemand etwas auf Deutsch sagte, tat sie so, als würde sie nichts verstehen. Das war ein bisschen seltsam, machte aber Spaß.
Kurz bevor es zur großen Pause schellte, kam Frau Dr. Clemens herein. Wir wussten nicht, was wir tun sollten, es war ja noch Unterricht. Ein paar standen auf, die meisten blieben sitzen.
Frau Dr. Clemens runzelte kritisch die Stirn.

«Wer von euch ist evangelisch?»
Die beiden Silkes, Cornelia und ich meldeten uns.
«Gut, kommt bitte mit mir. Ich zeige euch, in welchem Raum ihr nach der Pause Religionsunterricht habt.»
Auf dem Flur warteten zwei Mädchen aus der Sexta a), sie waren auch evangelisch.
Alle anderen waren katholisch und durften in ihren Klassen bleiben.
Die Direktorin nahm uns mit durch die Pausenhalle in den Flur, in dem das Lehrerzimmer war, und führte uns in den Vorraum zur «Lehrerbibliothek», in dem sechs Erwachsenentische mit Lederstühlen standen.
«Ihr lasst bitte eure Schultaschen in euren Klassenzimmern und nehmt nur das mit, was ihr für den Religionsunterricht braucht. Nach der Stunde kehrt ihr unverzüglich in eure jeweiligen Klassen zurück.»
Sie guckte mich an, und ich nickte.
«Jeden Mittwoch ist um acht Uhr Schulgottesdienst, für euch im Versöhnungssaal der evangelischen Gemeinde. Weiß jede von euch, wo der ist?»
Cornelia und ich wussten es nicht.
Ich würde mit dem Bus eine Station weiter fahren müssen.
Nach dem Gottesdienst sollten wir zur Schule laufen – «und zwar ein bisschen zackig!».
Pünktlich zu Beginn der zweiten Stunde mussten wir in unseren Klassen sitzen.
Die dunkle Silke schimpfte vor sich hin, und die Direktorin grinste. «Ja, ich weiß, die katholische Kirche ist gleich um die Ecke, und eure Mitschülerinnen haben es leichter. Aber so ist das nun mal. Und als aufrechte Protestanten seid ihr doch Kummer gewohnt. Zeigt mal ein bisschen Sportsgeist!»
Evangelisch war die nicht.

Es schellte.

«Ihr holt bitte eure Pausenbrote aus euren Klassen und dann ab auf den Schulhof, meine Lieben!» Sie klatschte in die Hände. «Und es wird nicht gelaufen!»

Der Schulhof war sehr schön, nicht gepflastert oder asphaltiert wie bei meinen anderen Schulen, sondern ein großer Rasen mit Hecken und Büschen drum herum.

Wir Evangelischen standen zusammen.

Die zwei aus der Sexta a) hießen Beatrix und Christine.

Die Silkes hatten beide ältere Schwestern an der Schule und konnten viel erzählen.

Sie nannten Frau Dr. Clemens nur «die Direx», Herrn Erich «Paffi». Der junge Lehrer mit der Tolle hatte den Spitznamen «Adonis», und die ganze Oberstufe schwärmte für ihn. Die alten Juffern wohl auch, wie man so hörte ...

Die Silkes kicherten.

Frau Illner, unsere Religionslehrerin, war eigenartig.

Ich konnte nicht schätzen, wie alt sie war.

Sie hatte kurzes Haar, nicht blond, nicht braun, und glupschige blaue Augen.

Sie war sehr ernst, und wenn sie mal lächelte, dann nur mit dem Mund.

Sie gab Latein, Geschichte, Englisch und evangelische Religion, und ich dachte, dass sie wohl sehr klug sein musste.

Wenn sie etwas sagte, konnte man gar nicht anders als ihr zuzuhören, und mir lief manchmal ein Schauer über den Rücken.

«Man hat mir den Verwaltungskram aufs Auge gedrückt», sagte sie und verteilte hektographierte Blätter, die noch ein bisschen feucht waren und lecker nach Matrize rochen.

Dort mussten wir alles Mögliche eintragen: unsere Namen und

Adressen, die Geschwister, die Namen und Geburtsdaten unserer Eltern und deren Berufe.

Ich wusste, ich hatte meine Zunge zwischen den Lippen, als ich «Justizvollzugsoberwachtmeister» hinschrieb.

Wir saßen nebeneinander an den Tischen, und Frau Illner schaute uns über die Schultern und sprach mit uns wie mit Erwachsenen.

Der Vater der langen Silke war «Geschäftsmann», die Mutter «Sekretärin».

«Ihr habt eine Buchbinderei, nicht wahr?»

Die dunkle Silke hatte einen «Direktor» zum Vater und eine «Hausfrau» zur Mutter, wie ich.

«Was für ein Direktor?» – «Ach, in der Schuhfabrik.»

Christine aus der Sexta a) kam aus einem Dorf an der Grenze, ihr Vater war Lehrer.

Und Beatrix' Vater war «unbekannt».

«Du bist ein unehrliches Kind?» Frau Illner lächelte ihr Lächeln. «Das ist doch mal ein schönes Thema.»

Dann erzählte sie uns, dass unehrliche Kinder absolut gleichberechtigt waren und dass man deren Mütter auf gar keinen Fall «diskriminieren» durfte.

Ich verstand die Welt nicht mehr. Wie konnte es richtig sein, wenn man unehrlich war? Man durfte doch nicht lügen!

Ich beschloss für mich, dass Frau Illner ein bisschen verrückt war.

Erst als sie sagte, die Ehe sei nicht die einzige «akzeptable Lebensform», und ob ein Kind ehelich oder unehelich geboren wurde, sei völlig egal, verstand ich, wovon sie die ganze Zeit gesprochen hatte, und wurde rot – ganz für mich allein.

Es schellte, aber bevor wir in unsere Klassen gehen konnten, drückte uns Frau Illner noch einen Zettel in die Hand.

«Gebt den bitte euren Eltern. Es geht um die Anmeldung zur Konfirmation, beziehungsweise zum Katechumenenunterricht. Wir sehen uns dann am Mittwoch im Gottesdienst.»

Mutter wollte alles über die Schule wissen, und das ging mir auf die Nerven. Sie verstand sowieso nichts.
Vor allen Dingen wollte sie mir jeden Tag die Englischvokabeln abhören.
«Dann kann ich auch Englisch lernen ...»
Es war schrecklich, sie sprach alles falsch aus. Und obwohl ich ihr immer wieder das «th» vorsprach, das «r» und das «w», machte sie es trotzdem nie richtig.
Sie wollte es nicht wirklich lernen, sondern kicherte nur herum.
«Wieso sprechen die denn so komisch?»

Nach ein paar Tagen ließ sie mich dann Gott sei Dank in Ruhe, denn es sah so aus, als würden wir das Haus kaufen.
Andauernd kamen Männer zu uns.
Zuerst Vaters Kollege, der frühere Buchhalter. Er rechnete alles durch.
Dann zwei von der Spar- und Darlehenskasse, die noch mal nachrechneten.
Und fast jeden Tag tauchte auch Schmierling auf.
Ich verstand nicht genau, warum.
Er redete von «Gewerken» und «Materialkosten», und zweimal brachte er Handwerker mit.
Ich hatte nicht gewusst, dass ein Makler sich auch um solche Sachen kümmerte.
Mutter und Vater sprachen so viel miteinander wie noch nie.
Aber manchmal schnauzten sie sich auch an.
Mutter wollte unbedingt eine Zentralheizung eingebaut haben.
Ich konnte das gut verstehen. Es war bestimmt wunderbar, wenn man morgens aufstand und es überall mollig warm war.
«Nichts lieber als das!» Vater guckte wie ein Fuchs. «Dann wird das allerdings in den nächsten Jahren erst mal nichts mit neuen Möbeln.»

Mutter wäre ihm beinahe ins Gesicht gesprungen. «Du fieser Kerl!»

Dann fuhren sie mit Schmierling zur Kasse und zum Notar und kauften das Haus.

Wir würden in die obere Etage ziehen, Dirk und ich bekamen jeder eine Mansarde.
Alles würde renoviert, das Treppenhaus neu gemacht und ein Badezimmer eingebaut werden.
Dorissens blieben unten wohnen, denn fürs Erste brauchten wir deren Miete noch.
Wenn wir sparten, würden wir in fünf Jahren eine Zentralheizung und neue Fenster einbauen und das ganze Haus bewohnen können. Und keinen Kohlenkeller mehr brauchen. Vater wollte dann dort einen «Partykeller» einbauen mit einer gemauerten Bar. Mutter lachte sich kaputt.
Wir müssten wirklich kräftig sparen – und Mutter arbeiten gehen. Auch das war schon geregelt.
Frau Dorissen putzte in der Schokoladenfabrik, und dort wurden immer Frauen gesucht.
Mutter würde mit dem Bus um halb zwei zur Arbeit fahren und abends um halb acht wieder zu Hause sein.
Wenn Vater Spätdienst hatte, würden beide um halb zwei aus dem Haus gehen, und ich musste von der Schule nach Hause rennen, damit ich auf Dirk aufpassen konnte.
Von halb zwei bis halb acht und kein Franz-Peter. Was sollte ich die ganze Zeit mit meinem kleinen Bruder anfangen? Und wann sollte ich meine Hausaufgaben machen?

Mutter war fröhlich wie noch nie.
«Neue Möbel! Und du kriegst ein eigenes Zimmer, stell dir vor!»

—

Und dann erfuhr ich, dass es tatsächlich «evangelisches Stricken» gab.

In «Nadelarbeiten» mittwochs in der fünften und sechsten Stunde hatten wir Frau Markward, eine spilledürre Juffer mit verknitterter, schuppiger Haut, der alles auf die Nerven ging.

«Setzen!», quetschte sie zwischen den Zähnen hervor.

Stühlerücken und Gemurmel, was sie dazu brachte, die Augen gen Himmel zu schlagen.

«Wer von euch kann nicht stricken?»

Alle außer mir zeigten auf.

Frau Markward seufzte tief. «Das wird ja immer schlimmer. Wo soll das enden?»

Neben dem Pult zu ihren Füßen stand ein Karton voller Wollknäuel und Stricknadeln.

«Wir werden als Erstes einen Musterlappen stricken.»

Sie hielt einen schmalen Lappen aus gelber mercerisierter Baumwolle hoch, ziemlich feine Wolle, höchstens Dreier-Nadeln. Und ich erschrak ein bisschen, als ich erkannte, dass auch Patent- und Zopfmuster dabei waren.

«Du!» Sie zeigte auf Beatrix, die vorn links saß. «Du sammelst von allen bis nächste Woche eine Mark fünfzig für die Materialkosten ein.»

Dann rief sie mich nach vorn und stellte sich hin. Ich musste mich auf den Lehrerstuhl setzen.

Das war schön, endlich konnte ich meine Beine ausstrecken.

Frau Markward duftete nach Bohnenkaffee.

«Du kannst doch aufstricken?»

Ich nickte und fing an.

Und da strahlte sie übers ganze Echsengesicht.

«Hast du das von deiner Mutter gelernt?»

Ich nickte wieder.

«Die kommt aber nicht aus der Gegend hier.»
«Nein, aus dem Bergischen Land.»
«Das sieht man gleich, nicht diese katholische Unsitte …»
Mutter hätte sich ein Bein ausgefreut, wenn sie das gehört hätte.
«Danke, du darfst dich wieder auf deinen Platz setzen. Und nimm dein Strickzeug mit.»
Sie klappte die Tafel auf, innen stand, was wir als Nächstes handarbeiten würden:

: gestrickter Musterlappen (mer. Baumw., Nadelst. 2 ½)
: Einschlagtuch f. Nadelarb. (80 x 80) mit Hohlsaum (Flockenbast, Seidentwist)
: Kopfkissenbezug (80 x 80) als Einf. i. d. Arbeit an d. Maschine)
: Zierbänder bzw. -gürtel; versch. Materialien. (Technik: Flechten u. Knüpfen)

«Übrigens, Mädchen, es gibt ja immer mal wieder eine, die keine Lust hat und deshalb ihre Nadelarbeit zu Hause ‹vergisst› …» Sie malte Gänsefüßchen in die Luft. «Die ist dann aber keineswegs vom Handarbeiten befreit, sondern darf Binden für Leprakranke stricken.»
Sie machte den breiten Schrank auf, der gegenüber vom Fenster stand, und eine Wolke von Muff quoll heraus.
Dicke Docken weißer Baumwolle lagen darin, meterlange Binden kringelten sich. Stricken für Doofe, alles kraus rechts und alle gräulich, mal heller, mal dunkler, je nachdem, wie klebrig oder schmutzig die Hände der Strickerinnen gewesen waren.
«Einmal im Jahr schicken wir die nach Afrika», erklärte Frau Markward und rümpfte die Nase. «Nachdem wir sie gründlich ausgekocht und aufgebügelt haben selbstverständlich.»

—

In Erdkunde hatten wir Frau Holtappel.
Auch sie war ziemlich alt.
Sie besaß drei Strickkostüme in Hellbraun, Olivgrün und Marine, die sie abwechselnd trug.
Dazu klobige Schnürschuhe mit unterschiedlichen Sohlen, denn sie hatte ein kürzeres Bein.
«Kinderlähmung», erzählte uns die dunkle Silke nach der ersten Erdkundestunde.
Frau Holtappel machte großes Theater um das Aufstehen. Sie stellte sich vor die Tafel und wartete, bis es mucksmäuschenstill war. Dann klopfte sie hinter dem Rücken zweimal hart gegen die Tafel, breitete mit Schwung die Arme aus, als wollte sie einen Chor dirigieren, und flötete: «Guten Morgen, meine Lieben!»
Ihr war es sehr wichtig, dass wir bei ihr etwas fürs Leben lernten. Und weil sie auch Latein gab, schrieb sie uns einen wichtigen Satz an die Tafel: «Non scholae sed vitae discimus».
Wir mussten ihn in unser Erdkundeheft schreiben und auswendig lernen.
Wir Frauen, besonders in unserem jungen Alter, mussten dafür sorgen, dass wir uns den Unterleib nicht verkühlten.
Sie lüpfte ihren Strickrock und zeigte uns ihre halblangen Unterhosen aus rosa Angorawolle.
Irgendeine hinten prustete und flüsterte: «Liebestöter», aber Frau Holtappel hörte es nicht oder tat zumindest so.
Im Winter sollten wir über dem Unterhemd ein Leibchen tragen – «Ich empfehle Medima» –, denn auch die weibliche Brust musste gut warm gehalten werden.
«Ich persönlich schwöre ja bei Minustemperaturen auf ein Katzenfell im Rücken, aber leider ist so etwas heutzutage nicht mehr käuflich zu erwerben.»
Ich hatte lauter gruselige Bilder im Kopf.
Ein andermal erklärte sie uns, dass wir «fortan» keine Bananen von

«Chiquita» essen dürften, weil «Chiquita» die Pflücker ausbeutete bis zum Gehtnichtmehr.

Wir sprachen über Güter für den Weltmarkt aus Mittel- und Südamerika, obwohl das in Erdkunde noch nicht dran war.

Für mich war das mit «Chiquita» kein Problem, bei uns zu Hause gab es nie Bananen.

Das mit den «Schneiderbüchern» allerdings schon.

Frau Holtappel verabscheute «Schneiderbücher», weil sie «Schund» waren und uns «verdummten».

Ich hatte ein paar «Schneiderbücher», weil sie so schön billig waren. Die meisten waren wirklich nicht gut, aber manche mochte ich gern.

Vor Frau Holtappel tat ich natürlich so, als hätte ich noch nie in meinem Leben ein «Schneiderbuch» in der Hand gehabt.

Die Sache mit den Hausaufgaben war schwieriger.

Gegen Ende der Stunde diktierte Frau Holtappel uns oft eine Frage und machte ein pfiffiges Gesicht dazu. «Findet die Antwort heraus. Vielleicht findet ihr sie in eurem Weltatlas, vielleicht aber auch nicht ... Dann fragt eure Großeltern, eure Mütter, die Nachbarschaft oder schlagt es bei euren Vätern im ‹Brockhaus› nach.»

Ich kriegte raus, dass «der Brockhaus» ein Lexikon war, das alle zu Hause in «Vaters Bücherschrank» hatten, alle außer Beatrix und mir.

Zum Glück hatten wir Erdkunde donnerstags nach der großen Pause, sodass ich mir von einer der Silkes das Heft ausleihen und die Antwort, zwischen den Büschen am Pausenhofrand kniend, abschreiben konnte, immer mit Angst in der Buxe, dass mich die Hofaufsicht erwischte.

Beatrix war mutig gewesen und hatte Frau Holtappel gesagt, dass sie zu Hause kein Lexikon hätten.

Frau Holtappel hatte mitleidig geguckt – Beatrix hatte ja keinen Vater –, aber sofort die Lösung gewusst: «Dann kommst du eben

früher in die Schule und schlägst es vor dem Unterricht in der Bibliothek nach.»
Ich konnte nicht früher in der Schule sein.
Was sollte ich bloß im Winter machen, wenn ich mich nicht zwischen die Büsche knien konnte, weil es zu kalt war?
Ich hatte einen Vater und trotzdem kein Lexikon.
Wie würde Frau Holtappel mich wohl angucken?

—

Ein alter Schulkamerad von Vater, der früher Schreiner gewesen war, hatte vor ein paar Monaten ein Möbelgeschäft aufgemacht. Er hieß Verhoeven.
Bei ihm sollten wir unsere neuen Möbel kaufen.
Bevor er zum Dienst fuhr, schärfte Vater Mutter zum bestimmt zehnten Mal ein: «Ich will altdeutsche Möbel im Wohnzimmer, denk dran.»
Als er weg war, hatte sich Mutter gekringelt. «Altdeutsch auf achtzehn Quadratmetern. Da wird man ja erschlagen.»
Dirk wollten wir bei Tante Lehmkuhl abgeben.
«Dann haben wir mehr Ruhe», sagte Mutter. «Wir müssen uns nämlich gut merken, was alles kostet, damit wir nicht zu viel ausgeben.»
«Nimm doch einen Block mit, dann kannst du alles aufschreiben», schlug ich vor, aber Mutter winkte ab. «Das kann der Verhoeven machen. Schließlich wird er genug an uns verdienen.»
Mutter schrieb nicht gern, sie machte sich nicht einmal einen Einkaufszettel.
Eigentlich schrieb sie nie.
Das Geschäft lag an der Bundesstraße, gar nicht so weit von Pfaffs Hof entfernt.
Wir radelten an Vaters Elternhaus vorbei, in dem niemand mehr

lebte. Wie hatten die nur in so einer kleinen Kate mit so vielen Kindern wohnen können?
Auch das Haus gegenüber stand leer und war ineinandergestürzt und schon fast unter Gestrüpp und Winden verschwunden, zwischen den Steinhaufen reckten sich Birkenschösslinge.
«Hier ist Onkel Maaßen geboren», erzählte Mutter mir mit weicher Stimme, aber das wusste ich längst – Onkel Maaßen und seine vier Geschwister.
«Als Mutt Maaßen noch gelebt hat, war ich oft hier. Die hat mir viel geholfen.»
Auch das hatte sie mir schon mindestens zehnmal erzählt.
Verhoevens Möbelgeschäft war in einem gelb geklinkerten Wohnhaus und der angebauten ehemaligen Schreinerwerkstatt untergebracht.
Zur Bundesstraße hin hatten sie die Wand rausgebrochen und ein großes Schaufenster eingebaut, in dem ein Esszimmer ausgestellt war.
«Das ist aber schön!» Mutter lehnte ihr Rad an die Scheibe.
Das ganze Geschäft war schön, alles roch neu.
In der früheren Werkstatt hatten sie Trennwände gezogen und lauter verschiedene Zimmer aufgebaut mit Möbeln, Teppichen und Lampen. Sogar Vasen mit frischen Blumen standen da.
Es sah fast so aus, als würde jemand darin wohnen.
«Meine Frau hatte schon immer ein Händchen für so was», verkündete Herr Verhoeven stolz.
Er war jetzt Geschäftsmann, sah aber in seinem grauen Kittel immer noch eher wie ein Schreiner aus. Ein kleiner Schreiner, hellbraun wie eine Haselnuss.
Ich fand ihn nett.
Wir kauften das Esszimmer aus dem Schaufenster, den Tisch mit den vier passenden Stühlen und der Anrichte, die «Sideboard» hieß, in Nussbaumfurnier.

Auch die niedrigen Schränke und der Couchtisch für unser neues Wohnzimmer waren aus dem Holz.
Dazu brauchten wir noch eine Polstergarnitur, ein Sofa mit zwei Sesseln.
«Ich hätte gern etwas Zierliches», sagte Mutter. «Das Zimmer ist nicht sehr groß.»
Herr Verhoeven freute sich. «Ich glaube, da habe ich genau das Richtige für Sie, haben wir letzte Woche erst hereinbekommen. Sehr gute Qualität, da achte ich besonders drauf. Man ist ja vom Fach.»
Er ging vor uns her.
«Sagt Ihnen das zu?»
Die Sitzgruppe war mit festem, weinrotem Leinen bezogen, die Seitenteile mit schwarzem Leder, und sah wirklich edel aus.
Mutter kriegte ihre roten Flecken. «Die ist bestimmt sehr teuer ...»
Herr Verhoeven bekam rote Ohrläppchen. «Nun ja, wie gesagt ... die Qualität ... Setzen Sie sich doch mal drauf, da merkt man es gleich ...»
Mutter setzte sich aufs Sofa. «Wunderbar ... nur ... die Farbe ...»
«Selbstverständlich gibt es dieses Modell auch mit anderen Bezügen!» Herr Verhoeven hatte den Geschäftsmann wiederentdeckt. «Ich hole schnell das Musterbuch.»
«Hoffentlich ... hoffentlich», wisperte Mutter, klemmte die Daumen unter die Finger und drückte die Fäuste gegen den Mund.
Ich wusste, dass sie einen grünen Bezug haben wollte, damit Vater nicht so ganz furchtbar schimpfte, weil wir keine altdeutsche Eiche gekauft hatten.
Wir nahmen die Polstergarnitur mit einem tannengrünen Bezug. Tannengrün – Vaters Lieblingsfarbe. Dann würde vielleicht alles gut werden.
«Hätten Sie denn auch ein Jugendzimmer da?» Mutter zwinkerte mir zu, dass ich mir blöd vorkam.

Herr Verhoeven zwinkerte auch, und ich kam mir noch blöder vor.
«Natürlich! Das hat unsere jüngste Tochter zusammengestellt, und die weiß ja, was junge Menschen sich so wünschen. Kommen Sie mit durch.»
Ich wünschte mir wirklich ein eigenes Bett und ein Zimmer, in dem ich in Ruhe für mich allein sein konnte, aber ich wollte das nicht mit jemand anderem aussuchen. Nicht mit Mutter.
Und ich wusste auch nicht, ob ich die Angst aushalten würde, ganz allein da oben unterm Dach zu sein, neben dem schaurigen Speicher.
Dirk würde sein Zimmer nicht in der anderen Mansarde haben, weil er noch zu klein war und sein Kinderbett erst einmal im Elternschlafzimmer stehen sollte – das hatte Mutter mir gestern gesagt.
Aber ich würde es aushalten, weil ich es wollte.
Das sagte ich mir vor, als wir ins «Jugendzimmer» kamen und Mutter ganz aus dem Häuschen geriet.
«Genauso etwas hatte ich mir vorgestellt! Ist das nicht toll?»
Ich nickte.
Wir kauften eine «Kombination», eine moderne Art von Liesels Klappcouch – nachts ein Bett, tagsüber konnte man es zu einem Sofa zusammenschieben und das Bettzeug in einem Kasten verschwinden lassen.
«Da kannst du dann mit deinen Freundinnen Platten hören.» Herr Verhoeven wollte freundlich sein.
Welche Freundinnen?
Platten hörte ich immer allein.
Ein kleiner, zweitüriger Kleiderschrank und ein Schreibtisch mit dünnen, schrägen Beinen gehörten auch zum «Ensemble».
Alles war aus Limbafurnier, das mir gar nicht gefiel, aber Mutter fand: «Das ist doch ein sehr freundlicher Farbton», und Herr Verhoeven sagte: «Mädchenhaft frisch.»

Der Schreibtischstuhl war Mutter zu teuer. «Da tut es erst mal einer von unseren Küchenstühlen.»
Dafür kaufte sie die Nachttischlampe, die die Frau Verhoeven mit dem Händchen hingestellt hatte.
Ein Lämpchen mit einem rot-grün karierten Stoffschirm und einem hässlichen Fuß aus Bleikristall und Holz.
Ich sagte gar nichts, weil Mutter so viel Spaß daran hatte, dachte «Papperlapapp» und dass ich es schon schaffen würde mit dem Speicher und dem Limbaholz.

—

Samstags nach der Schule musste ich mich nicht abhetzen, um den Bus zu kriegen.
Ich hatte eine halbe Stunde Zeit, und das war gut, denn es gab einiges zu sehen.
Das Jungengymnasium der Stadt, das nicht so weit weg war, begann zehn Minuten früher mit dem Unterricht, und die Jungs hatten dementsprechend auch zehn Minuten früher Schule aus.
Wenn wir rauskamen, warteten sie schon vorm Schultor.
Die meisten kamen mit dem Fahrrad, manche hatten aber auch ein Mofa oder sogar schon ein Moped.
Fast alle Oberstufenschülerinnen hatten sich schnell noch hinter den Fahrradständern geschminkt und ihre Röcke am Bund ein paarmal umgeschlagen, bevor sie auf den Bürgersteig rauskamen, zu zweit oder zu dritt, Arm in Arm, und so taten, als wären ihnen die Jungs ganz egal.
Ein paar Pärchen gab es aber auch schon. Da liefen die Mädchen auf die Jungs zu, und dann küssten sie sich. Auf den Mund, innig.
Einige verschwanden auch hinter der Hecke am Lehrerparkplatz und knutschten richtig. Die meisten von denen sahen so aus, als wären sie erst in der Mittelstufe.

Die Silkes hatten erzählt, die Jungs und Mädchen, die nicht miteinander gingen, würden sich im Café in der Unterstadt treffen, um sich kennenzulernen.
Ich betrachtete das ganze Treiben von der gegenüberliegenden Straßenseite aus und schlenderte harmlos zwischen der Metzgerei und dem Büdchen, an dem man Negerkussbrötchen und Waffelbruch kaufen konnte, hin und her.
Ich guckte mir das Geschminke an, die selbstgemachten Miniröcke, die Knutscherei und dachte die ganze Zeit: Wenn Vater das sieht, ziehen wir sofort wieder weg aus der Stadt.

—

Mutter gab mir einen Kuss, als sie mich zur Schule schickte.
Eine halbe Stunde früher als sonst.
Sie selbst ließ sich Badewasser einlaufen – sie musste über Nacht den Boiler angeheizt haben.
Sonst badete sie wie alle am Samstagabend. Aber vielleicht hatte sie ihre Periode, dann war sie manchmal komisch.
Es war schön draußen, die Sonne schien.
Ich radelte langsam vor mich hin – Zeit genug hatte ich ja – und schaute in den Himmel.
War das eine Möwe?
Dann ruckelte es auf einmal, ich schrabbte mit meinem Bein an einer Mauer entlang, flog über den Lenker und knallte in einen Vorgarten.
Mein Fahrrad schlitterte über die Straße.
Ich rappelte mich auf und rechnete damit, dass jemand rausgerannt kam, aber alles blieb still. Die Leute, in deren Garten ich gelandet war, schliefen wohl noch.
Ich hatte Erde in den Augen und im Mund, spuckte aus und tastete nach meinem Gebiss – es war noch da.

Alles tat mir weh, am allermeisten mein Bein.
Es sah sehr schlimm aus. Vom Knie bis zum Knöchel war an der Außenseite die Haut weg, und es blutete.
Bestimmt musste ich ins Krankenhaus.
Ich kletterte über die Gartenmauer und holte mein Rad von der Straße. Gott sei Dank war es heil geblieben.

Ich humpelte über die Tenne in die Küche.
Da war nur Dirk, der auf unserem Plastiktrichter Trompete spielte und dabei hin und her marschierte.
Mutter saß in der Wanne.
«Was machst du denn hier?»
«Ich bin gefallen.»
Ich traute mich nicht zu weinen, weil sie so wütend aussah.
«Setz dich in die Küche.»
Als sie kam, hatte sie sich gar nicht richtig abgetrocknet und nur ihren Wochenbettmorgenmantel an.
Sie hob mein Bein hoch. «Du liebe Güte! Da reicht kein Pflaster, warte ...»
Aus dem Nachttisch holte sie eine alte elastische Binde und eine Dose «Jomagüsan», eine Salbe, die wir schon im Dorf gehabt hatten. Sie war gelblich braun und klebrig und roch ein bisschen nach Benzin.
Damit strich sie die Wunde ein – es brannte höllisch –, wickelte die Binde um mein Bein und machte das Ende mit einer Krampe fest.
Ich biss die Zähne zusammen, bis ich Blut schmeckte.
Mutter wischte sich die Salbenhände einfach an ihrem Morgenmantel ab.
«Und jetzt husch! Wenn du dich beeilst, kriegst du den Bus noch.»
Ich guckte sie an.
«Keine Anstellerei jetzt!»
Und ich radelte wieder los.

Mit meinem kaputten Bein, das pochte und weh tat. Und mit schmutzigen Händen, die innen auch ein bisschen aufgeschrabbt waren. Bestimmt hatte ich auch ein schmutziges Gesicht ...
Ich kriegte den Bus noch.
In der Schule würde ich erst mal aufs Klo flitzen müssen, um mich zu waschen.
Ich hasste das stinkige Schulklo immer noch, ich ging nie dorthin, hielt immer so lange an, bis ich wieder zu Hause war.
Ganz vorsichtig setzte ich mich auf meinen Platz, weil ich Angst hatte, ich müsste brechen.
In der ersten Stunde hatten wir Erdkunde.
Frau Holtappel kam herein, vollzog ihr Tafelklopf-Ritual, sagte aber nicht wie sonst «Guten Morgen, meine Lieben», sondern: «Annemarie, was ist mit dir? Du siehst ja aus wie Käse, Milch und Spucke!»
Ich wollte ordentlich antworten, konnte aber nur schlucken.
«Alle mal aufstehen, lasst mich durch ...»
Bei mir blieb sie stehen und zuckte richtig zusammen, als sie mein Bein mit dem durchgebluteten Verband sah.
«Wie ist das denn nur passiert?» Sie legte mir die Hand auf den Kopf.
«Ich bin mit dem Fahrrad gestürzt.»
«Und wer hat ...» Sie unterbrach sich selbst. «So kannst du nicht am Unterricht teilnehmen. Damit musst du zu einem Arzt.»
Sie hob meine Schultasche hoch und stellte sie auf den Tisch.
«Du gehst jetzt ins Sekretariat und rufst deine Eltern an, dass sie dich abholen und ins Krankenhaus bringen. Cornelia, du begleitest sie zum Telefon und kommst dann umgehend zurück.»
Damit stand sie schon wieder an der Tafel. «Alles Gute, Mädchen.»
Ich humpelte aus der Klasse, Cornelia ging langsam hinter mir her.
Auf dem Flur blieben wir stehen. Wir hatten beide keine Eltern, die uns abholen konnten.

«Ich geh zum Bus», sagte ich.

Cornelia nickte. «Ich warte ein paar Minuten auf dem Klo.»

Sie griff in die Tasche ihres Tweedrocks, und es raschelte. Wie immer hatte sie Süßigkeiten dabei. Ihr Vater steckte sie ihr heimlich zu, sie machten sie glücklich.

Ich musste lange auf den Bus warten, mein Bein wurde immer heißer.

Ob ich wirklich ins Krankenhaus musste? Vielleicht sogar dableiben?

Mein Gebiss scheuerte, bestimmt war Gartendreck druntergekommen. Aber ich traute mich nicht nachzusehen, solange Leute um mich herum waren.

Radfahren ging einigermaßen, Gehen tat mehr weh. Deshalb fuhr ich außen um den Hof, lehnte mein Rad an die alte Linde und kam durch die Spülküche herein.

Vor unserem Küchenherd schlüpfte Schmierling in seinen Trenchcoat, und im Schlafzimmer vor meiner Bettseite zog Mutter sich eine Unterhose an.

Ich hinkte an alldem vorbei ins Wohnzimmer, durch die Vordertür wieder raus in Gustes Laube.

Kein Papperlapapp.

—

«Der Anstreicher hat Tapetenbücher gebracht!»

Mutter zwitscherte mal wieder.

«Wenn Dirk im Bett ist, setzen wir beide uns gemütlich an den Tisch und suchen die Tapeten für alle Zimmer aus, auch für deins.»

Sie war nicht mit mir ins Krankenhaus gefahren, noch nicht einmal zum Arzt.

Ein Bekannter von Onkel Maaßen, der Pfleger in der Anstalt war und über dem «Salon Jansen» wohnte, hatte sich um mich geküm-

mert, die Wunde desinfiziert und mit Kompressen und Mull verbunden.
«Ihr müsst gut achtgeben, dass sich das nicht entzündet.»
Er hatte Mutter noch mehr Verbandszeug mitgegeben.
«Sonst könnte das leicht eine Blutvergiftung werden.»
Mutter hatte lachen müssen. «Ach was, da ist doch nur ein bisschen die Emaille ab.»

Ich suchte mir eine cremefarbene Tapete mit blauen Blümchen aus.

—

In der nächsten Religionsstunde sah Frau Illner schon beim Reinkommen ungeduldig aus, fast wütend.
«Wer von euren Vätern war bei der deutschen Wehrmacht?»
Wir guckten uns verdutzt an.
«Na los, wer von euren Vätern war als Soldat im Krieg?»
Wir meldeten uns alle, alle bis auf Beatrix, die ja keinen Vater hatte.
Frau Illner nickte böse.
«Dann muss ich euch leider sagen, dass jeder eurer Soldatenväter mitgeholfen hat, sechs Millionen Juden umzubringen.»
Sie guckte uns der Reihe nach an.
Mir klopfte das Herz im Hals.
«Sechs Millionen Juden. Vergast und verbrannt in den Konzentrationslagern der Nationalsozialisten. Nicht weil sie besonders böse Menschen waren. Nein! Einzig und allein weil sie Juden waren.»
Sie zog sich einen Stuhl heran und setzte sich vor uns.
«Wer von euch weiß etwas über Juden?»
Keine meldete sich.
Da fing sie an zu erzählen vom Volk Israel, von Judäa und Palästina, von der Vertreibung nach Babylon. Wie die Juden schließlich im Mittelalter über die ganze Welt verteilt lebten. Wie sie assimi-

liert, dann aber doch immer diskriminiert wurden. Was Antisemitismus war.
Ich verstand nicht alle Wörter ganz genau, aber mir war flau und zittrig.
Als es schellte, sagte Frau Illner: «In den nächsten Stunden beschäftigen wir uns mit Adolf Hitler und dem Antisemitismus der Nationalsozialisten. Ich bringe Bildmaterial mit.»
Vater war doch Nazi gewesen ...
Die anderen schnatterten frohgemut herum, und eine der Silkes sagte: «Sieht ganz so aus, als käme sie bald wieder weg.»

—

Beim Abendessen hielt ich es nicht mehr aus.
«Habt ihr sechs Millionen Juden umgebracht?»
Der Löffel fiel Vater aus der Hand und klirrte auf den Fußboden.
Mutter schnappte nach Luft. «Das hat man doch nicht gewusst!» Sie verstolperte sich. «Und ich war ja auch fast noch ein Kind.»
«Kommunistenpropaganda!» Vaters Stimme klirrte, und mit so kleinen Augen hatte er mich noch nie angesehen.
«Bringen sie euch das in deiner neuen Schule bei? Wenn ich noch einmal so etwas aus deinem Mund höre, nehme ich dich sofort da runter.»
Er ging nicht ins Bett, sondern nach draußen.
Er kam auch nicht zurück.
Als Mutter mich am nächsten Morgen weckte, war er schon zum Dienst gefahren.

—

Wenn ich mit den evangelischen Mädchen aus meiner Klasse zur Konfirmation gehen wollte, musste ich sofort mit dem Katechu-

menenuntericht anfangen, obwohl wir noch nicht umgezogen waren.
Aber wie sollte das gehen?
Um zehn nach eins war die Schule aus, der Katechumenenunterricht im neugebauten Jugendheim neben dem Gemeindesaal fand immer dienstags von drei bis halb fünf statt.
Wo sollte ich in der Zwischenzeit bleiben? Ohne Mittagessen.
Vater sah da kein Problem. «Sie kann zu Emil gehen, das sind nur ein paar Schritte. Da kann sie in Ruhe Schularbeiten machen. Und Meta kocht sowieso Mittag, da ist bestimmt was für Annemie übrig. Die isst doch sowieso wie ein Vögelchen.»
Aber Mutter wollte davon nichts hören.
«Du glaubst doch wohl nicht, dass ich mein Kind diesem Weibsbild überlasse!»
Aber das tat sie dann doch.
Einfach, weil ihr nichts anderes einfiel.

—

«Welche Fliesen sollen wir fürs Badezimmer nehmen?»
Ich schaute mir die Muster an: geflammte Kacheln in Moosgrün, Hellblau und Rosa.
«Vati will natürlich unbedingt Grün …»
«Und du willst die blauen.» Mutter mochte Blau.
«Dann nehmen wir Rosa», entschied ich.
Und das taten wir dann auch.
Den Fußbodenbelag aus schwarz-weißem Mosaik bestellte Vater dann heimlich, ohne jemanden zu fragen.
Es sah trotzdem gut aus.

—

Ich würde nicht mehr «Onkel» und «Tante» zu Leuten sagen, mit denen ich nicht verwandt war.
Als ich abends beim Milchholen Barbaras Stiefmutter traf, probierte ich es aus. «Guten Abend, Frau Maaßen.»
«Hab ich dir was getan?», fauchte sie mich an.
«Nein ... Wieso?»
«Weil du so förmlich bist. Willst du mich jetzt etwa siezen? Tja, so was lernt man bestimmt auf deiner höheren Töchterschule.»
Oje, wenn die sich schon so aufregte, wie würde da wohl Herr Maaßen reagieren?

—

Am Dienstag blieb ich bis zum Schluss im Unterricht und ging dann zu Opa und Tante Meta.
Ich war ein bisschen aufgeregt.
Tante Meta machte mir die Wohnungstür auf. Es roch gut.
«Wasch dir die Hände. Das Essen steht schon auf dem Tisch.»
Meta war nicht böse oder gemein, sie war einfach nur nicht besonders lieb.
Eigentlich kannte ich keinen, der so war wie sie.
Opa saß schon am Küchentisch.
«Es gibt Königsberger Klopse, Wicht, die schmecken fein.»
«Ein Gericht aus meiner Heimat», sagte Meta. «Wenn du sie nicht magst, kannst du dir ein Brot streichen.»
Aber ich mochte sie, dicke Fleischklöße in einer weißen Soße mit grünen Beeren drin.
«Das sind Kapern», erklärte Meta. «Du kannst sie rausfischen, wenn sie dir nicht schmecken.»
Aber sie schmeckten mir. Ich aß zwei Fleischbälle, eine große Kartoffel und ganz viel Soße.
Ich aß meinen ganzen Teller leer.

Opa strahlte vor sich hin.

«Na, Ströppken, was hast du Schönes in der Schule gelernt?»

«Alles Mögliche ... In Reli haben wir über Juden gesprochen.»

Opa schaute weg.

«Über Juden?» Tante Meta wurde neugierig. «Meine beste Freundin war Jüdin, damals zu Hause. Wir haben beide in der Parfümerie gearbeitet und als Mädchen sogar im selben Haus gewohnt, wir oben, sie unten. Der Vater war Bankier.»

Ich hatte nicht gewusst, dass Tante Meta in so einer feinen Gegend gelebt hatte, wo auch Bankiers wohnten. Ihr Vater, der Kapitän, musste ganz schön reich gewesen sein.

«Ich wusste gar nicht, dass Susanna Jüdin war, bis sie eines Tages einen Davidstern am Mantel hatte.»

Meta stapelte Teller und Besteck und stand auf.

«Und dann sind sie ja auch weggekommen. Zuerst der Vater und ein paar Monate später auch Susanna und ihre Mutter.»

«Weggekommen?», fragte ich erschrocken.

Etwa in ein Lager? Um vergast zu werden?

«Genug davon!», sagte Opa. «Daran will keiner mehr denken.»

Und er sagte es so, dass ich mich nicht traute, weiter zu fragen.

Er ging ins Wohnzimmer, um sich eine «Piepe» anzustecken, und ich setzte mich im Esszimmer, das Meta «das kleine Zimmer» nannte, an den Tisch und machte meine Hausaufgaben.

—

Mutter war im Garten und pflückte Johannisbeeren, als das Telefon klingelte.

Onkel Karl-Dieter war dran.

«Ist deine Mutter da?»

«Nein, sie ...»

«Das gottverfluchte Weibsstück hat mich fast umgebracht!», brüll-

te er, besann sich dann aber. «Gerda soll so schnell wie möglich zurückrufen!»
Und die Leitung war tot.
Ich hatte ganz schlabberige Knie. Umgebracht?
Und dann wurde nur noch telefoniert: Mutter rief Karl-Dieter zurück, dann war Opa am Telefon, dann Guste, dann sprach Mutter wieder mit Opa, und dann wieder mit Karl-Dieter.
Ich saß auf dem Sofa und versuchte, mir einen Reim auf alles zu machen, aber das konnte ich erst, als Mutter Vater im Gefängnis anrief.
«Liesel hat auf Karl-Dieter geschossen ... durch die zue Schlafzimmertür ... Nein, sie hat ihn nicht getroffen ... Er wollte sie zu Vater nach Hause schicken, aber die haben doch keinen Platz ... Guste würde sie auch nehmen, aber Karl-Dieter will sie in ein Taxi zu uns setzen.»

—

Frau Holtappel war krank, deshalb hatten wir eine Doppelstunde Religion, und Frau Illner hatte sehr viel Zeit, uns von den Nazis zu erzählen, davon, warum sie Juden hassten und was sie ihnen angetan hatten.
Sie legte große Bücher mit Fotos, die sie mitgebracht hatte, auf den Tischen aus, und wir durften aufstehen und uns alles ansehen:
Bilder von Nazischergen, von Konzentrationslagern, von Juden, die aussahen wie Tote in gestreiften Lumpen, Fotos von Bergen aus Schuhen und Haaren.
Sie hatte sogar einen blassgelben Stofffetzen dabei, auf dem ein schwarzer Stern aufgemalt war, ein Davidstern.
Den hatten die Juden im Dritten Reich am Mantel tragen müssen, damit man sie erkannte.
Davon also hatte Tante Meta gesprochen.

Ich hatte so einen Stern schon mal gesehen, aber nicht gewusst, was er bedeutete.
In der «Bravo» war ein Foto von Esther Ofarim gewesen, und sie hatte eine feine Kette um den Hals getragen, an der ein goldener Davidstern hing.
Ich strich über den Stoff, und mir war schlecht.
Die anderen sahen ganz normal aus. Die beiden Silkes schrieben Briefchen.
«Ich habe einen Film über die Befreiung von Auschwitz bestellt», sagte Frau Illner am Ende der zweiten Stunde. «Den werden wir uns in vierzehn Tagen zusammen anschauen.»
Und auch jetzt hörte sie sich irgendwie wütend an.

—

Tante Liesel war da und auch nicht da.
Sie schlief fast nur.
Meist stand sie erst auf, wenn ich schon wieder aus der Schule zurück zu Hause war.
Dann hockte sie in ihrem gelben Nachthemd in der Sofaecke und rauchte eine Zigarette nach der anderen.
Sie sprach kein Wort mit uns, und ich hatte das Gefühl, sie merkte gar nicht, dass wir da waren.
Nur zu Mutter sagte sie manchmal etwas Böses: «Besorg mir gefälligst Zigaretten!» oder «Wieso ist hier kein ‹Asbach› im Haus?»
Essen tat sie überhaupt nichts.
Am schlimmsten aber war, dass sie sich nicht wusch, obwohl Mutter bettelte: «Komm, ich lass dir ein Bad ein und mach dir die Haare.»
Mutter war die ganze Zeit traurig.
Dann hatte Vater die Nase voll. «Schluss mit dem Gedrüss! Wenn du uns schon auf der Tasche liegst, dann mach dich gefälligst nützlich!»

Als ich am nächsten Tag aus der Schule kam, hatte Liesel versucht, das Mittagessen zu kochen, und die Kartoffeln so schlimm anbrennen lassen, dass Mutter den Kochtopf wegwerfen musste und es im ganzen Haus stank wie die Pest.
Außerdem hatte sie sich beide Hände verbrannt.
Aber Vater hatte kein Mitleid.
«Dann hilf deiner Schwester wenigstens beim Packen!»
Mutter hatte schon die alten Umzugskartons aus Trudi Pfaffs Wohnzimmer geholt und unsere Wintersachen eingepackt.
Wir würden kaum Möbel von hier mit in unser neues Haus nehmen, aber das, was in den Schränken war und nicht jeden Tag gebraucht wurde, konnte schon eingewickelt werden.
Vater radelte zu Fräulein Maslow und holte einen dicken Stapel alter Zeitungen.
Dann ging er raus und schlachtete unsere Hühner.

—

Der Pastor, der unseren Schulgottesdienst abhielt, war jung und fröhlich.
Wenn er predigte, musste man ihm einfach zuhören, und oft sagte er etwas so Lustiges, dass wir lachen mussten, obwohl sich das in der Kirche ja nicht gehörte.
Er unterrichtete die Konfirmanden.
Den Katechumenenunterricht für uns Anfänger – sechzehn Mädchen und vier Jungen – hatte der alte Pastor übernommen, der schrecklich langweilig war.
Am Anfang der ersten Stunde hatte er jedem von uns einen alten Katechismus gegeben, in den wir vorn mit Bleistift unsere Namen schreiben mussten.
Meiner war bestimmt schon durch hundert Katechumenenhände gegangen. Die erste Seite war ganz dünn und rubbelig, weil so oft

Namen ausradiert worden waren, das Papier war fleckig und ein bisschen aufgequollen und roch pilzig.

Wir bekamen immer Hausaufgaben auf: «Bis nächste Woche lernt ihr die ersten fünf Gebote. Und bitte in der richtigen Reihenfolge!»

In der nächsten Stunde hörte er uns dann ab, und zwar jeden Einzelnen nacheinander. Und wenn jemand nicht gelernt hatte – meistens einer von den Jungs –, ging er mit dem Zeile für Zeile alles durch.

Das dauerte fast bis zum Ende der Unterrichtszeit.

Aber es war schön, in dem modernen Jugendheim zu sein.

Ich setzte mich immer ans Fenster.

Wenn ich meine Gebote, das Vaterunser oder das Glaubensbekenntnis aufgesagt hatte, konnte ich rausgucken und die Jugendlichen beobachten, wie sie mit ihren Rädern ankamen, miteinander lachten und dann in ihre Gruppen gingen.

Ich kam immer zu früh zum Unterricht, konnte mir die Aushänge unten im Flur anschauen und sehen, was alles angeboten wurde: Bastelgruppen, Diskussionsrunden, eine Gruppe, die einen Gottesdienst vorbereitete, ein Chor, Gruppen, die stundenweise jüngere Geschwister betreuten. Und einmal im Monat gab es samstags eine Disco.

Ins Jugendheim durfte man erst, wenn man konfirmiert war. Die, die nicht aus einer evangelischen Gemeinde kamen, mussten mindestens fünfzehn sein.

Die Schwester der dunklen Silke war hier «Mitarbeiterin», sie leitete eine der Gruppen. Das musste toll sein.

Manchmal trafen sich ein paar Jugendliche hinter der großen Buche und rauchten.

Meist war auch Klaus dabei.

Klaus spielte im Schulgottesdienst die Orgel, obwohl er noch keine sechzehn war, und er leitete den Chor.

Er hatte ziemlich lange blonde Haare und war süß.

Wenn ich konfirmiert war, wollte ich auch in den Chor, aber das würde Vater nie erlauben.
Erst recht nicht, wenn er die Jugendlichen rauchen sah.
Meist kam auch schnell der Leiter des Heims raus und scheuchte die Raucher rein. Aber er lachte dabei.
Der Pastor verteilte Zettel, auf denen stand, was wir für unsere erste Prüfung lernen mussten.
Die würden wir im Sonntagsgottesdienst vor der ganzen Gemeinde ablegen müssen.
Ich würde dabei bestimmt sterben.
Eigentlich mussten wir alle jeden Sonntag in den Gottesdienst gehen, aber ich war davon befreit, bis wir in die Stadt gezogen waren.
Die anderen gingen mit ihren Eltern, und ich hoffte, dass wenigstens Mutter mit mir hingehen würde ...
Die Mädchen sprachen nur noch über die Kleider, die sie zur Konfirmation tragen wollten, und die Silkes fingen schon jetzt an, dafür zu kämpfen, dass sie in Mini gehen durften.

—

Ich wusste, dass Mutter mit Dirk wegen einer Impfung zum Gesundheitsamt musste.
Als ich aus der Schule kam, war Vater hinten auf der Tenne und sägte die Weidepfähle von dem alten Zaun in Stücke, an dem ich damals die Munition gefunden hatte.
Auch im neuen Haus würden wir ja in den ersten Jahren Öfen haben und brauchten Brennmaterial dafür.
Mutter wollte lieber Kohlen und Briketts, weil die die Wärme länger hielten und man nicht so oft nachlegen musste, aber Vater sah es gar nicht ein, dass er «das gute Holz» einfach hier «vergammeln lassen» sollte.
«Ist Mutti schon wieder da?»

«Nein, aber geh rein und guck, was deine Tante macht. Nicht, dass die uns doch noch die Bude abfackelt.»

Liesel lag auf den Knien unterm Esstisch, schaukelte vor und zurück und weinte laut.

Ich kriegte Angst.

«Renn!», schrie sie mich an. «Renn weg! Die kommen uns holen!»

Ich blieb an der Küchentür stehen. «Wer denn?»

«Die sind dadrin», wisperte sie und zeigte auf den Kühlschrank. «Die holen mich!»

Ich rannte auf die Tenne zurück zu Vater. «Komm schnell! Mit Liesel ist was!»

Vater rannte nicht, er ging ganz normal, vielleicht ein wenig langsamer als sonst.

Als Liesel ihn sah, fing sie laut zu heulen an.

«Die Fratze! Die Fratze!» Sie legte beide Arme über den Kopf. «Schlag mich tot, schlag mich doch tot!»

«Geh sofort ins Bett!», fuhr Vater sie an, und Liesel gehorchte. Auf allen vieren krabbelte sie in Trudi Pfaffs Schlafzimmer, so schnell sie konnte.

Vater schüttelte den Kopf. «Knatergeck ... Die gehört weggeschlossen, und zwar sofort.»

«Ist sie ... geisteskrank?» Meine Stimme zitterte.

«Das kannst du wohl sagen. Ich rufe die Polizei. Die sorgen dafür, dass sie in die Anstalt kommt.»

Aber weil Mutter kam, wurde die Polizei nicht gerufen.

Es wurde wieder viel telefoniert, und Mutter weinte die ganze Zeit.

Opa kam und hielt seiner ältesten Tochter die Hand.

Die hockte auf der Sofakante, bewegte sich nicht, sagte nichts. Sie rauchte nicht einmal.

Als Karl-Dieter am Abend kam, um sie in eine Anstalt in Köln zu bringen, musste er sie ins Auto tragen.

Frau Illner erzählte uns, dass ihr Vater in der «SS» gewesen war. Wie sie gelitten hatte, als sie das erfuhr. Und dass sie seitdem kein Wort mehr mit ihm gewechselt hatte und auch nie mehr mit ihm sprechen wollte.
Ich war also nicht die Einzige mit einem Nazivater.
«Vielleicht waren eure Väter ja in der ‹SA›, das waren viele in der Zeit.»
Wir zuckten die Achseln, ich auch, und sie erklärte uns den Unterschied zwischen «SS» und «SA».
Aber ich hatte schon von der «SA» gehört.
«Jupp war ja schon ganz früh in der ‹SA›, das hat sich nicht jeder getraut …»
Wer hatte das gesagt? Herr Lehmkuhl? Ich wusste es nicht mehr. Es war schon länger her.
Nach der Stunde hatten wir große Pause, und als wir auf den Hof gingen, winkte die lange Silke jemandem zu.
«Meine Eltern», erklärte sie. «Die waren bei der Direx, um sich über Frau Illner zu beschweren.»
«Meine waren gestern schon hier», sagte die dunkle Silke. «Mein Vater war außer sich, als er gehört hat, was die Illner uns in Reli erzählt.»
«Dann kommt die jetzt bestimmt wieder weg …»
Das hatte Silke schon einmal gesagt.
«Wohin denn?», fragte ich.
«In die Anstalt.»
«In die Irrenanstalt?»
Silke nickte. «Die hat irgendeine komische Krankheit, da ist sie manchmal nicht ganz richtig im Kopf. Wenn sie dann Medizin kriegt, geht es wieder.»
Ich wurde sehr traurig.
Den Film über die Befreiung von Auschwitz sahen wir nicht.

—

Manchmal weinte Mutter noch wegen Liesel, aber meist hatte sie keine Zeit dafür.
Es gab so viel zu packen und zu tun.
Ich blieb nach der Schule fast immer bei Opa, weil Vater nachmittags unseren neuen Garten umgrub und Mutter den Dreck der Handwerker wegmachte und alles putzte.
Ich aß gern bei Opa und Tante Meta, obwohl Meta manchmal Sachen kochte, die ich nicht kannte, «saure Nierchen» oder irgendwas mit «Gänseklein» zum Beispiel.
Aber es schmeckte immer sehr lecker, und es war schön, beim Essen mit Opa zu erzählen.

Vater und Mutter stritten die ganze Zeit darüber, wie unsere Sachen in die Stadt transportiert werden sollten.
Mutter wollte einen Umzugswagen, aber Vater wehrte sich mit Händen und Füßen.
«Wenn Pit Lehmkuhl zweimal mit seinem Viehanhänger fährt, kriegen wir auch alles rübergebracht.»
«Und unsere ganzen Sachen stinken nach Mist. Von wegen!»
«Dann frag ich Möllenbrink, der hat einen Pferdeanhänger. Der stinkt nicht.»
«Und wie der stinkt!»

—

Ich nahm meinen ganzen Mut zusammen.
«Warst du auch ein Nazi, Opa?»
Er nickte einfach nur. «Was blieb mir anderes übrig mit sechs Kindern.»
«Das ist schlimm.» Mir ging die Kehle zu, ich wollte ihn nicht traurig machen.

«Ja, das ist schlimm. Aber vorher war es auch schlimm. Da wusste man nicht, wie man die Mäuler gestopft kriegen sollte.»
Ihm blieb fast die Stimme weg. «Und die Kleine kriegt die Englische Krankheit, weil sie nicht genug richtiges Essen hat, und geht einem beinah ein.»
Mit der «Kleinen» musste er Mutter meinen. Sie war als Baby fast an Rachitis gestorben.
Die Englische Krankheit?
Opa guckte lange auf seinen Teller.
«Und jetzt ist es endlich gut. Und jetzt muss man vergessen ... das alles vergessen.»
Ich schluckte. «Aber das darf man nicht», flüsterte ich und räusperte mich. «Das darf man doch nicht vergessen, Opa!»
Tante Meta griff nach meinen Händen. «Doch, das muss man. Wenn ich immer an die Flucht denken würde, wie meine Mutter verhungert ist, was wir verloren haben, würde ich verrückt. Lass gut sein, Marjell.»

Ich hatte heute keine Hausaufgaben auf und noch sehr viel Zeit bis zum Katechumenenunterricht.
«Weißt du, was», sagte Meta. «Ich muss sowieso noch einkaufen, da begleite ich dich ein Stück, wir schauen mal beim Juwelier rein, und du zeigst mir, welche Uhr du dir zur Konfirmation wünschst.» Sie guckte auf meine Halskette. «Und einen neuen Anhänger könntest du auch gebrauchen. Für das Kleeblatt bist du doch schon ein bisschen zu groß, findest du nicht?»

Wir schauten uns lange die Auslagen mit den Anhängern an: Würfel, Schornsteinfeger mit kleinen Leitern über der Schulter, Glücksschweinchen, kleine Anker mit Herz und Kreuz, einzelne Herzchen und Kruzifixe in allen Größen.
Tante Meta hatte ihr Portemonnaie schon in der Hand.

«Am liebsten hätte ich einen Davidstern ...»
Tante Meta schaute mich verblüfft an, dann lächelte sie auf einmal und sah dabei sehr nett aus, trotz der langen Oberlippe mit den Stoppeln.
«Sie haben das Kind gehört», wandte sie sich an den Juwelier mit dem ausrasierten Nacken.
Der wuselte abwehrend mit den Händen. «So etwas führen wir nicht.»
Meta sah ihn streng an.
«Das müsste ich bestellen», jammerte er.
«Dann tun Sie das bitte.» Meta verstaute das Portemonnaie wieder in ihrer Handtasche.
«Selbstverständlich, gnä' Frau.»

—

Ich hatte schon einen kleinen Karton in mein Hauptquartier gebracht, aber noch nichts eingepackt.
Das würde ich erst im letzten Moment tun und die Kiste dann zwischen den anderen Umzugskartons verstecken.
Ich wollte auf keinen Fall, dass Mutter meine Schreib-Hefte entdeckte und darin herumschnüffelte.

—

Das Linoleum war verlegt, alle Wände gestrichen. Mutter hatte im neuen Badezimmer sogar schon Handtücher aufgehängt.
Gestern waren zwei brandneue Öfen aufgestellt worden, Allesbrenner, einer im Esszimmer und ein kleinerer im Wohnzimmer.
Mutter war extra in die Stadt gelaufen und hatte einen Kohlenschütter aus gehämmertem Messing gekauft.
Vater hatte einfach Pfaffs alten Weidenkorb für die Holzscheite

hinten auf sein Fahrrad gebunden und in unser neues Haus gebracht.
Morgen wollte Vater die neuen Öfen anheizen.
«Das erste Feuer in einem neuen Ofen – das ist heilig», hatte er mir erklärt. Und Mutter hatte wie immer gestöhnt. «Da kommt der Katholik wieder durch. Lässt sich einfach nicht ausmerzen.»
Übermorgen würden die neuen Möbel geliefert.
Dann konnten wir endlich umziehen.
Alles würde anders sein.
Vater brauchte von der Arbeit bis zu unserem neuen Zuhause höchstens zehn Minuten. Er würde also viel öfter da sein, und ich konnte ihm nicht aus dem Weg gehen.
Es gab kein Hauptquartier und keine Laube.
Aber ich hatte mein eigenes Zimmer und musste nicht mehr mit ihm in einem Bett liegen.
Ich würde oft kämpfen müssen.
Aber ich war auch gut im Quengeln. Damit ging ich ihm manchmal so auf die Nerven, dass er mir etwas erlaubte, obwohl er eigentlich dagegen war.
Übermorgen konnte ich schon einmal üben. Da wollte Tante Meta meinen Davidstern beim Juwelier abholen. Vater würde durchdrehen, wenn ich den trug.
Ich war aufgeregt.
Aber ich hatte keine Angst.

Weitere Titel von Hiltrud Leenders

Pfaffs Hof

Hauptkommissar Toppe ermittelt
(mit Michael Bay und Artur Leenders)

Augenzeugen

Die Schanz

Gnadenthal

Die Burg

Kesseltreiben

Totenacker

Lavendel gegen Ameisen

Grenzgänger

Spießgesellen

Das für dieses Buch verwendete Papier ist FSC®-zertifiziert.